Library

源氏物語を読むために

平凡社ライブラリー

Heibonsha Library

源氏物語を読むために

西郷信綱

平凡社

本書は一九八三年一月、平凡社より、また一九九二年十二月、朝日新聞社（朝日文庫）より刊行されたものです。

目次

第一章　一つの視点

一　音読か黙読か

「后の位も何にかはせむ」

『更級日記』の作者が心ときめきながら、やっと手に入れた『源氏物語』に読みふけったという話はすでに世間周知であり、今さら引きあいに出すのも気恥ずかしいくらいだが、有名だからといってその意味が正当に汲みとられているとは限らない。

はしるはしる僅かに見つつ、心も得ず心もとなく思ふ源氏を、一の巻よりして、人もまじらず、几帳のうちに打臥して、引出でつつ見る心地、后の位も何にかはせむ。昼は日ぐらし、夜は目のさめたるかぎり火を近くともして、これを見るより外の事なければ、おのづからなどは空に覚え浮ぶを、いみじき事に思ふに、……

私の結論をさきにいえば、右の一節は平安朝の物語が密室のなかで独り読まれた消息をつたえる証言として、もっと重んじらるべきであり、少なくともそれは『源氏物語』のまさしく要求するところの読みかたであっただろうということである。宗教的悟りの境地から来しかたをふりかえるこの日記には、過去の自分を劇化しすぎる気味がある。右の一節にしても、黄色の地の袈裟を着た僧が夢にあらわれ「法華経五の巻をとく習へ」と告げたという話がすぐこれにつづき、物語へのかつてのよしなき愛着心を新たな道心とあえて対比させようとしている。だからいささか割り引かねばならぬ点もあるわけだが、しかし王朝時代の一人のうら若い女が、物語の作り出す世界に魅入られていった折の怪しい恍惚感が、ここにかなり生き生きとかたられているのは疑えない。「はしるはしる」は走り読みではなく、「心走り」という語があるのかららも分かるように、わくわくしながらの意と解される。

ところが一方、物語は音読されたとする有力な説があり、それによると『更級日記』の作者を「物語愛読者の典型」と見るのは「誤り」ということになるのだが（玉上琢彌『源氏物語研究』）、果たしてどうであろうか。まずそのへんのことから考えてみよう。

活字文化に飼いならされた目で平安朝の物語を眺める世の傾向を訂正しようとするかぎりでは、この音読論は有益な提案であった。とりわけ平安朝の物語が、活字文化の申し子ともいうべき近代小説とは性質を異にすることをいい、『竹取物語』あたりの昔物語は女房が姫君に読んで聞かせたものであろうと、その享受のしかたをとり出した点など示唆に富む。印刷術の発明の後と前とで文学作品の質や享受法にあれこれ変化が生じてくるのは当然である。しかし文字によって書かれたかどうかも、印刷術に劣らぬ、あるいはそれ以上に大きな変化を人間の想像力にもたらす事件であったことを忘れてはなるまい。この説は、平安朝の物語を近代の小説から峻別しようとするあまり、いつの間にかそれをカタリモノに近づけすぎた嫌いがあるように思う。モノガタリと呼ばれはするが、当代の物語はもはや決して口伝えのカタリモノではなく、根本的にはやはり読みものであった。音読というのは印刷術以前の社会にはひろく見られる現象であって、物語が文字の芸術であったことをそれは何ら排除するものではありえない。文字の芸術である点、平安朝の物語文学、とりわけ作り物語と近代の小説は、カタリモノにたいし、むしろ同類の文芸にぞくするということができる。

モノガタリとカタリモノと

モノガタリという語は、日常のおしゃべり、話を意味する。例の雨夜の品定めのおしゃべりもモノガタリだし、嬰児が何かものをいうのをモノガタリすといった例さえ見える。それが物語冊子の意にも用いられるようになったのだ。というのも仮名文字でそれらが書かれていて、日常の話しぶりとじかに接続するものであったからで、漢文で書かれたものは『将門記』『遊女記』『新猿楽記』などのように当時は「記」と称し、「物語」とは呼ばなかった。漢文は日常のいいまわしとは切れているから、「物語」と呼ぶわけにはゆかなかった。つまり当時の「物語」とは、日常語につながる仮名で書かれた話という意であり、その点、欧州中世で公式のラテン語ならぬ俗語で書かれた話がロマンスと呼ばれた消息と揆を一にするものがなくはない。『竹取物語』などが漢学者くずれの男の手になる作であるのはほぼ確かで、文体にも漢文訓読法にもとづく点がうかがえるのだが、さればといってそれらが「真名文」で創作され、「漢字を解する女房が大和詞に翻しながら読みあげてゆく」といった風に享受されただろうとするのは、あまりにも空想的ではないかと思う。大和詞で音読されたからではなく、日常語を写す仮名文字で書かれていたからこそ、それは「物語」と呼ばれたはずである。平安朝における物語文学という新たなジャンルの生成が文学史上の大きな事件であったゆえんも、これに関連する。

こう考えてくると、『更級日記』作者を「物語愛読者の典型」とみるのを「誤り」だとし、物語の本性と音読とを切りはなせぬ一体のものと説くのは、いささか上べにとらわれすぎた見解であることがわかる。平安朝の物語の方が近代の小説より音読に適した文体を有しているのは確かだが、そのさい両者を機械的に二分しようとして、物語が仮名文字で書かれた創作であり伝統的なカタリモノでなかった点をないがしろにするならば、それこそ元も子もなくなってしまう。文字を目で読んで誰かに聞かせる音読と、聴衆を前にしたカタリモノや叙事詩の吟誦とでは、天地の違いがある。平安朝の物語の本性は、それが文字で書かれた文芸であり、とにかく部屋のなかでその文字を追って読まれることにあったとすべきで、従ってこの読むという行為を音読に限定し、『源氏物語』なども音読されただろうと持ってゆくのは、どうであろうか。（共通する点があると思われるので、たんに声高に読むのも、声を出して人に読んで聞かせるのも、ここではともに「音読」のなかに入れておく。）

典型という概念は、事実の次元での平均とか大勢とかとは異なり、一種の理念化・尖鋭化をふくむ。音読された事例があるからといって音読こそその本性だと帰結するのは、素朴な事実主義にもとづく短絡的発想にすぎない。問題はかかって作品の質にあるわけで、そういう質から考えて「人もまじらず、几帳のうちに打臥して」読みふけり、「后の位も何にかはせむ」とばかりうつつをぬかした『更級日記』の作者こそむしろ『源氏物語』読者の典型であった、とする方が的中しているように私には思われる。あるいは、かの女はそのようなものとして『源氏物語』を発見し経験したのだといいかえてもいい。そこで黙読ということの意味について、以下いささか考えてみる。

目と心

話は飛ぶがアウグスチヌス『告白』に、聖アンブロシウスが書を読むにさいし黙読し、「その目はページを追い、心は意味をさぐっていたが、声と舌は休んでいた」（山田晶訳、六章三節）さまを記した箇所がある。これにつき、アンブロシウスの黙読がアウグスチヌスに奇異の感を与えたのは、書物は韻文にせよ散文にせよギリシャ・ローマ時代には声高に朗読されるのが習わしであったからだと注されている。事情は日本とても同じであったと思う。『古事記』序にいう、稗田阿礼に帝紀・旧辞を「誦《よ》み習」わしむの「誦む」が声にかかっていることは明白である。また誦経にたいして読経という。が読経もたんに目で黙って文字を追うのではなく、声に出して一字ずつ読むのである。ヨムという語が一つ一つ数えるのを原義としているのも、ヨムことと声との深い歴史的友情を暗示する。文字ができた後も、この伝統は強く生きながらえる。そして少なくとも平安朝ころまでは、漢文だって音読されたはずである。だから平安朝物語が音読されたとしても、何ら不思議ではない。躓きの石は、それを物語の本性であるかのように持ってゆく点にある。『更級日記』に次のような一節がある。

いみじくやむごとなく、かたち有様、物語にある光源氏などのやうにおはせむ人を、年にひとたびにても通はし奉りて、浮舟の女君のやうに、山里にかくしすゑられて、花、紅葉、月、雪を眺めて、いと心細げにて、めでたからむ御文などを、ときどき待ち見などこそせめ、とばかり思ひつづけ、あらましごとにも覚えけり。

作中人物とのこうした幻想的な自己同一化は、「声と舌」を休ませ「目と心」で孤独に物語を読んだせいであって、音読ないしそれを聴くことによっては、とうてい得られないだろう。当り前になりすぎているため、つい忘れがちだけれども、「目と心」を以てする黙読は、精神の内面性が要求するところの読みかたであり、それは歴史的にみて人間の一つの新しい経験であった。ヨーロッパでも中世になって人びとは黙読することを学んだと指摘されているが、日本のこととして考えれば『源氏物語』こそは、そういう黙読を通してのみ真に享受しうる、おそらくは最初の記念すべき作品であったといえるかも知れない。この作品の蔵する濃密な時間の世界は、音読による享受をほとんど拒むていのものだと思われる。作中人物の心のくまぐまに入りこむ屈折した散文で書かれているのも、すでに音読を期待したものでないことを示す。そしてそれは作者の孤独とも包みあうという関係になっているはずである。

物語絵のこと

音読論に関連し、物語絵のことに一言ふれておく。周知のように『源氏物語絵巻』の「東屋」(一) の段に、侍女右近が冊子を開いて読むかたわらで浮舟が冊子絵を見ている場面があるが、これは本文に「絵など取り出でさせて、右近にことば読ませて見たまふに……」(東屋) とあるのに応ずるものである。「絵合」「蛍」の巻などにも『竹取物語』『伊勢物語』その他の絵のことがあれこれ見えており、貴族の子女の間に物語絵の行われていたことがわかる。これが、詞は女房に読ませ本人は絵を見るという享受法と無縁でないのは確かだろう。そして物語音読論はこれを有力な根拠の一つとし、そこに強いアクセントをおくわけだが、しかしこれは最上流の子女たちのあいだのいわば風俗で、物語文学の本性にとって重要な意味をもつかどうかは疑わしいと思う。絵を写すのは詞を写すほど簡単でないからそれがそう普及していたとは考えにくいし、現にさきの浮舟の見ている絵冊子も匂宮邸に蔵するものであった。[*1]

　文学のことでいえばそれよりむしろ、『枕草子』に「絵にかき劣りするもの」として「物語にめでたしといひたる男女のかたち」をあげている方が、ずっと大事な問題を孕んでいる。文芸作品のいわゆる名作が映画化されたのを見てシラけたという話はよく耳にするし、身にそういう覚えのある人も多いはずだが、これは、自由に想像しながら読んでいた作品のポテンシャリティが画面にいきなりお膳立てされて、目の前にさし出されるため起きる現象である。作品の意味は私たちがそれを読む過程にあらわれてくるものだが、とくに小説や物語、つまり虚構を旨とする文芸では、読者の想像の果たす役割が一段と大きくなる。そのことは追い追い考えてゆくつもりだが、物語を読んだときの感じとその絵を見たときのそれとの間にズレがあるのにふと気づき、清少納言はこういう断想を記したのであろう。[*2]「桐壺」の巻に、「長恨歌」にくらべ「絵にかける楊貴妃の容貌《かたち》は、いみじき絵師といへども、筆限りありければ、いとにほひ少し」とあるのも、ほぼ同じ趣といっていい。

文学は時間を軸とするのにたいし、絵は空間の芸術である。そのように性質の全く異なる二つの芸術が、そういつまでもめでたく結びついておれるはずがない。思うに浮舟の見ていたような物語絵は《そしてそれから》という風に事件が同一平面で継起し、したがって空間的にそれをたどることのできる短篇ものに応ずる形式であったに違いない。『源氏物語』のように目に見えぬ心のなかの時間の世界が複雑化し、想像的にそこに入りこむことを読者が要求される長篇になると、物語絵による享受法が通用しなくなるのは当然である。「人もまじらず、几帳のうちに打臥して」この物語に読みふけったという『更級日記』作者に私が注目するのも、このことにかかわっている。[*3]

二　作者と語り手の関係

傑作は系譜を絶する

『源氏物語』はそれ以前の昔物語にたいし一期を画する作であり、多くの面で伝統的なものから抜け出ていっている。たとえば『竹取物語』や『宇津保物語』の下地をなすのは、紛れもなく旧来の求婚譚である。とくに前者には、口承文芸をそっくり移しとってきてそれに文芸的な脚色を加えたといった趣が強い。『落窪物語』なども、当時ひろく行われていた継子譚の再生と見て誤らない。むろんこれらは歴とした作り物語であって、文学史上それぞれ固有の地位をしめるものではあるが、筋立てや構想に伝統とのつながりがはっきり見てとれる点で共通している。それにたいし『源氏物語』の場合には、その下地になっているものが何であるかそう簡単には取り出せないのである。求婚譚や継子譚の契機もはたらいてはいるが、それはごく一部の個々の話についてであり、全体がそれらで貫かれているわけでは決してない。個々の話にしても、伝統は見違えるばかりに変容され、むしろそれとの臍《へそ》の緒が切れたかたちで新たな布地のなかに織りこまれ、それが過去の作品の批判とさえなっている。

こうして方法的に伝統から抜け出た新しみ（novelty）を持っている点、『源氏物語』は文字通り一つのnovelであったといえる。もともと小説は劇や詩歌と違って規範をもたず、むしろ規範的なものにそむこうとする、自由で、何を書いてもいい文学なのだが——だからその究極はアンチ・ロマンにさえ到達する——、そういう小説性がここにかなり明瞭に創始されている事実を私は指摘したいのである。鎌倉初期の『無名草子』に、「わづかに宇津保、竹取、住吉などばかりを、物語とて見けむ心地に、さばかりに（源氏のこと）作り出でけむ、凡夫のしわざともおぼえぬことなり」とあるによっても、いかに早くからこの物語が画期的な作と見なされていたかが分かる。傑作は系譜を絶するともいえるのだが、こうした点を見きわめるため、いわゆる《草子地》の意味をまず考えておこう。

草子地とは何か

《草子地》とは、語り手とは別に作者が作中に顔をじかに出してものをいっている部分のことで、古い注釈書に「作者の詞」「批判の詞」「記者の筆」等々と呼んでいるものがこれにあたる。もっとも、どれを草子地とするかは人によって多少ズレがあるけれども、とにかくこうした作者の詞が『源氏物語』にはあちこちに出てくるのであって、たとえば光源氏の空蟬とか夕顔とかいう女との内証ごとをかたり出そうとして「帚木」の巻の冒頭に次のように記しているのなど、草子地のもっともいちじるしい例である。そこにはどのような問題がかくれているか。

光源氏、名のみことごとしう、言ひ消たれ給ふ咎《とが》多かなるに、いとど、かかるすきごとどもを、末の世にも聞き伝へて、軽びたる名をや流さむと、忍び給ひけるかくろへ事をさへ語り伝へけむ人のもの言ひさがなさよ。さるは、いといたく世を憚り、まめだち給ひける程に、なよびかにをかしき事はなくて、交野《かたの》の少将には笑はれ給ひけむかし。

（光源氏だなんて、名だけはたいしたものだが、実はそうでもない失錯も多いことなのに、その上、こんな好色事《すきごと》どもを後の世まで聞き伝えて軽々しいとの評判を流すのではあるまいかと、秘密にしていた内証ごとまで、こうして語り伝えた人の、何と口さがないことよ。とはいっても、実はひどく世間に気がねして、まじめそうにふるまっていたから、艶っぽくおもしろい話などたいしてあるわけでなく、かの交野の少将には一笑に付されたことであろうよ。）

念のため口訳をつけたが、屈折していて、真意とらえにくく、一筋縄ではゆかぬ、ソフィストばりの文章である。それというのも、作者と語り手との分離、語り手や主人公にたいする作者の皮肉と自己韜晦《とうかい》、といったもろもろの契機がからみあっているからで、交野の少将――彼は名だたる好色漢で、散逸して今に伝わらぬ『交野少将物語』の主人公――云々も、謙遜と見せて実は昔物語への批判をふくむ。ソフィストばりのこうした詞は、とりわけ自己意識的な作者の誕生ということと切りはなせないはずである。

語り手・話・聞き手

神話や叙事詩では、語り手と話と聞き手の三者は統一関係にあり、聞き手は語り手に、いうなれば神の権威を認めつつその話に耳を傾ける。これが語りというものの伝統的な構造だが、文字で書かれた作り物語が発展してくるにつれ、この三者の関係にひびが入り、その間の分離が微妙にひろがってゆく。個人的な作者というこれまでなかったものが姿をあらわしてくるからで、語り手は今や目のあたり聴衆を前にしてかたるのではなく、文字を通して聞き手に、いな読者に、実在の語り手であるかのように語りかけるという形をとる。つまり書かれた物語のなかの語り手（話者）は、叙事詩における語り手の擬態なのだ。「帚木」の巻冒頭の「忍び給ひけるかくろへ事をさへ語り伝へけむ人のもの言ひさがなさよ」という句の背後には、こうして作者と語り手、あるいは作者と話との分離にもとづく《皮肉な距離》（Ironic distance）と呼ばれるものが介在しているわけで、[*4] それがこの自己韜晦的な屈折を生み出してくるのである。

従来のように、草子地をたんに修辞学上のこととして考えるだけでは充分でない。それらを必要と感じるに至った作者の意識こそが問題で、精神史的にいえば理念と現実、内面と外部との裂目が恒常化した世界に生きる主観の自己止揚の形式がこのアイロニーであったはずだ。もっとも、『源氏物語』の草子地にはいろんな用法があって一様でないが、根ざすところは一つであり、読者や作中人物を他者と見るとともに、みずからをも他者と見る目がそこには働いている。作中の語り手を作者の第一の自己とすれば、草子地に顔を出す作者は第二の自己だといえなくもない。しかも両者は対話関係にある。とにかく従来ほとんど類のないこうした皮肉な草子地が『源氏物語』に現われてくるのは、だからその作者が伝統的な語りの枠を破らざるをえないところまで強く自己意識的になったしるしなのである。[*5]

念のため、草子地といわれるものの例を少しあげておく。例の女三宮の部屋から走り出てきた猫を柏木は招きよせて抱く、移り香がしていて愛らしく鳴くので彼はなつかしく女に思いなぞらえる、それを草子地は「すきずきしや」（若菜 上）と評する。また小侍従という女房がこの柏木を女三宮の寝所に手引きするのを、「さまでもあるべき事なりや」（若菜 下）という。あるいは道心が売りものである薫の好色めいた振舞いにつき「心きたなき聖心なりける」（総角）と皮肉るといった具合である。わずらわしくなるのを避け、いちいち掲げないが、主人公光源氏なども やはりちくりちくりとやられている。これらは必ずしも作者の詞ではなく、語り手が一瞬ひらりとスタンスを変え作中人物への評語を挿入したものと見てもいい。

『源氏物語』は主人公を理想化しているとよくいわれるが、そう簡単にはいいきれないと思う。「帚木」の巻には右の一文のあと光源氏につき、「あだめき目馴れたる、うちつけのすきずきしさなどは、好ましからぬ御本性《ごほんじやう》にて、まれには、あながちに引き違へ、心づくしなる事を、御心に思《おぼ》しとどむる癖なむ、あやにくにて、さるまじき御ふるまひもうち交りける」（浮気っぽい、ありふれた色事なんぞは、そう好きでない性分なのだが、まれには、うって変って、さんざん苦労の種になるような一件を思いつめる癖が、あいにくあって、けしからぬ振舞いもちょいちょいあるのだった）とある。これでも分かる通り、いとも高貴な光源氏といえど、非難の余地のない男などでは決してなかった。現にこの作で主題化されているのは、光源氏のそういう「あるまじき」ふるまいなのである。一癖ある問題的な人物こそ、物語文学にはふさわしいものであったといえる。

それは物語文学が、主観と客観、内部と外部が引き裂かれ、人間が自分じしんと一致することをやめた社会に根ざすところのジャンルであることと無縁でない。確かに後代の小説に比べれば主人公を理想化する傾向がそこに強いのは否めないが、それは作者と主人公のぞくする階層が違っているのに関連するはずである。どちらかというと、高貴な主人公より身分の低い端役たちの方が生き生きと描かれているのによっても、そのへんの消息を知りうる。しかし『源氏物語』にかんし、この理想化という点をあまり強調しすぎるのはやはり考えもので、作中のあちこちに見出せる主人公を讃美したことばも、作者の志向を直接担っているというより、むしろ女の読者大衆の立場ないしは世論を代弁した場合があるように思われる。[*6]

全知全能を装う作者

草子地の成立は、語り手・話・聴衆という伝統的な三位一体を破る個人としての作者があらわれてきたのにもとづく。その点、それは平安期の作り物語に多少とも固有な要素であったと考えられる。しかし右に見てきたように、とりわけ『源氏物語』の草子地は自己意識的作者があらわれたことを告げるものであり、その強烈さはほとんど近代作家の意識に近いものさえあるといえそうだ。むろん近代の小説でも語り手が全知全能を装う例はすくなくないし、そのことがとくに意図された時期さえある。それにつき次のことばがよく引きあいに出される。「芸術家は、天地創造の神と同じく、自分の作品の内部か、背後か、彼方か、上の方かに姿をかくし……無関心に、自分の指の爪でもみがいている」（ジョイス『若き芸術家の肖像』）。こうした考えはフローベル伝来のものらしいのだが、表向きは似ていてもこれが叙事詩の語り手の全能性と質を異にしていることは明らかである。ここで意図されているのはまさに神なき時代に生きる作者の自己超越の問題であり、つまりあの《皮肉な距離》をいかに完璧に統御するかが企てられているといっていい。姿をかくし自分の爪をみがいている作者の眼が皮肉たっぷりなのを見れば分かる。

他方、『源氏物語』の語り手を光源氏そばつきの女房なりと実体化するのは、物語音読説のたんなる帳尻あわせにすぎないという気がする。もし語り手が光源氏そばつきの女房だったら、空蝉や夕顔との、あるいは藤壺との「かくろへ事」をどうして目撃することができたというのか。女房——近代でいうなら召使——は、主人の私生活をのぞきこむことができる点で小説にとって大事な存在なのだが、しかしそういうそばつきの女房にも知られぬ秘密であるからこそ、それは「かくろへ事」でありえたのだと思う。作品を読めばおのずと了解されるはずだが、その語り手は空間的にも時間的にももっと自由であり、スタンスは固定しておらず、あれこれの観点に立って話をすすめている。ただ彼はもはや神の権威の全き代理人ではなく、作者の第一の自我の眼に見えぬ化身であり、そして第二の自我と重なったり離れたりするのである。

三　物語と女

物語は俗の文学であった

「蛍」の巻に、五月雨のつれづれのころ、玉鬘という女が物語を写すのに夢中になっているのを、光源氏が次のようにからかい半分に冷やかす場面がある。

あなむつかし。女こそものうるさがらず、人に欺かれむと生れたるものなれ。ここらの中にまことはいと少からむを、かつ知る知る、かかるすずろごとに心を移し、はかられ給ひて、暑かはしき五月雨《さみだれ》の、髪の乱るるも知らで書きたまふよ。

女は人にだまされるように生れついているものだ、「ここらの中」つまり物語のなかなどには、まことの事はごく少なかろうに、そうと知りつつ、こうしたたわいない事にうつつをぬかし、たぶらかされる、というのである。ここには、いくつかの重要な問題が暗示されている。まず、男が物語というものを軽蔑していたこと。少なくとも表向き、当時の男たちはあまり物語を読むことをしなかったらしい。彼らの関心は主として漢詩・漢文に向けられていた。これらこそ正規の公の文学であり、官吏たるに必須な教養科目であった。権威がいちばんあるのは漢詩文、次いで和歌という順であり、物語はものの数に入らなかった。『続本朝往生伝』（大江匡房）は、音楽、詩文、和歌その他、当代における諸道の名人をあげているが、むろん物語のこともその作者の名も出て来たりはしない。物語の社会的地位はきわめて低く、それは公にたいする私の、とるに足らぬ俗の文学であって、たかが女の読みものにすぎぬとされていた。当時、ジャンルはそれぞれ用途を異にしていたわけだ。『竹取物語』『宇津保物語』など初期の物語の筆をとったのが漢学者輩であったのはほぼ確かなのだが、彼らは官吏としてはうだつのあがらぬ、いうなればずっこけた連中であったと考えられる。その作者名がまったく知られないのも、作品の所有観念が稀薄であった点もあるが、物語を作ることが面立たしい仕事でなかったからでもあろう。物語にうつつをぬかす玉鬘をからかう光源氏の右のことばは、当時のこうした常識を映したものに他ならない。

両刃の虚構

第二は、物語が空想的な絵空事として遇されていること。いまさらいうまでもないことだが、物語はそもそも作りものであって、読者はそこで語られる事件に実際にはまきこまれずにその世界に参加できる。右の一文に「かつ知る知る……」とあるように、人びとはニセの人生と知りながらそれを読むわけで、楽しみもまたそこに存する。女はだまされるために生れてきたようなものだとからかわれ、玉鬘がむっとしたのも無理はない。かの女はだまされていたのではなく、夢中で物語を楽しんでいたのだからだ。そのさいむろん、虚構はたんなるウソと同義ではなく、そこには想像上の真実があるといういい分が成りたつ。だがそうかといって男のことばがまるで的はずれだと考えたら、この場の意味をとりそこなうことになる。虚構というのは両刃であって、想像作用による創造であるとともに現実の「まこと」ではないという逆説的な二重性をもつ。光源氏も物語を「まこと」からの逸脱と見て、こうからかったのである。それは前言したように当時の男たちの常識にもとづくのだが、しかし実は虚構への疑心はいつの世にも形を変えて根強く生きていた。ある意味でそれは共和国から詩人を追放したプラトン以来のものとさえいえなくもない。私たちにしても、虚構はそれを使うのに一種の恥ずかしさをこらえねばならぬ概念の一つに今やなってきているはずで、あまり無邪気にそれを濫用すると批評の欠如におちいることになろう。それはとにかく、ここで玉鬘はいわゆる昔物語の類いに夢中になっていたのであり、男のことばはそれと組みになっている点を見すごすべきでない。

第三には、物語は女の「つれづれ」の慰みであったこと。『三宝絵詞』はまるで定義でもするように、「物語ト言ヒテ女ノ御心ヲヤルモノナリ」といい、『枕草子』にも「つれづれ慰むもの。碁、双六《すごろく》、物語」と見える。「つれづれ」とは暇があって無為・無聊《ぶりょう》の状態のとめどなく続くこと。部屋のなかでの女たちのこうした「つれづれ」を慰めるのが物語であった。『源氏物語』なども、上東門院（彰子）のもとに「つれづれ慰みぬべき物語やさぶらふ」と大斎院選子のところからいってよこしたにたいし女房の紫式部に新作させたものだ、というような話が『無名草子』その他に伝えられている。由来、女と物語や小説の間には浅からぬ因縁があった。フランス中世でも物語は女の部屋のものだったというし、十八世紀イギリスにおける近代小説誕生の過程でも中流層の若い女たちがその読者として大きな役を果たしたと説かれている。わが平安朝には、そのへんのことがもっとはっきりと見てとれる。名だけ残って散佚した物語の数は八十にあまるという。『三宝絵詞』にもそれらが「森ノ草ヨリモ茂ク……浜ノ真砂ヨリモ多」かったとあり、女のための物語の生産と消費がいかに旺《さか》んであったかわかる。それだけでなく、女のための文学がさらに女の手による文学へと発展し『源氏物語』のような作品まであらわれたのだから、これはやはりかなり特異な時代であったといえる。後宮や斎院を中心に「つれづれ」な私的閑雅をもてあまし、しかも仮名という民族文字を共有する女たちの社会が形成されてきたのと、これは包みあうもので、仮名文字の発明がなかったら、女たちの文学もありえなかっただろう。

以上、光源氏のことばから互いに関連しあう三点をとり出したが、これによって当時の物語とその読者のおかれていた状況のおよそを知ることができる。が二人のやりとりはこれで終ったわけではなく、男主人公がさらに次のようにいっているのに注目したい。

(物語は)その人の上とて、ありのままに言ひ出づることこそなけれ、よきもあしきも、世に経《ふ》る人のありさまの、見るにも飽かず、聞くにもあまることを、後の世にも言ひ伝へさせまほしき節ぶしを、心にこめがたくて、言ひおきはじめたるなり。……(中略)……ひたぶるにそらごとと言ひはてむも、事の心たがひてなむありける。

これをそのまま作者の物語論と見なすのは、短絡のそしりをまぬかれない。作中人物のことばと作者の志向との間には距離や屈折があるのであって、光源氏にしても本気とも冗談ともつかぬ形で、女にこういっているのである。つまり始めは物語を絵空事にすぎぬとけなし、女がむっとすると今度は笑って、「日本紀などはただかたそばぞかし。これら(物語)にこそ道々しく詳しきことはあらめ」と逆にそれを正史たる日本紀以上のものにもちあげ、さてそのあとで中をとって右のように、おもむろに言葉をついだのである。こういう文脈を考慮しての上なら、間接ながらここに作者の物語観の一端がもらされていると見れなくもない。だがそれも、物語に熱中する玉鬘という女相手に、皮肉まじりの曲言法で男の主人公をしてかたらせている点が、やはり肝心だと思う。

「そらごと」のなかの「まこと」

これまでの荒唐無稽な物語、つまり昔物語はこうしてねんごろに否定され、「世に経る人のありさま」を「そらごと」のなかの「まこと」としてとらえる新しい物語の可能性が暗示される。現にこの『源氏物語』がそういう可能性を成就した作品であるのは疑えない。当時の男たちが物語をたわいない絵空事と見なしていたことはすでに触れた通りだが、『源氏物語』はこういう常識の持ち主たちをも説得しうる最初の作であったとみていいのではないだろうか。一方、碁や双六なみの暇つぶしとして物語を嗜好していた女の読者についていえば、この作に接し彼らは今まで見なかったものを見、図らずも知覚と経験の新しい世界のなかに連れこまれてゆく思いがするか、それともすっかり戸惑いするかしたのではなかろうか。同質性が強かったにしても、やはりさまざまな読者がすでにいたであろうと推測される。

四　小説史のなかで

物語と小説

いま私たちの使っている小説という語は、坪内逍遥『小説神髄』が英語の novel の訳にあてて以来急に普及したものらしいが、もとよりこれはたんなる思いつきではなかった。東洋では古くから、『漢書』に「小説家者流ハ、蓋《ケダ》シ稗官《ハイクワン》ニ出ヅ。街談巷説《ガイダンカウセツ》、道聴塗説者ノ造ル所ナリ」（芸文志）と見えるとおり、正史や君子の経伝にたいする小知のものの言、つまり民間の説話を小説と呼んでいた。だからそこでは『金瓶梅』や『紅楼夢』はもとより、『水滸伝』とか唐宋伝奇とかの類いもみな小説のなかに入るわけで、そのへんのことは魯迅の小説史を見てもわかる。東洋流のこの定義をうけ入れるなら、『源氏物語』をはじめとする平安朝の物語などは申し分なく小説であり、古代の小説と呼んで一向さしつかえない。既述したように、平安朝の物語は公にたいする私、官にたいする民または俗の文学であった。[*7]

ところが学者の間には、それを小説から区別しようとする向きがある。これはこれとして一理なくもないとはいうものの、悪くすると我が花園を守ろうとする専門家の自慰になりかねない。平安朝の物語を読むにさいしても、小説史という見地を大きく導入してくることがむしろ望ましいのではないかと私は考える。もっとも国によって用語の歴史は違うから、一概にはいいにくい点がある。

《物語》という語にからまる混乱を少し整理してみれば、およそ次のようになろうか。すでにいわれているように、あらゆる民族、あらゆる時代がそれぞれ物語をもつ。神話や叙事詩や小説、これらはみな物語にぞくする。劇も物語をふくむ。そして近ごろは、そういう物語の機能や構造を分析しようとするナラトロジーなるものさえ唱えられている。平安朝の『竹取物語』以下の物語文学も、こういう意味での《物語》の一つの特殊形態と考えていい。ところが『今昔物語』や『平家物語』などは、物語の名がついているけれど、ふつう物語文学のなかに入れず、それぞれ説話文学、軍記物語と呼ぶ例になっている。斉一性を欠くことになるが、すべてこうした名称には地方性をまぬかれにくい節があるから止むをえない。大事なのは物語の方が上位の概念であり、したがって物語すなわち平安朝物語文学とする従来の方式は廃されねばならぬという点である。およそのところだが、物語は narrative とか récit に、物語文学は romance とか roman に近いといえるだろう。

ところがまた独仏では今も中世以来の物語・小説（長篇）をすべてロマンと呼んでいるのにたいし、英語ではロマンスとノヴェルとを使いわけるといった具合なのだから厄介だ。それだけでなく、ロマンスも英国と米国とでは、その用法や陰影が同じでないらしい。[*8] 実をいえば用語それじたいに私は大して興味がない。『源氏物語』という作品の不思議さを思うにつけ、物語を小説から隔離するだけでは埒《らち》はあかず、やはりそれらを室町期・江戸期の作などもくるめ歴史的に総括するジャンルの名が必要だと感じ、それを小説史と呼んだまでである。『漢書』の定義は為政者の見地からなされたものだけれど、やはりそれなりに普遍性を持っているように思う。

小説の始祖？

かといって、近代小説を範とし、その目盛りでもって昔の作品を測り、それらが近代小説に脱皮しそれに向かって進化し、それによって超克さるべき何ものかであったと見なしていいわけではない。これは近代になって小説がひどく栄えたことにもとづく偏見にすぎない。国により事情は異なるにせよ、系譜的にも近代小説は物語文学の伝統だけを受けついでいるのではなく、もっと複雑な過程を経て誕生してきたはずだし、その姿も決して一様でない。逆に一千年近くも昔の作の性格や構造が近代小説と違っており、むしろそれにない独自性をもっていたとしても何ら不思議でないといっていい。問題は、それをどう小説史のなかに位置づけるかにある。

『源氏物語』はあくまでも物語であって小説ではないといった風な議論にこだわるけちな了簡は、さしづめ犬にでもくれてやった方がよさそうに思われる。この作品はもしかすると、ジョイス『ユリシーズ』あたりで一段落するところの全小説史の、世界における最初の記念すべき小説かもしれないという気がする。

註

＊1――なお物語絵が武家の間でも行われていたことは、家永三郎『上代倭絵全史』が、「奥州十二年合戦絵……御覧。仲業依レ仰読二申其詞一」「後鳥羽院御時朝覲行幸絵……将軍家今日有二御覧一。陰陽権助晴賢朝臣依レ仰読二彼詞一」「平将門合戦状被レ令レ画二図之一。……今日……大殿覧レ之。教隆読二申其詞一」（吾妻鏡）を引いて指摘している通りである。

＊2――右の一文につき萩谷朴『枕草子』（古典集成）の註に、次のように指摘されているのをあげておく、「文章で表現されたものは、享受する読者の想像力に補われて、その効果は無限に増幅される可能性がある。物語の主人公や女主人公は、理想的に美化されたものが多いが、それを限りある絵師の筆によって、具象的な絵画に表現すると、多くの場合は、イメージが低減して、読者の期待や予想を裏切ることとなる」。自作に挿絵が入れられるのを拒否したというフローベルの場合も参考になる。

＊3――「絵合」の巻に『宇津保物語』絵のことが出てくるが、「うつぼの俊蔭」とある通り、それ

は物語のごく一部を絵にしたものであった。なお例の『源氏物語絵巻』がここにいう物語絵とは類を異にし、別途に扱わるべき独自の絵画芸術であるのは、いうまでもない。

＊4――この"Ironic distance"という用語を私は、スコールズ（R. Scholes）とケロッグ（Kellog）の共著 *The Nature of Narrative*（1966）から借りた。これは、ホメロスから二十世紀の小説に及ぶヨーロッパ文学を《物語》つまり narrative の見地からとらえようとした著作である。日本文学でも、せめてこうした見取図がえられたら、無用な混乱から私たちも抜け出ることができるだろうにという気がする。もっとも、叙事詩的全体性の喪失とともに、小説においてアイロニーというものが不可欠の構造上の範疇になる点を明確に説いたのはルカーチ『小説の理論』であることを忘れたくない。いわく、「小説にとっては、イロニーというものが、神に対立する詩人のこの自由であり、形象化の客観性を先験的に規制しているところのものなのである。……終局にまでたどりついた主観性の自己止揚としてのイロニーは、神のない世界において可能な最高の自由である。それゆえ、それはたんに、総体性を作り出す真の客観性の、唯一の可能な先験的条件であるばかりではない。それはまた、この総体性を、すなわち小説を、時代の代表的な形式にまで高めるものなのである。そして、小説がそのような代表的な形式になるのは、小説を構成する諸範疇が世界の状態に本質規定的につき当るからなのである」（原田義人・佐々木基一訳）。

＊5――『落窪物語』などにもすでに、「……とて、いひゐたる事どもは書かじ、うるさし」、「御子

産み、御袴着給ふ事どもも、暇なくて書かず」といった草子地がかなり見えるが、みな省略の弁であり、ここに取り出したものとはやや趣を異にすることに注目したい。もっとも『源氏物語』にもこの種の草子地は少なくない。

＊6――たとえば「夕顔」の巻に、光源氏が六条御息所の邸に泊り、翌朝そこを出て行く場面を次のように書いている、「をかしげなる侍童の姿好ましう、ことさらめきたる、指貫の裾露けげに、花の中に交りて、朝顔折りて参る程など、絵に画《か》かまほしげなり。大方にうち見奉る人だに、心とめ奉らぬはなし。物の情《なさけ》知らぬ山がつも、花の蔭にはなほ休らはまほしきにや、この御光を見奉るあたりは、程々につけて、わがかなしと思ふ女《むすめ》を仕うまつらせばやと願ひ、もしは口惜しからずと思ふ妹などもたる人は、賤しきにても、なほこの御あたりに侍はせむと、思ひよらぬは無かりけり。ましてさりぬべきついでの御言の葉も、なつかしき御気色を見奉る人のすこし物の心思ひ知るは、如何《いかが》はおそろかに思ひ聞えむ。云々」。こうした讃美は明らかに当時の読者たちの立場を考慮して書かれた部分である。そしてこのような所が、今から読んで一番つまらない部分になっている。作者が主人公を理想化するためこう記しているものと解するのは、正しくないだろうと私は考える。

＊7――日本で小説という語は『釈日本紀』所収の「弘仁私記序」に「異端小説」と見えるのが初出である。これはもとより「芸文志」に由来するはずだが、どうしたわけかその後あまり用いられることがなかったようである。

＊8——「私の作品は小説としてではなくロマンスとして読んでもらいたい」といったというホーソンのことばに、そのへんの消息がよくあらわれている。こうしたアメリカ文学の特殊性については、チェース『アメリカ小説とその伝統』（待鳥又喜訳）、大橋健三郎他『ノヴェルとロマンス』参照。

第二章　《公》と《私》の世界

一　《私》としての後宮

「いづれの御時にか」

『源氏物語』冒頭の一節をまず掲げておく。よく知られた文章であるため、自明なもののようについ軽く読みすごされがちだが、なかなか大事な暗示を蔵した一節だと思う。少なくともここで教科書風な理解に甘んじたら、万事休すである。自明化すればするほどそのものには分かりにくさの権利が与えられる、という苦い真理は作品の読みにも当てはまる。

いづれの御時にか、女御更衣あまたさぶらひ給ひけるなかに、いとやむごとなき際《きは》にはあらぬが、すぐれて時めき給ふありけり。はじめより我はと思ひあがり給へる御方々、めざましきものに貶しめそねみ給ふ。同じほど、それより下﨟《げらふ》の更衣たちは、まして安からず。朝夕の宮仕へにつけても、人の心をのみ動かし、恨みを負ふつもりにやありけむ、いとあつしくなりゆき、もの心細げに里がちなるを、いよいよ飽かずあはれなるものに思ほして、人のそしりをもえ憚《はばか》らせ給はず、世の例《ためし》にもなりぬべき御もてなしなり。上達部《かんだちめ》上人《うへびと》なども、あいなく目をそばめつつ、いとまばゆき人の御おぼえなり。唐土《もろこし》にも、かかる事の起りにこそ、世も乱れあしかりけれと、やうやう天《あめ》の下にも、あぢきなう人のもてなやみぐさになりて、楊貴妃の例《ためし》も引き出でつべくなりゆくに、いとはしたなきこと多かれど、かたじけなき御心ばへのたぐひなきを頼みにて交らひ給ふ。（桐壺）

まず、「いづれの御時にか……」の代りにたとえば『竹取物語』や『宇津保物語』のように「今は昔……」と語り出したとしたらどうであろうか。両者のあいだには微妙な、しかも無視できぬ違いがあるのを誰しも感じるだろう。もっとも、時間を神話的なものと歴史的なものに分ければ、「今は昔」の「昔」とて決して神話的時間にではなく、歴史的時間の方にぞくする。そのことは、かぐや姫の求婚者に阿部御主人《みうし》・大判御行《みゆき》・石上《いそのかみ》麻呂などといった史上に実在した人物が出てくるのによってもわかる。神話的過去は絶対的に完結した規範性をもつが、「今は昔」の「昔」は、対象化されてはいてもとにかく「今」と同じ時間秩序のなかに存する。[*1]「いづれの御時にか……」になると、そのかたられる時代がぐっと「今」に近接し、いっとも定かに知れぬとはいえ以下の話が宮廷を舞台にした一種の歴史小説である趣を濃くしてくる。小説家も独自な歴史家である。ただ彼は個人の魂にかんする想像力に富む歴史家であり、民族とか国家とかの事件にかんする歴史家ではないまでである。そしてその歴史はもとより、作者の生きる時代をもふくみうる。すでに江戸期の萩原広道が、この物語は「昔の世に有し事のやうには書のがれ」おぼめかしてはいるけれど「作者の在世のほどのありさまにて意得《こころ》べき」(『源氏物語評釈』)もの、つまり現代小説にほかならぬといっているのは、従うべき見解と思われる。

「けり」の働き

当時の読者たちも、作中の諸人物がすぐ自分のそばにいるような直接性を感じながらこれを読んだに違いない。そしてこの直接性は、昔と今とが分離せず、作品のなかで語られる事件の起きた現在と、作者がこれを書き読者がそれを読む現在とが互いに重なりあっているのにもとづく。事件は確かに過去に起き、もうけりがついており、だから「……ありけり」と書き出すわけだが、しかし読み手はこれを絶えず現在形に置きかえながら読むのである。というのも、読者が経験的によく知っている世界のことどもがそこでは語られているからである。「き」が過去のことをたんに過去のこととしてあらわすのに対し、「けり」はそれを伝聞し回想する助動詞で、この詞が物語で多く用いられる理由もここにあるとされる。それぞれの民族の言語にはそれぞれ独特のこうした語りくちが存するようである。しかし、「けり」という語についてのこういう文法上の講釈だけでは充分であるまい。

享受の直接性

宣長はこの作と昔物語との相違につき次のようにいっている。「これよりさきなる、ふる物語どもは、何事も、さしも深く、心をいれて書りとしも見えず、たゞ一わたりにて、あるはめづらかに興ある事をむねとし、おどろ〳〵しきさまの事多くなどして、いづれも〳〵、物のあはれなる筋などは、さしもこまやかに深くはあらず、……此物語には……めづらしくおどろ〳〵しく、めさむるやうの事は、をさ〳〵なくて、はじめよりをはりまで、たゞ世のつねの、なだらかなる事の、同じやうなるすぢをのみいひて、いと長き書なれども、読むにうるさくおぼゆることなく、倦むことはなくて、たゞつゞきゆかしくのみ覚ゆるかし」（『玉の小櫛』）と。とりわけ傍点をふった部分は、あらためて傾聴に価する。さきに見たように『更級日記』の作者がこの物語の作中人物と自己を同一化し夢見心地を味わったのも、「たゞ世のつね」のこと、つまり日常馴じんでいる現実との連結がそこで成就されたのによるはずである。今日の小説も多くは過去形で書かれる。が読者は現在形に翻訳しつつそれを読む。この直接性こそ小説享受の一つの本質的な側面でなければならぬ。[*2]

作中に出てくる音楽関係の記事をもとにして、『源氏物語』の舞台は村上帝のころを想定したものではなかろうかという論がかつて説かれたことがある。全くありえないことではないにしても、こうした考え方に固執しすぎると、特定の時代の特定の歴史上の事件と人物を扱う『保元物語』や『平家物語』のような叙事詩風の作品と、この物語のテキスト・グラマーともいうべきものがいかに決定的に違っているかを見失う恐れなしとしない。叙事詩にあっては読者聴衆の現在と、そこでかたられる歴史上の事件や人物との距離は不可欠の要素をなしており、読者聴衆は諸人物が特定の過去のなかにむしろ遠景として生きているのを見る。作者の現在と事件の現在もそこでは重なっていない。それにたいし『源氏物語』はとにかくこうして「いづれの御時にか」とかたり出し、「女御更衣あまたさぶらひ給ひけるなかに……」と、今なおそのようであるかもしれぬ後宮の世界に、つかつか入りこんで行く。

後宮世界の相剋

律令の規定にも見えるとおり、後宮にはあれこれの格式をもつ天子の配偶者たちが、はんべっていた。呼名は変るけれど、格式がものをいう点では平安朝もほぼ同じであった。しかし一人の男を共有する女たちが一つ所にいる以上、嫉みや反目が生じるのは当然で、つとに記紀が仁徳天皇の后・磐姫の猛烈なウハナリネタミ（後妻嫉妬）の話を伝えているのによっても、その一端を知ることができる。『源氏物語』をみるにまず光源氏が「后といひ、ましてそれよりつぎつぎは、やむごとなき人といへど、皆必ず安からぬ物思ひ添ふわざなり。高き交らひにつけても心みだれ、人にあらそふ思ひの絶えぬも、安げなきを……」（若菜 下）と紫上に語っているのは、まるで後宮生活を定義したみたいなものである。また物の怪と現じた六条御息所の死霊が、「ゆめ御宮仕のほどに、人ときしろひ嫉む心つかひ給ふな」（若菜 下）と娘の秋好中宮に伝えてくれと告げているのも、強い執をこの世に残した女人――この人物のことは後で別途に考えるつもりだが――の言葉だけに迫力がある。己れの娘を入内《じゅだい》させ外戚となって天皇を支配しようとする、いわゆる摂関制がすすむにつれ、後宮での女たちのこうした挑みあいはいよいよ烈しくかつ陰惨なものになっていった。

「桐壺」の巻の目ざましさは、いきなりこの後宮の世界にふみこみ、そこに生きる人間的諸関係を主題化することから始めた点にある。これはほとんど前代未聞の試みであったわけで、その意味をとくと考えてみる必要がある。縷言《るげん》するまでもなく、かつて宮廷は《公》として祭式的権威や政治的秩序の中心であったはずだが、それがこの物語では男女関係を軸にする《私》的世界へと痛烈に転化され、物語という俗文学の舞台にそっくり載せられてくるのである。右の発端の部分につづく話の筋をいえば、更衣の腹にやがて男児（光源氏）が生れ帝寵はいよいよ加わる、が、他の女たちの嫉みもさらにひどくなり、とどのつまり女は横ざまに死んでしまう。帝は茫然として道理をも失い「御方々の御宿直《とのい》」も絶え、ただ涙にひたって明かし暮らすばかり。それにつけても弘徽殿女御などは、死んだあとまで、しゃくにさわる寵愛ぶりであることよ、と呵責ないことを口にする。この弘徽殿は右大臣の娘で、第一皇子の母。対するに桐壺更衣は故大納言の娘で、はかばかしい後身とてない独りぼっちの身の上。冒頭の一文に「いとやむごとなき際にはあらぬ」というのも、摂関家つまり大臣にはなれぬ家柄の出であったからだ。そういう女が帝寵をもっぱらにし第二皇子まで生んだのだから、弘徽殿の心おだやかならぬのも無理はない。一時は第一皇子をとびこし、この第二皇子立坊の噂さえあったという。

後宮内部にうごめく相剋や矛盾が、「桐壺」の巻ではこうしてまず取り出されてくる。摂関制下では陰謀がのさばり、政治というものの公的性格は失われ、宮廷はあれこれの年中行事をとりおこなう処にすぎなくなっていたから、私としての後宮に眼を向けることこそ、当時の貴族生活の核心に迫る有力な回路であったといわねばなるまい。一般の貴族たちの家庭生活も規模を異にするだけで、ほぼ後宮の相似形であったらしい。だがそれにしても、天子の姿の変りようにはおどろくべきものがある。かつて「大君は神にしませば……」（『万葉』）と歌われた天子も、聖性を喪失しているだけでなく、身分につきまとう外見性をすっかり剝ぎとられ、今や女の死を歎き悲しむ一介の凡夫にすぎない。対象の歴史的変化もさりながら、ここに画期的といっていい視点の移動があるのを見おとすべきでない。しかも彼はやがて新たに入内した自分の妻（藤壺）を、あろうことか秘かに息子（光源氏）に盗まれるのだ。

《公》がいかさまで空虚であったのに引きかえ、《私》の世界には愛欲にからむ人間の生が無気味に息づいていた。『源氏物語』はいきなりこの《私》の世界に大胆に、というよりむしろ不謹にも近づいて行く。おもに宮廷のことを書いてあるからといってこれを《宮廷文学》だときめつけるのは、当時における公私の相反関係のもつ意味をわきまえぬ俗流社会学の論理でしかない。いかにもこれはお上品な社会の生み出した作品ではある。しかしそのお上品な社会が、更衣の横ざまな死に象徴されるように、とりわけ女にとっていかに恐怖と不安にみちたものであったかを、この物語はつぶさに語ろうとする。生れも育ちも作者は時の支配階級の中位にぞくしており、その風儀を熟知していたからそれを書いたまでで、作者のよく知りもせぬことを書けというのは、どだい無理な注文である。私的存在として抑圧されていた点、女は支配階級のなかでは庶民に近かったといえなくもない。

それに作者は自分の目の前にいる読者、具体的には宮廷とその周辺にいる女の読者に向かってこれを書いたのであって、決して未来の私たちのために書いたわけではない。同時代の読者と何らかかわりあうことのない純粋性は、一つの夢想にすぎない。要は、自分のよく知っているこの世界を作者がどういう眼で見、それをどう組織したかにある。*3

二　作者の眼

『源氏』と『宇津保』との対比

『源氏物語』と『宇津保物語』とをつきあわせて読んでみると、存外いろんなことに気づく。私はさきごろ前者を読み終え、すぐつづけて後者を読んだのだが、実は双方のあいだにこんなに落差があるとは予想していなかった。『源氏』をやたらとありがたがる向きが多いので『宇津保』に少し肩入れしたい、という変な義侠心が働いていたせいもある。が、重要な作であることに変りはないけれど両者の差にはやはり歴然たるものがあるという他ない。第一『源氏』のときのように楽しみながら『宇津保』を読み通すのは至難のわざであって、おそらくこれは誰しも同じだろう。作品としてこれはかなり決定的なことと思われる。むろん本文の乱れなど、斟酌すべき点は大いにあるのだけれど、文芸論をめざすかぎり、こうした余計な斟酌はやはり棄ててかからねばなるまい。

文章にかんしても前者とちがい後者にあっては、ごく一部を除き時代の話しことばのリズムがあまり聞こえてこない。これは『宇津保』その他、男の書いた文章では漢文訓読にもとづく語法や統辞法が優勢で、論理的だけれど経験のひだひだにことばの指先が届いていないために違いない。そしてそれは作者が読者層の外側にいたということとも関連するはずで、こうした点は後にいうとし、ここでは儀式・公事《くじ》というものの扱いかたが『源氏』と『宇津保』とでどう異なり、それが作品の質にどう及んでいるかについて考え、前節に述べたところを敷衍《ふえん》しておきたい。

たとえば産養《うぶやしない》というのがある。これは赤子が生れて三日、五日、七日、九日の夜に、親族縁者が衣類や餅などを産家に贈って祝う儀式だが――今日のお七夜と呼ばれるものは、この産養の流れを汲む習俗であろう――、『宇津保』の「蔵開」（上）の巻には主人公仲忠の妻（女一宮）が犬宮を産んださいの模様が書かれている。それも産屋の設けのことに始まり、「寅の時ばかりに生れ給ひて、声高に泣き給ふ」といった産声や、臍の緒を切る作法から乳附・湯殿の儀に至るまで細叙した上、三・五・七・九日の儀式のことを一日もおとさず、つぶさに書き継いでいっているのである。そして最後には祝宴とその客人の月並みな賀歌十一首を順に載せるといった念の入れようである。有職家ならいざしらず、さんざん続くこの反復羅列に私たちはいい加減うんざりしてしまう。和歌はもっとあったらしく、「これより下《しも》にあれど書かず」とことわっているが、掲げられている分でもつきあいきれるものではない。行事や儀式は年ごとの、あるいは生涯の節々にあたるしきりで、とくに平安貴族はこれを重んじていたから、そこを素通りできぬことは分かる。風俗としてそれは物語の展開に不可欠な部分であったとさえ言えるだろう。だが『宇津保』ではそれがしばしば自己目的化されており、物語の布地にしかるべく織りこまれていない。

『源氏物語』でこれに相当するものとしては、たとえば光源氏の妻（葵上）が男児を生む場面がある。そこにはしかし、「院（桐壺）をはじめ奉りて、親王達《みこ》・上達部《かんだちめ》、残るなき産養どもの、めづらかに厳《いかめ》しきを、夜ごとに見ののしる（見て大さわぎをする）。男にてさへおはすれば（おまけに男児なので）、その程の作法、にぎははしくめでたし」（葵）とあるだけで、それがどんな風にめでたかったかは読者の想像にまかせるという形になっている。葵上は六条御息所の生霊とおぼしきものにとり憑かれ、ひどくわずらった末ようやく出産に及んだのだから、産養のことなどここでくどくど書いたとしたらぶちこわしになったに違いない。現に本文は右の一文にすぐ続いて、「かの御息所は、かかる御有様を聞き給ひても、ただならず（心おだやかでない）。かねてはいとあやふく聞えしを（危篤との噂だったのに）、たひらかにもはた（まあ安産であったのか）、とうち思しけり」と移ってゆくのである。こうしてこの産養は、危機的な緊張のなかでの安堵の一瞬にほかならなかったことが分かる。これは決して例外でない。明石女御が男児を産んださいなども、「厳《いかめ》しき御産養などのうち頻り……」と書き出しながら、結局「この程の儀式などもまねびたてむに、いとさらなりや」（若菜 上）、つまりそれを書きたてるのは、今さらめいているよと、例の草子地でさっと切りあげている。そして話はここで転じ、皇子誕生のことを聞き、もうこの世に思い残すこともないといって深い山に入った明石入道の遺書をめぐる、光源氏、明石上、明石尼君などのあわただしい動きが語られるのである。

私的人間関係の優位

草子地の意味についてては前章でふれたが、この作品では不必要な細部を「うるさければ書かず」（若菜 上）といった具合に削り落とす例が少なくない。むろん、何が必要で何が必要でないかは文脈に規定されるから、一般論で律することはできない。が、儀式にかかわる部分とか、遊宴の折の和歌とかが削除の対象の一つにされているのは確かで、その点、『宇津保』式のやりかたを『源氏』は作品として批判していることにもなる。つまり公がかったもの、儀式的なものの過度な侵入が物語の内面の流れを妨げたり中断したりせぬよう、『源氏物語』の作者はたえず配慮しているわけだ。いや、もっとハッキリいうべきかもしれぬ、どんな公事や儀式でも私的人間関係をふくまぬかぎり、この作者はほとんど画面にのせることをしなかった、と。

車争い

その格好の例は、賀茂の新斎院御禊《ごけい》の日に演じられた、葵上と六条御息所との車争いの一件だろう。「儀式など、常の神事《かんわざ》なれど、厳《いかめ》しうののしる。祭のほど、限りある公事《おほやけごと》に添ふこと多く、見どころこよなし。……」（葵）。さてこの御禊の日、光源氏の供奉する行列を見ようと一条大路はたいへんな混みようで、桟敷が設けられ物見車もひまなく立ちならんでいる。そこに遅れ馳せの葵上の車がやってきて、左大臣家の娘、光源氏の正室という権勢にまかせ、若い供人たちが他の車をおしのけて割りこもうとする。それが忍び姿の六条御息所の車に、たまたまぶつかる。そして御息所の車は榻《しじ》をへし折られ後の方におしこめられてしまう。やがて「事なりぬ」（行列が来た）という声々、だが御息所の車からは何も見えず、光源氏もつれなく通りすぎて行く……。

本文をパラフレーズするほど味気ないものはない。ここはぜひ本文にじかに就いていただきたい。私の注目したいのは、「見どころこよなし」とさわがれ、遠国から妻子をつれて見物に上ってくるものさえいるこの盛大な「公事」のまっただなかで、主人公とかかわる二人の気位の高い女の車争いが出来し、私的人間関係のすさまじい火花が散る点である。何れ別途にふれるが、御息所の生霊が物の怪と現じ葵上にとりついたのも、この一件をきっかけに苦しみが以前にもまして募っていったせいだという。こうして晴の「公事」は思いがけぬ、ふとした偶然を介して私的関係の網目にからめとられ、この物語中でももっとも深刻な場面の一つへと暗転してゆくのだが、ここに働いている作者の視線は、「桐壺」の巻の冒頭でいきなり後宮内部の相剋に向けられたあの視線と同質のものだといっていいはずである。そしてそれは『源氏物語』全体をほぼ貫いているように思われる。

貫く身分制

次にいま一つ、やや文脈を異にする例をあげておこう。それは播磨前司の子、明石上にかんするものだが、この女と光源氏とのあいだに生れた娘は、母の歎きをよそにやがて紫上の養女に引きとられてゆく。子の生《お》いさきにはやはり「母方がら」（薄雲）つまり母の毛並みがものをいったのであり、母が受領層の出では具合がよくないというわけで、かの女はその後は、自分の娘にもあえぬという境遇に甘んじねばならなくなる。娘の裳着の式にも加われない。光源氏はそれを心苦しく思いはするが、人の陰口を気にし、そのままやりすごしたとある。間もなく娘が入内して女御になるに及んだとき、明石上はようやくその後見役をうけたまわり、夢のような心地で久しぶりに我が子を「見たてまつる」（藤裏葉）ことができた。しかし入内の日、実の母でありながら娘の輦車《てぐるま》に同乗することもかなわず、徒歩で後からついてゆくわけで、それにつけても、さすがに逃れえぬわが「身のほど」（同）を思い知らされたという。

裳着や入内というめでたい儀式のかげに一人のハンブルな女のこうした悲しみが埋もれていることを、作者は私たちにあかしてくれる（玉上『源氏物語評釈』参照）。身分制度そのものがすでに抑圧をふくむ体系であり、それが当時における人間の条件であったことを、作者は身をもって知っていたらしい。御禊の日の車争いとは趣は違うけれど、公をたんに公としてではなく、あくまでその裏にひそむ私的関係とこみで見ることを忘れぬ作者の眼が、ここにはありありと感じられる。そして右の裳着の式についても、「かかる所の儀式は、よろしきにだに（普通でさえ）、いとこと多くうるさきを、片端ばかり、例のしどけなくまねばむもなかなかにや（下手に書くのもどうか）、とてこまかに書かず」（梅枝）と、例の草子地でうまく逃げてゆくのである。

儀式のかげで

それでも儀式めいたことにふれた部分を読むのに全く抵抗がないといったらやはり嘘になろう。当時の衣裳とか音楽とかの実際も、そう生き生きと再現できるとは限らない。何しろ生活の習慣や風俗が違うのだから、ある程度これはやむをえない。人間の生活史には、追体験のなかなかできぬ陥没部分があるといえるのではなかろうか。しかし、『源氏』では同じ長篇の『宇津保』にくらべ、儀式や風俗が自己目的であるかのように語られることがないのは確かで、むしろそれらにかんする記述が大写しに出てきたら、これはその後できっと何事かが起きる前ぶれにさえなっているように思われる。「若菜」の巻がいい例である。前半では光源氏四十の賀のことが、後半では六条院での女楽合奏のことがかたられる。ところが四十の賀の記事のあとには女三宮の光源氏への降嫁のことが続き、女楽の直後には紫上の重病、女三宮と柏木との密通といったゆゆしい危機が端なくも訪れるといった具合である。

この女楽で紫上は和琴、明石上は琵琶、明石女御は箏、女三宮は琴《きん》を弾き、その他一族の童子らが笙や笛や横笛を吹いて見事に合奏した。それは梅の花のさかりのころの夜のことだったというが、いくら作者や当時の読者が音楽に興味を寄せていたにせよ、そのことをなぜこうもえんえんと書きつらねるのか、この辺を読みながら、たいていの人がじりじりするに相違ない。ところが一転して紫上がわずらい、その隙に女三宮の密通事件がもちあがる段にさしかかると、私たちはこの女楽での女人たちの合奏の作り出した妙なる楽の音こそ、実は、これまで何とか光源氏を中心に保たれていた六条院の調和の世界が終末に近づいたことを告げるフィナーレに他ならなかったゆえんに、図らずも気づくのである。このあと六条院の世界が音たてて崩れて行くさまは、まことにすさまじい。それについては、何れ章をあらためて書くことにする。[*4]

三　恋愛と色好み

恋愛が主題となる

人間の経験のうち、もっとも私的で内密なものは恋愛である。公ならぬ後宮のことから書き始めたこの作品が恋愛小説の形をとって展開するのは、けだしおのずからな成り行きであった。平安貴族の意識では国家の理念に結びついた、あるいは氏族を基盤にした共同体的なものが急速に薄れ、人と人との深刻な分離が進みつつあったことは周知の通りだが、そういう世界では恋愛というもっとも私的なものが逆に人と人とを結びつけ、個人の存在感を確かめる一つの有力な回路になる。たとえば『保元物語』とか『平家物語』などのいわゆる軍記類を見るに、そこでは恋愛の比重はきわめて低く、ほとんど零に近い。強い集団的な絆と、それにもとづく戦闘行為が大きくものをいっているからで、古くは『古事記』などもあれこれ恋愛譚をふくんではいるけれど、それが独立して主題化されるということがあまりないし、また下にふれるようにそれは恋愛というより性愛に近い。平安朝の物語は何よりもまず恋愛がその主題になっている点、近代の小説とならぶものがあるといえる。

求婚譚との違い

だが、こうした議論はしばらくおく。私のまず知りたいのは、同じ恋愛物語でもこの作品が『竹取物語』や『宇津保物語』などの先行作品に比しどう変ってきているかにある。これら昔物語が一人の美女をめぐる求婚譚の形式になっているのは改めていうまでもないし、またこの形式が『源氏物語』の玉鬘を中心とする話で再生されていることもよく知られている。求婚譚はいうなれば神話時代以来のかなり根の深い文学的レパートリーの一つであり、『源氏物語』もそれを引き継いだのであろう。いかに独自な作品でも、さまざまな次元や側面で過去あるいは同時代の文学上の約束ごとやコードとほとんど無限に連結しているわけで、その目に立つものの一つがこの求婚形式である。だが一方、『源氏物語』はもはや求婚譚とはまったく類を異にする恋愛小説になりきっており、玉鬘物語も、伝統の再生産とはいいがたい新たな変容を確実にとげている。このような変容はいかにして可能であったか。夕顔が頓死してしばらくたってその侍女右近と光源氏のとりかわした会話が「夕顔」の巻にあるが、そこで注目されるのは、光源氏という一人の男にとって夕顔という一人の女がいかに好ましいものであったかをしんみり語っている点である。つまり正妻葵上とか六条御息所とか、うち解けにくく気位たかい女との必ずしも好ましからぬ間柄を意識して、男は死んだ夕顔への愛を語っているわけだが、そこに見られるのは一人の男の一人の女にたいする内面的な恋愛関係に他ならない。『竹取物語』のかぐや姫や『宇津保物語』のあて宮がそうであるように、求婚譚の女主人公は万人にとっての絶対の美女である。つまりその女の美しさは、ある個人にとってのものではなく一般的事実としての美しさである。いうなればそれは《女なるもの》の代表であって、必ずしも一人のなま身の女ではない。したがって個人と個人の結びつきであるところの真の恋愛関係とは異なり、求婚者たちがどんな冒険を演じるか、あるいは求婚者にどんな種類の人物が登場するか、そしてそれらがどんな結末になるかという事件的な興味がそこでは中心となり、個人としての男と女の内面的な交渉が軸になることがない。求婚譚形式が神話時代以来のものだというのも、男の力を試す成年式の古い記憶をそれが宿しているからだが、『源氏物語』はもはやこうしたコンヴェンションに則って構成されていない。この形式の再生といわれる玉鬘の話にしても、求婚者の一人鬚黒は今の妻への不満が種となって玉鬘にひきつけられたのだし、またかの女を手に入れたあと、子供をまきこんだ深刻な家庭悲劇にそれは発展する。そして物語もむしろそっちの方に力を入れているかのように見える。

光源氏は藤壺や夕顔や紫上をそれぞれ個人的な魅力をもつ女として愛したのであり、桐壺帝と桐壺更衣との間柄にしてもやはりそうである。求婚譚では一人の女をめぐって多くの男たちが試されるのだから、それは当時の女の読者たちお気に入りの形式として再生されたのだろうが、しかしいわゆる一夫多妻の現実に照らし、それが一場の夢でしかなかったことも疑えない。女の作者が出るに及んでこの神話形式が過去のものとなって行くのは、だから当然であった。『蜻蛉日記』の作者はすでに昔物語の「そらごと」に気づいていたし、さらに『源氏物語』はあれこれとこうした男女の愛を濃い密度で描くことによって物語の歴史を転換させたのである。

恋愛と性

さてここに描かれている愛をたんに性的なものと考えるのは間違いである。恋愛と性は不可分で、抽象的に切りはなすことはできぬが、両者は差別における統一関係にあるといえる。性は肉体の属性にかかわる欲望であり、特定の相手を必要とせず、いうなれば誰とでも共有することができる。したがってその反応には決った回路があり、性はつねにそれを通して実現される。性的想像力も固定した型をもつ。古い農業祭式や神話において性がしばしば公然と機能するのも、性というものがこうして人間の自然史にぞくし、大地の生産力を象徴するのにもとづく。これにひきかえ恋愛は、たんに異性であるという肉体的属性よりはむしろ個人の魅力に動機づけられた欲望である。そしてそれは性にくらべいっそう複雑であり、予想不能であり、かつ詐術に富む。つまり個人としての男と女の、お互いの関心を結びつけたり離したりする、目に見えぬ潜勢力がそこには秘められている。

芸術化される恋愛

この作品が主題化しようとしたのは、こういう恋愛を軸にした男と女の関係であって、たんなる性関係ではない。多くの侍女たちにとりまかれていた平安朝の貴族は、性の欲求を充たすだけなら何ら不自由はしなかっただろう。女への彼らの興味は、例の雨夜の品定めの論議を見てもわかるが「おのがじし」のもつ魅力という点に向けられていたわけで、女にしても自分の魅力でもってそれにこたえねばならなかった。そこに、優雅であるとともに独自の緊張を孕んだ男女関係があらわれてくる。いうなれば王朝世界では、恋愛は性的追求とは異なり、あれこれの作法をともなう一種の芸術となったのだ。そしてこの芸術をそれじしんとして楽しもうとするのが色好みの本質であった。『古事記』に描くところの仁徳天皇を色好みの祖と見る説がおこなわれているけれど、信じがたい。色好みはやはり王朝風な恋、つまり求愛が一種の芸術と意識されるようになった時代の所産とすべきであろう。「色好み」という語にも平安朝の刻印がうたれていると思う。[*5]

江戸の儒者たちの間では、『源氏物語』は君子の読むにたえぬ誨淫《かいいん》の書とされた。ところが実は、男が女のもとに訪れるともうすぐ夜が明け、後朝《きぬぎぬ》の別れになるといった具合で、この作品にはいわゆる閨房の場面など皆無に近いのだ。そういう王朝物語の恋の特質は、たとえば

『古事記』の世界のそれと比べてみると、いっそうハッキリするだろう。まず頭に浮かぶのは、例の八千矛神《ヤチホコノカミ》と沼河比売《ヌナカハヒメ》との唱和の歌だが、そこでの主題は「栲綱《たくづの》の、白き腕《ただむき》、沫雪の、若やる胸を、そだたき、ただきまながり、真玉手《またまで》、玉手さし纏《ま》き、股長に、寝《い》は寝《な》さむを」と女の歌に見える通りのものである。男も女の寝屋の板戸を押したり引いたりして、寝るということへ直進する。このように男女あい寝ることが主に歌われるのは、「葦原の、しけしき小屋《をや》に、菅畳、いやさや敷きて、我が二人寝し」（神武）とか「道の後《しり》、古波陀《こはだ》をとめは、争はず、寝しくをしぞも、愛《うるは》しみ思ふ」（仁徳）とかに徴してもわかる通り、実は記紀の、もっと広くって民間の歌謡に固有な性格であった。そしてそれは、恋愛というよりむしろ性愛と規定すべきだろう。初期万葉や東歌の相聞歌にも、その傾向がいちじるしい。あるいは、道に逢った女が岡べに逃げ隠れたのを見て雄略天皇がうたったという次のような歌はどうか。

嬢子《をとめ》の　い隠る岡を　金鉏《かなすき》も　五百箇《いほち》もがも　鉏《す》き撥《は》ぬるもの（『古事記』）

金鉏が五百もあったらいいなあ、それで以て女の隠れたこの岡の土を鉏きはねてやろうものをという意だが、この歌にみなぎっているのは女を支配し征服せずにはおかぬ強い欲望である。それは、男の誇りや優越感と結びついている。雄略作と伝えられる『万葉集』冒頭の「籠《こ》もよ、み籠《こ》持ち、掘串《ふくし》もよ、み掘串持ち、この岡に、菜つます児、云々」の求婚歌についても、ほぼ同じことがいえよう。

中世的恋愛

詳しいことは省くが、『古事記』と王朝物語の世界とで男女のかかわりかたがいかに違っているか、以上でその大略を察知できる。雄略の苛烈さと光源氏の優しさを対比させてみるのも一法である。前にふれた夕顔の侍女右近との対話にも「自らはかばかしくすくよかならぬ心ならひに」（私じしんはきはきとしっかりした性分でないせいか）とあるが、雄略を特徴づけるヒロイックなものがそもそもこの人物にはないことをこれは告げている。なかんずく目ざましいのは藤壺との関係である。何れあらためて触れるつもりだが、男の誇りとか優越性などは一かけらもなく、息子が母に抱くであろうような思慕と讃美とが、そこでは主調になっている。相手の女にたいし男が、家父長であるよりは息子の立場に近づいたといえる、この大きな転換に注目しなくてはならぬ。洋の東西を問わず、それこそ物語的あるいは中世風の恋愛の典型であったのではないかと思われる。江戸の儒者が『源氏物語』を君子の読むにたえぬ書としたのは、家父長の権威をいたく傷つける好ましからぬ文学でそれがあるのを見てとったからである。

一般に物語文学では、たんなる性的追求があらわに目的化されるということがない。歌や消息をとり交わすとか、物かげから垣間見するとか、相手の奏でる楽の音に耳を傾けるとか、つまり求婚・求愛の過程そのものの芸術性や趣味性がそこでは大事であった。直線的に獲得され、すぐに忘れられる性的結合に代って、あれこれの細部をふくむ、長期にわたる情事が、こうして新たな主題となる。ロマンチックな文学の成立と呼ぶこともできる。その傾向は万葉時代の中期ごろからすでに芽ばえていたけれど、それを歴史的に仕上げたのが平安朝の物語文学に他ならない。物語の読者が女であったことと、このロマンチックな文学の成立とは無関係であるまい。女性は男性のように恋愛と性とが直結していないと指摘されている。つまり女の場合、両者の間にフロイトのいわゆる daydreams としての空想に入りこむ余地がいっそう大きいというわけだ。少なくとも、つれづれなるままに王朝の若い女たちが物語を読みながらこうした空想を楽しんでいたらしいことは疑えない。『更級日記』の作者が、浮舟みたいに山里に隠しすえられ、光源氏のような男性を「年にひとたびにても通はし奉り、……めでたからむ御文などを、ときどき待ち見など」できたらと「あらましごと」に思ったという前に引いた一節からも、そのへんのことがうかがえる。当時の女の読者の関心は、作中のヒロインたちが首尾よくいかにすばらしい夫を手に入れるかというその過程にほぼ集中していたであろう。

しかし、色好みという単一の概念で『源氏物語』をすっぽり蔽《おお》えるかというに、必ずしもそうでない。たんなる色好みの文学であるにしては、男女間の交渉の呼びおこす危機がそこではあまりにも地獄の相を呈している。何れあとでも触れるが、たとえば独白の要素がこの作品にはいちじるしい。ここにいう独白はたんなる独り言ではなく、解決不能なディレンマに当面するとき心に生じる、ことば以前のことばであり、自分じしんとの対話である。『源氏物語』ではそれはじかに作中人物のことばとしてではなく、語り手のことばを通して示されていることが多いのだが、とにかくこの独白を織りこんだ場面がとりわけ後篇以下になると非常に多くなり、それが諸人物のほとんど欠くことのできぬ部分にさえなって来ているように見受けられる。女三宮の降嫁とか、その柏木との密通とかを引き金に人間関係はいよいよもつれ、破局以外に解決の道のないところまで行きつくのだから、そうなるのも不思議でない。女主人公が入水という羽目に追いこまれる宇治十帖の諸篇などもやはりそうである。この作を色好みの文学と定義して足れりとするのは、風俗のうわべにとらわれすぎた、いささか呑気で無邪気な見解ということにならないであろうか。

前章で私は物語音読説をそうかんたんに鵜呑みにできぬゆえんに言及したが、ことば以前のことばであるこの独白という要素も、音読説にあまり好都合な材料ではなさそうである。

註

＊1――「物語の出で来はじめの祖《おや》」（絵合）なる『竹取物語』は、おそらく小説の発生を考えるのに格好の作といっていい。私は「神話と昔話」（『神話と国家』所収）と題する一文で、かつて、この作の「今は昔」という書き出しの句をとりあげ、それが神話的時間観念の終焉を告げるものであるといったことがあるけれど、さらに注目されるのはここで言語意識の新たな変革がとげられている点で、それについては第九章の「パロディとしての『竹取物語』」の条にいうところを参照していただきたい。

＊2――右の書き出しの一節を見ても、「時めき給ふありけり」を除き、以下の文はみな現在形で終っている。『伊勢物語』に代表されるいわゆる歌物語には、「けり」止めの文が圧倒的に多い。それに比べ『竹取物語』『落窪物語』等のいわゆる作り物語は、現在形で終る文を多く交えている。これは「けり」が続くことによって生じる単調さを防ぐとともに、虚構を真実と感じさせる手だての一つであったかと思われる。こうした傾向は『源氏物語』でもっともいちじるしいようである。

＊3――なお拙著『日本古代文学史』（岩波書店、同時代ライブラリー）中の第三章「物語文学の時代」の項をも、あわせ読んでいただけるなら、さらに広い視野がひらけてくるだろうという気がする。

＊4――それにつけても、『紫式部日記』の次の一節を私は想い出す。

もっとも、日記のことにここでふれるのは必ずしも本意でない。私はこれまで『源氏物語』作者としての紫式部の名をできるだけ使わないようにして来た。作者は作品のなかで真に可見的なのであって、日記といえどそれを外から持ちこむようなことはしない方がいいと考えたからである。さもなければ、作り主の知れぬ多くの作品を扱う正当な手だてはなくなってしまう。厳密にいうなら『源氏物語』の作者だって、女であるのは疑えないけれどその名が紫式部だと白日のもとに確定できるわけではない。少なくとも事実次元の作者にあまりこだわると、逆に作品を作者の伝記資料の一部に組みこむ仕儀になろう。それは私の意図するところではない。『源氏物語』と同質の視線や感受性が『紫式部日記』に見てとれることを、私はここでちょっと指摘しておきたいまでである。

さてその日記の一節とは、かの女の仕えている中宮に皇子が誕生し、産養も終り、里の土御門邸（道長邸）にいよいよ行幸のおこなわれた日の記事で、駕輿丁たちが天子を乗せた御輿を階《きざはし》から舁《か》きあげて、ひどく苦しげにうつ伏せに這いつくばっている姿を見て、「なにの異事《ことごと》なる、貴《たか》きまじらひも、身のほどかぎりあるに、いと安げなしかし」と記している箇所がそれである。ざっと口訳すれば、何でひとごとなものか、高貴なあたりの宮仕えとても、分際というものがあることだし、まったく気苦労なことよ、という意になる。輿舁きはもとより最下層の下人に他ならない。行幸という晴の儀のさなかにあって作者は、こうした下人たちの仕草に目をとどめ、ひそかな共感をそれに寄せているわけだが、娘のめでたい裳着や入内が明石上という女にどんな暗い影を落としているかを見すごそうとしないのと全く同じ視線が、ここにはあるといえるはずである。

平安朝の貴族生活が女にとっていかに不安と怖れに充ちたものであったかを、『源氏物語』はつぶさに語っていると前にいったが、このことをいわば女性史風にそれ自体として強調するだけでは一面的になる。女の不幸や宿世のつたなさは、実は社会における抑圧や差別と構造的につながっており、その集中的な表現であったのだ。この作者は身分社会そのもののこうした本質を直観的に見てとっていたらしいのだが、これはかなり驚くべきことだと思われる。日記にはまた次のような一節がある。

行幸近くなりぬとて、殿の内をいよいよ磨かせたまふ。……（中略）……、めでたきこと、おもしろきことを見聞くにつけても、ただ、思ひかけたりし心（出家の志）のひくかたのみ強くて、もの憂く、思はずに（不本意に）、嘆かしき事のまさるぞ、いと苦しき。……

これは前に引いた行幸当日の記事の前段にあたる部分である。日記はこれまでずっと、そこに仕える女房としての職掌であるかのように、土御門邸での中宮出産の次第をかなり実録風に綴ってきており、産養のことも三・五・七・九夜と作法通り洩れなく記している。それが急に屈折し、ほとんど卒然とわが心のうちの憂悶をかく語り出す。『紫式部日記』が誰のために書かれたかは諸説紛々で、消息文の竄入《ざんにゅう》を説く向きなどもあり、今もって帰するところがない。それというのも、その語りくちがこのように公から私へといきなり変ったり、とくに後半部ではわが身の上をかえりみて誰かに呼びかけているごとき文章さえまじって来ているのによる。だが思うにこれは、公儀のつもりで書き出したのが、ついその枠におさまりきれなくなり、それを踏み越えてしまう羽目になった次第を示すものではなかろうか。思考と情緒のこうした軌跡は、この作者にしてみれば大いにありえたことだろうという気がする。行幸を間近にひかえ邸内がきらきらと作り磨かれるにつけ、逆に自意識はめざめ、何とも知れぬ寂莫が忍びこんでくる。上べがいかに華やいでいようと、もはや《公》なるものが《私》を完全には含みこむことのできぬ空虚な抽象体と化しつつあった様子を、ここにうかがうことができる。

『源氏物語』では私的関係にわたらぬかぎり公事・儀式はほとんど取りあげられていないと前にいったが、それも作者のこうした精神と無縁ではありえない。この日記にたちこめている濃い憂愁を、たんなる内面性に閉じこめようとするのは心理主義的誤解といっていい。作者の生きてきた全人生の重量のごときものが、そこにはあり、そしてそれは『源氏物語』が世界をどんな眼で見ているかという問題と不可分に包みあっているように思われる。日記に照らし私はそのへんの一端を知ろうとしたわけだが、さらに作者の心内にいかなる劇が孕まれていたであろうかは後にあらためて論及する。

物語と日記とで文体が必ずしも似ていないのは、形式が違うせいである。日記では、他者を経ない作者個人の志向がおのずと優位するであろう。そういう相違をこえて、しかし『源氏物語』と『紫式部日記』が同じ作者の手になるものであることは、感受性の型またはそのリズムから見てほとんど疑う余地がない。

＊5――「色好み」という語の初出は、『古今集』序の「今の世の中、色につき、人の心、花になりにけるより、あだなる歌、はかなき事のみ、いでくれば、いろごのみの家に埋《む》もれ木の、人しれぬこととなりて、まめなる所には、花すすき、ほに出だすべき事にもあらずなりにたり」である。それを真名序には「好色之家」と記している。真名序を土台に仮名序は書かれたらしく、和語「いろごのみ」も漢語「好色」に由来するものと思われる。なお、「吾未レ見二好レ徳如レ好レ色者一也」（『論語』）その他、当時の学生の親しんでいた漢文古典に「好色」の文字が少なくないのも見のがせない、『古語辞典』（岩波書店）参照。なお日本古典文学大系『宇津保物語』（一）の補注二〇六に、平安朝における、「いろごのみ」という語の用法について有益な記述があることをいっておく。

第三章　色好みの遍歴

一　雨夜の品定め

結婚と恋愛は系を異にする

光源氏は十二歳で元服した。左大臣が加冠の役に当り、その娘葵上（十六歳）が「添臥」の女をつとめ、そして正妻となった。「添臥」とは、東宮や皇子の元服の夜、そのかたわらに公卿の娘を添い臥しさせる儀、またはその女のことをいい、平安朝には他にもあれこれ例が見える。成年式の伝統はきわめて古く、それが一人前の男となり結婚の資格を得るための通過儀礼であったことはよく知られているが、「添臥」はこの伝統の宮廷社会での名残りと考えてよかろう。あかしはないけれど、桐壺帝にたいする弘徽殿女御なども、やはり「添臥」の妻とおぼしき節がある。そしてそれは多く姉女房の形をとる。つまり主人公光源氏にとって葵上は儀式的に課された、あるいは時代の規範や因襲によって与えられた妻なのである。政略にもとづく結婚といいかえてもいい。

かなり古いころから、結婚の系と恋愛の系とは別々になっていたのではないかと思われる。『万葉集』には多くの相聞歌が入っているため、ついそれを結婚の自由のあかしのように錯覚しがちだが、そのなかには結婚外の、あるいは公然とは認められていない男女間の歌が相当数ふくまれているはずである。母が始終監視していて思うようにならぬとか、親が仲をさくとか歌ったのも少なくない。恋愛が個人間のことであるにたいし、結婚は社会的承認を必要とするから、そこに家というものが何かと介入してくるのはけだし当然である。地位や富の保有に汲々たる支配階級では、とくにそれはそうであったであろう。（もっとも『源氏物語』には、光源氏の息子・夕霧のように幼馴染の雲井雁との自由結婚を遂げた例もあるにはあるが、これは例外としておく。）元服した光源氏が左大臣の娘と結婚させられたのも、なるほどと肯ける。そして大事なのは、時代の規範や因襲を背負ったこの境涯にこそ、彼を色好みの遍歴へと駆りたてる真の動機がひそんでいたという点である。その色好みはたんにそれじしんとしてではなく、動機と行為の両面から眺めなければなるまい。

遍歴へのきっかけ

さて彼をそのような遍歴にそそのかした直接のきっかけが、かの雨夜の品定めであったのはいうまでもない。源氏十七歳でまだ中将のころのことである。五月雨のふり続くある夜、宮中の物忌みで宿直《とのい》している彼のところに、葵上の兄の頭中将がやってくる。話はいつしか女の品定めに移ってゆく。そこへ「世の好き者」で口も達者な左馬頭と藤式部丞とがやって来て加わり、話はいよいよはずむというわけだが、まずこれら諸人物の取りあわせに注目したい。光源氏と頭中将と二人きりのやりとりだったら、その場かぎりの冗談に興がるか、中身のうすい理想論に終るほかなかっただろう。女の品定めをやるにしては、二人とも御曹司でありすぎたし、なかんずく源氏はまだその方面の経験に乏しかった。この品定めが佳境に入り充実したものになったのは、左馬頭と藤式部丞という中下層の男がこれに加わり、とくに海千山千の左馬頭が「物定めの博士」として一座をとりしきったのによるところが大きい。

この両人はここに顔を出すだけで、あとは物語の舞台から姿を消してしまう。つまりある特定の機能を果たすため臨時に呼び出された人物なのだが、両人は立派にその役をこなしている。なかでも左馬頭は、そこにいて鼻をうごめかしながらしゃべっているという実在感を持っており、経験のにじんだ、この晩の彼のことばが、源氏の心に印象を残すのである。それにしても、女の手になる作の冒頭近くで、こうして男たちに女の品定めをやらせようというのだから、相当なアイロニーだとみてよかろう。両性具有というか、この作者は女の方から男を見るだけでなく、男の側から女を見ることもできる複眼の持ち主であったらしい。

結婚制度の内と外

うっかりすると「帚木」のこの段は、たんに女一般の品定めをしているかのように受けとられやすい。しかしよく読んでみるとそうではなく、男を後見する妻たるものの資格についての論議が軸になっているのが納得されるはずである。むろん両者は微妙に境を接するが、必ずしも同じでない。この品定めが源氏にとっておろそかならぬ意味をもつのは、彼がすでに葵上と結婚させられており、しかもこの妻に不満を抱いていることと不可分である。

前章で求婚譚のことにふれたが、別の観点からするとこの形式は、結婚というものの安定度が高く、結婚によって両性間の主要な問題をほぼ最終的に解決することのできた素朴時代の産物であったといえる。その典型は昔話に見出される。そこでは夫婦となった男女はおのずと型どおりの道を歩み、子が生れ家が栄えるであろうという予定調和が前提にあり、だから結婚で以てめでたく話は終るのである。『竹取物語』や『宇津保物語』はこれに比べるとややひねられており同日に談じえないものがあるとはいえ、結婚が一つのゴールと目されている点は同じである。ところが『源氏物語』のもっぱら描くところは、結婚が終りでなくむしろ始まりであり、結婚後に情緒を刺激する厄介な問題が起き人生の危機が訪れる、といった意地わるくソフィスティケートされた場合が多い。経験としての内的時間が導入されてくるのも、このためである。主人公が葵上を妻にしたことを最初の「桐壺」の巻でかたり、しかも結婚早々この妻が気にくわず、屋敷（二条院）を改修するにつけても、「かかるところに思ふやうならむ人をすゑて住まばやとのみ、歎かしうおぼしわたる」（桐壺）と、もう藤壺への思慕の情を彼は秘かに抱く。相棒の頭中将も右大臣の娘と結婚させられ、やはりうまくいっていない。こういうなかでの雨夜の品定めなのだ。妻たるべき女のさがが話題の中心になるのは、当然の成りゆきであったといえる。

ひとり光源氏に限らず、鬚黒とか柏木とかを見舞った劇も、みな結婚後のことにぞくする。自由結婚をした、そしてまめ男の見本のような夕霧でさえ、こういった経験から免れることができなかった。受動的にだが女にとっても事情は同じであったといっていい。たとえば結婚そのものを拒む宇治大君のような人物が出てくるのは、結婚への女の不信の徴候にほかなるまい。また紫上は主人公が手塩にかけて創造した理想の妻だが、後に見るようにそれは世の結婚制度の外側でのみ可能であった、等々。雨夜の品定めはこうしてたんに一場の気紛れな議論であるどころか、その射程は全篇に及んでいるのであり、それを「帚木」「空蟬」「夕顔」三帖のことに狭く限ろうとする見解には従いがたい。

品定め

さて四人の男は源氏の部屋に来あわせて「おのおの睦言《むつごと》」を披露したという。これはここに一種無遠慮で自由な場ができたことを示している。物忌みの夜の宿直がこうしたくつろぎを生み出したのだろうが、話を牛耳ったのは左馬頭であり、源氏はもっぱら聞き役にまわされた。

結婚ほやほやの初心者であってみれば是非もない。ここでは身分とか家柄とかではなく、経験がものをいったのだ。むろん、世話女房型とか風流好みの女とかその他いろいろな話が持ち出されたのだが、なかでも痛快なのは、下っぱの藤式部のかたった経験談である。まだ文章《もんじよう》の生《しよう》のころ、学問しに通っていた博士の娘とねんごろになったが、ある夜久しぶりに訪ねるとひどく風邪をわずらっていて、会えなかった。そのとき女は声もはやりかに「月ごろ風病（風邪）重きに堪へかねて、極熱《ごくねつ》の草薬《さうやく》（にんにく）を服《ぶく》して、いと臭きによりなむ、え対面賜らぬ。まのあたりならずとも、さるべからむ雑事《ざふじ》等《ら》は承らむ」と漢文口調でいったというのである。これでは漢学志望の文章の生といえど辟易して逃げ出さざるをえまい。誇張した冗談口なのであろうが、「少女」の巻で儒者たちの特殊なものいいを戯画化している場面が、すぐにも思いあわされる。[*1]とにかくこういった猿楽《さるごう》もふくめ、この晩きかされた話は主人公にとって大いなる開眼であり、未知の世界の冒険に身をゆだねてみたいとの止みがたい衝動がかくて目覚めるのである。その談義のうち、めぼしいことばを左に若干ひろっておく。

（イ）　中の品になむ（中流の女にこそ）、人の心々、おのがじしの立てたる趣も見えて、わかるべき事かたがた多かるべき。（頭中将）

（ロ）　世にありと人に知られず、淋しくあばれたらむ葎《むぐら》の門《かど》に、思ひの外に、らうたげな

らむ人の閉ぢられたらむこそ、限りなくめづらしくは覚えめ。（左馬頭）
（ハ）大方《おほかた》の世につけて見るにはとがなきも、わが物とうち頼むべき（生涯の妻と頼める女）を選《え》らばむに、多かる中にも、えなむ思ひ定むまじかりける。（同）
（ニ）ただひたぶるに児めきて、柔かならむ人を、とかくひき繕《つくろ》ひては、などか見ざらむ。（同）
（ホ）今はただ品にもよらじ。容貌《かたち》をばさらにもいはじ。いと口惜しく、ねぢけがましきおぼえだになくば、ただひとへに物まめやかに、静かなる心の趣ならむよるべをぞ、つひの頼み所には思ひ置くべかりける。（同）

後に見るように（イ）は空蟬のこと、（ロ）は夕顔のこと、（ニ）は紫上のこととひびきあっているはずである。ただ、これらは談義中に織りこまれたことばであって、決して命題などではない。それに「何方《いづかた》により果つともなく、はてはてはあやしき事どもになりて、明かし給ひつ」とあるとおり、この品定めでは結論めいたものが何ら出たわけでもない。が、とくに左馬頭のしたたか経験にうらうちされたあれこれの言説が、この御曹司に新たな衝動と好奇心を呼びさましたのである。それは権威と因襲のなかで育ち、「上の品」の片端しか知らぬ源氏にしてみれば、始めて耳にした、時代の生きたことばであったといえるだろう。

二　最初の冒険

屈折

空蟬とか夕顔とかいう女にたいする主人公の冒険が、ここに始まる。品定めは「なが雨晴間なきころ」の晩のことであったが、翌日は「からうじて、今日は日の気色も直れり」で、天気もあつらえ向きである。だが、彼はその場からいきなり冒険に出かけるのではなく、その間、一つの屈折が挿入されているのを見落とせない。彼はまず左大臣邸に退出するのである。

正妻葵上は端正で気位たかく、こちらがちょっと恥ずかしくなるような女、源氏にはそれが気にくわない。念のため原文を引けば、「人（葵上）の気はひもけざやかに気高く、乱れたる所まじらず、なほこれこそは、かの人々（左馬頭たち）の棄て難く取り出でし、まめ人（実のある女）には頼まれぬべけれと、思すものから、あまりうるはしき御有様の、とけ難く（うちとけにくく）、はづかしげに思ひしづまり（気恥ずかしくなるほど取りすまし）給へるを、さうざうしくて（もの足りなくて）、……」（帚木）と見える。もっとも、これは前々から分かっていることなのだが、にもかかわらず彼は左大臣家の思惑を気にし、まずそこに戻ってゆくわけだ。「まめ」だったこういう振舞いこそ、色好み一途の交野少将などとこの主人公との違いなのだが、実はこの屈折が主人公への読者の共感を増大させるものであることを知らねばなるまい。いや、それだけでない。次に来る、やや無茶ともいえる彼の冒険が規範の否定として説得的にはたらくのも、この屈折のおかげである。ここの場面とかぎらず、藤壺との密通にさいしても、また紫上を迎えとるにさいしても、物語は必ずといっていいくらい儀式の妻たる葵上へと立ちもどり、主人公のかの女への不満を匂わせている。彼の色好みを動機と行為の両面から眺めねばならぬと前にいったのは、この点と関連する。

ところが何と、この左大臣邸は宮中から方塞《かたふさ》がりであったという。で、方違《かたたが》えのため光源氏は紀伊守なるものの中川の宿に急遽移ることになるのだが、それも「忍び忍びの御方違へ所」にしけこんだのでは葵上に気の毒とあって、左大臣家の庇護を受けているこの受領の宿に方違えというのだから、文句のつけようがない。方違えとは、陰陽道にもとづき天一神（中神）とか金神《こんじん》とかの遊行の方角を忌む当時の俗信にほかならぬが、それを逆手にとって主人公は左大臣邸を辛うじて脱出する。そしてここに一つの事件が待ちかまえている。この宿には紀伊守の父伊予介の後妻空蟬が物忌みのため引っ越してきていたからである。方違えとか物忌みとかいう風俗の形式が話を進める転轍機、または人と人を出あわせる偶然の回路として活用されているのに注目したい。雨夜の品定めも、宮中での物忌みの晩のこととされていた。

空蟬

その品定めの最初の実験の相手が空蟬であった。彼はこの宿のたたずまいを眺めやりながら、左馬頭らが「中の品」に取り出して論じたのはこの辺の女だろうなどと想い出す。が、貴公子は余裕たっぷりである。ふすま越しに女の気配を感じて、「とばり帳もいかに。さる方の心もなくては、めざましき饗《あるじ》ならむ」と持ちかけると、紀伊守はかしこまって「何よけむとも、え承らず」と答える。もとより催馬楽《さいばら》の文句を下地にして興がっているわけだが、[*2]空蟬の寝所に近づくにも、女が中将という名の侍女をそばに呼んだのを耳にし、自分がたまたま近衛中将であったのをいいことに「中将召しつればなむ」と軽妙に応じて進入する。そして無体にこれを靡《なび》かせようとした。

一方、「物におそはるる心地」して女がおびえたのは無理もない。きぬぎぬの別れにさいしても、「女、身の有様を思ふに、いとつきなく（不似合いで）眩き心地して、（源氏の）めでたき御もてなしも、何とも覚えず、常はいとすくずくしく（野暮で）心づきなし（気にくわぬ）と思ひあなづる伊予の方《かた》の思ひやられて、夢にや見ゆらむと、そら恐しくつつまし」とある。ここに人妻の倫理感だけを読みとるのは誤っているだろう。女が辛いと思うのは「際《きは》」、つまり身分の違いであり、男の睦言にたいしても「いとかやうなる際《きは》は、際とこそ侍るなれ」（自分みたいなものには、身分相応の縁というものがある）と、すげなく答えるだけである。今、女はしがない老地方官の後妻として、しかも夫が庇護をうけている当の主人と一対一で向かいあっているわけだ。女は平素、夫をさげすんでいる。だから、こうした身の上にまだ落ちつかぬ娘時代に、たまにでも光源氏のような男の訪れを待つのだったら嬉しかろうに、と心のうちに思ったりする。が、しょせん「今はいふかひなき宿世なりければ、無人《むじん》に心づきなくて止みなむ（情しらずの嫌な女としておし通そう）と思ひ果てたり」ということになる。『無名草子』に空蟬のこうした強情な態度を「むげに人わろき」と評しているのによっても、当時の読者がいわゆる貞操観念を変に介入させていなかったのを知りうる。

「中の品」の女

とにかくこうして主人公は、図らずも「中の品」の女の強い抵抗に出くわす。そこで空蟬の弟（小君）を手なずけ、折をねらってまた乗り入れるのだが、女は応じる気色がない。人に嫌われることに馴れていない彼は、ここで始めて敗北感をなめさせられる。が、しゃくであり、あきらめることも出来ず、夕闇にまぎれ小君の手引きでもう一度女の閨にしのびこむ。そしてこんどは首尾をとげるかに思われた。しかしあれ以来、夜も寝覚めがちな女は、衣ずれの音と香の匂いが近づいてくる気配をさと感じ、生絹《すずし》の単衣《ひとえ》ひとつを引っかけて閨からすべり出る。

それとも知らず男は、たまたま同じ部屋に寝ていた軒端荻《のきばのおぎ》（伊予介の先妻の娘）と契ってしまう。人ちがいと気づいたときはもう後の祭り、男は空蟬の脱ぎすべしたと見える薄衣《うすぎぬ》を手にして帰宅する。

「方違《かたたが》へ」に始まった空蟬との一件は、こうして「人違《ひとたが》へ」に終る。「をこ」という語がこのあたりで何度か使われているのは偶然であるまい。「方違へ」がこともあろうに「人違へ」に転じたのだから、これは申し分なく「をこ」な話であったといえる。作者もその点はかなり意識していたらしく、この物語の終りに老女の尾籠《びろう》な話を配している。女のところから出てゆこうとして源氏は老女に見とがめられハッとするが、――これも他の女房と人違えされたのだが――この老女、実は腹下しで起き出てきたのだった。すでに説かれているとおり尾籠はヲコという語にあてた漢字、その音訓みがビロウになったにほかならぬ。

階層を異にする男女

次の「夕顔」の巻に、夫の伊予介が京に上ってきて光源氏のもとを訪れる場面がある。「伊予の介上《のぼ》りぬ。先づ急ぎ参れり。船路のしわざとて、すこし黒みやつれたる旅姿、いとふつつかに心づきなし……」。ここには源氏にたいする伊予介の隷属関係が、ほとんど一刷けでいいあらわされている。実直そうなこの老地方官の日焼けした顔を見ながら、源氏はあれこれと空蟬のことを想い出し、やや面はゆく感じたりもするのだが、つまりその程度にすぎない。知らぬは亭主で、ここはむしろ喜劇的な刺《とげ》さえ感じられる。それに若い源氏の心には、御曹司特有のナルシシズムが巣くっていた。

　中川の宿を訪ねた最初の晩のこと、隣室に寝ている空蟬と弟の小君とが源氏の姿につき噂するのを当人がそっと聞くくだりがある。小君、「……げにこそめでたかりけれ」、空蟬、「昼ならましかば、のぞきて見奉りてまし」。が、それっきりで、あとは顔を夜着のなかに埋めたらしい。そのとき源氏は、「ねたう、心とどめても問ひ聞けかし、とあぢきなく」（なんだ、もっと熱心に訊けばいいのに、とつまらなく）思ったとある。こうしたナルシシズムの鼻をへし折られ、現実と気紛れな希望とは同じでないことを思い知らされ、人違えまで犯してしまったのが、つまり空蟬との一件であった。中の品の女にしてやられた悔しさが男の心に長く尾を引くのも無理はない。もっとも、女にしてみれば己が宿世のつたなさから男を拒んだまでだが、それと男のナルシシズムとがここではもつれあい行き違い、こうしてこの最初の実験は失敗する。作者もこの両者が皮肉な等価であるかのように、両者の間を往きつ戻りつしながら源氏と空蟬とのきわどい交渉を描いている。

　両人がもし同じ階層にぞくする男女であったら、どんなに巧みに描かれていても、しょせん心理的な興味をそそるに終っていただろう。この冒険譚のもつ独自な緊張感は、源氏と空蟬が階層を異にする男女として向かいあい、しかも女の老夫が源氏に身分上隷属しているという矛盾と切り離せない。

三　情事と乳母子

なぜ乳母子か

「夕顔」の巻を読んで強く印象づけられることの一つは、惟光という脇役が大童《おおわらわ》な働きをしている点である。ともすれば私たちの眼は男女の主人公の方にもっぱら注がれがちだけれども、それだけでは抽象的な読みに陥ってしまう。この物語の理解には、諸人物の織りなすコンテクストをおろそかにするわけにゆかない。しかもそこには、現代からはもう消えた、その時代固有の人間関係が存すると予測される。端役や脇役が物語の展開上どんな役目をしているかは、後章であらためて論及することになろう。ここでは「夕顔」の巻に出てくる惟光が光源氏の乳母子《めのとご》、つまり両人はいわゆる乳兄弟の間柄であったこと、それがどういう意味をもっているかを、脇役論の一端として若干考えておく。この巻が「六条わたりの御忍びありきの頃、内裏《うち》よりまかで給ふ中宿《なかやどり》に、大弐の乳母《めのと》のいたくわづらひて尼になりにける、とぶらはむとて、五条なる家尋ねておはしたり」と書き出しているのも、乳母子の惟光を呼び出そうとする助走である。

むろん惟光だけではない。『源氏物語』を注意深く読んだものなら、この乳母子なるものがあれこれの場面で非常に肝心な役をしているのに気づくはずである。主だったものをざっと拾ってみると、光源氏と惟光のほか、（イ）夕顔と右近、（ロ）藤壺と王命婦（これにかんしては異論の余地もある）、（ハ）光源氏と大輔命婦、（ニ）女三宮と小侍従、（ホ）柏木と弁、（ヘ）匂宮と時方、（ト）浮舟と右近など、みな乳兄弟の間柄である。しかもその多くが物語の核心部に関与している。（ロ）の王命婦は源氏と藤壺との密通にたちあった侍女だし、（ニ）の小侍従は柏木と女三宮の密事をなかだちした侍女にほかならぬ。さらに（ホ）の弁は、宇治を訪れた薫——柏木と女三宮との間に生れた子——にこの密事を知るのは自分と小侍従だけであることや、柏木の臨終のさまなどを問わず語りに語り、託された遺書を手渡すのである。これだけ見ても、乳母子というのがいかに独自な存在であり、かつ物語の展開の鍵をにぎる人物であったか想像にかたくない。

乳母子はその主人のもっとも信頼できる従者であり、両人は秘密をわかちあい生死をも共にする仲らいであったと見ていい。つまり、実の血縁の兄弟（姉妹）よりも強い絆がそこには存した。上流の生活では兄弟は母かたで別々に人となる場合が多かったはずだし、そうでなくても兄弟は友であるよりはライバルになることの方が多かっただろう。その点、乳兄弟は同い年の伽《とぎ》として乳飲み児のときから一緒に育つのだから、独特の因縁がそこに生じるのは当然である。離乳期は今よりずっと遅かったし、離乳後も乳母は主家に家族の一員としてとどまることが多かったようである。

木曾義仲と今井兼平

乳母子が登場してくるのは、むろん『源氏物語』にかぎらない。たとえば『平家物語』にかたる木曾義仲とその乳母子・今井四郎兼平の最期や、手を組んで壇の浦に入水した平知盛とその乳母子・伊賀平内《へいない》左衛門家長の話などを見れば、武士の間にもこの絆がなお強く生きていたのを知りうる。*3 これはたんに封建的あるいは中世的な関係と規定できないはずだ。河原合戦で東国勢に敗れた義仲は涙を流し、「かかるべしとだに知らば、今井を勢田《せた》に遣らざらまし。幼少竹馬の昔より、死ならば一所で死なんとこそ契りしに、所々で討たれん事こそ悲しけれ。今井が行末《ゆくへ》を聞かばや」（河原合戦）といって自分も勢田の方へ落ちてゆく。そして本文はさらに次のように続くのである。脱線と見えるかもしれぬが、これは一つの典型的な場面であり、逆に本題を照らし返す点があると思うので、あえて引いておく。

今井四郎兼平も、八百余騎で勢田を固めたりけるが僅かに五十騎ばかりに打ちなされ、旗をば巻かせて主の覚束《おぼつか》なきに、都へと帰す程に、大津の打出浜にて、木曾殿に行合ひ奉る。互に中一町ばかりより、其《それ》と見知て、主従駒を疾《はや》めて寄り合ふたり。木曾殿今井が手を取《と》て宣ひけるは、「義仲六条河原で如何にも成るべかりつれども、汝が行末《ゆくへ》の恋しさに、多くの敵《かたき》の中を懸け破《わ》て、是《これ》まで逃《のが》れたるなり」。今井四郎、「御諚誠に忝なう候。兼平も勢田で討死仕るべう候ひつれども、御行末の覚束なさに、是まで参《まゐ》て候」とぞ申しける。木曾殿、「契は未だ朽《くち》せざりけり。義仲が勢《せい》は敵に押隔てられ林に馳散《ち》て、この辺《へん》にもあるらんぞ。汝が巻かせて持たせたる旗上げさせよ」と宣へば、今井が旗を差し上げたり。云々。（木曾最期）

上下の縦の主従関係と、「汝が行末の恋しさに」のいいぐさに示されているような朋輩としての横の友愛関係とが交叉しているのを、ここに見てとることができる。今井がつけつけと義仲に諫言《かんげん》を呈する場面もある。この絆にはかなり奥の深い歴史が宿っており、右はその中世風なあらわれに違いない。『保元物語』が為朝に「影の形に従ふごとくなる兵《つはもの》」の筆頭に「乳母子の矢前払の首頭《すどう》九郎」なるものの名をまずあげているのも注目される。記紀には乳母子にかんする資料は見えないが、天武天皇の殯宮《もがりのみや》で「壬生《みぶ》の事」を誄《しのびごと》した大海菖蒲《あらかま》は、もしかしたら、たんに乳母の家の代表というより天武の乳母子であったのではなかろうか。天武の名は大海人皇子で、それが乳母の家の名らしいことはすでに説かれている通りだが、その殯宮で大海菖蒲なるものがまず「第一に」誄したと書紀にあるのは、右の推測を助けてくれるに充分である。（なお乳母子の問題は、江戸の『伽羅先代萩《めいぼく》』などまで尾を引いているが、このへんに来るとさすが封建倫理の優越が目立つ。）

光源氏と惟光

だが、新旧の例をあれこれ拾ってみるだけでは仕方がない。さきに掲げたように『源氏物語』では話の展開の結節点ともいうべきところに乳母子があらわれ、しばしば決定的な役を演じているわけだが、大事なのはこのことが文学上どんな意味をもっているかにある。ずばりいってそれは、当の物語が主人公の秘密な情事を描こうとしていることと不可分である。「帚木」冒頭の一文に見るとおり、主人公の色好みの遍歴は、「かくろへ事」で内証事であった。そしてここ「夕顔」の巻でも六条わたりへの「忍び歩き」の途次、尼になり五条わたりに住んでいる乳母を病気見舞に尋ねるという形で乳母子の惟光が登場する。この惟光と光源氏との仲は、今井四郎と義仲との間柄にひとしい。しかし生死にかかわる軍事ならぬ、人目をはばかる情事の冒険がここでは主題なのだ。（なお『落窪物語』でも、主人公・左近少将が乳母子の帯刀《たちはき》と謀ってひそかに落窪の君を手に入れるという展開になっているのをいっておく。）

具体的には惟光が隣家に住む女にさぐりを入れ、源氏をつれこむという段取りである。というのも主人公がちらりと覗いたこの隣家の、簾の間からほの見える女たちの透影にいたく好奇心をそそられたのがきっかけである。雨夜の品定めがここにこだましていることは、「かの下《しも》が下と、人の思ひ棄てし住まひなれど、その中にも、思ひの外に口惜しからぬを見つけたらば、とめづらしく思ほすなりけり」とあるので分かる。このあたりは「らうがはしき大路」に面し、小家のごたごたとたてこんだ庶民街で、いうなればこれはそういう「下が下」への冒険の試みであった。ところが惟光の探索は、病人をかかえていることもあって、そうすらすらとは捗らない。源氏にせつかれても例のうるさい浮気心だと思って、彼はにべもない返事をする。と源氏はおれを憎いと思ってるんだなといってさらに督促するわけだが、このへんのやりとりには、いかにも伽同士らしい無遠慮さとユーモアがうかがえる。

乳母子の面目

そこで彼は家番の男を呼んでその住人の正体をきき出そうとしたり、垣間見を試みたり、消息をやったり等、探りを入れその次第を主人に報告する。源氏はいよいよ好奇心をかきたてられ、「なほ言ひ寄れ」とけしかける。さてどうやら首尾をとげたあと惟光が、自分が手に入れようと思えばできたのに、それを主人にゆずり「心ひろさよ」などと思ったりするあたりも、乳母子ならではの面目である。この人物の生きがいいのは、もっぱら上下の縦の関係に規定された官給の随人とは異なり、朋輩としての横の関係をもちながら主人の忍び歩きの案内をつとめているからだと思う。

さてその案内だが、それがさっきもふれたようにすらすらと進んでいってないのに、改めて注目したい。その間、伊予介上京の件とか、源氏が六条御息所とおぼしい女を訪れる話なども挿入されている。小説は動きのもっとも遅い文学形式といわれるが、それはたんに何が起きるかということがその主眼ではなく、したがってそこでは時間が必ずしも直進的でないことと関連する。少なくとも、話の筋や事件の継起にその興味の多くがかかっていた昔物語とは趣を異にし、『源氏物語』では何かが起きるにしてもその過程は実に遅々としか進まない。その代り不規則な生の旋律ともいうべきものが、絶えずそこからは聞こえてくる。「夕顔」の巻において、それは特にいちじるしい。隣家のことであるのに、そこにどんな女が住んでいるかを惟光はなかなか突きとめることができず、何かと手間どってしまう。ここには都市生活に固有な人と人との分離、その住人の無名性が見事に暗示されている。

場末の夕顔の宿

前に見たように「五条わたり」は、小家のごたごた建てこんだ場末であった。『今昔物語』や『新猿楽記』などに五条の道祖神の名が見えるのは、そのへんが当時の京の外れであったからだろう。だがここをたんに「らうがはしき」風景と見るだけでは、もとより充分でない。貴族たちのそれとは違うもう一つの生活世界がそこには存したわけで、主人公があばら屋で夕顔と契った夜のあけがたのさまを記した次の一節は、京の場末の雰囲気と、それを初めて経験した男のおどろきとを見事に描き出しているといっていい。

八月十五夜、隈なき月影、隙《ひま》多かる板屋、のこりなく漏り来て、見ならひ給はぬ住まひのさまもめづらしきに、暁近くなりにけるなるべし。隣の家々、あやしき賤《しづ》の男の声々、目さまして、「あはれ、いと寒しや。今年こそなりはひにも頼むところ少く、田舎の通《かよ》ひも思ひかけねば、いと心細けれ。北殿こそ、聞き給ふや」など、言ひかはすも聞こゆ。いとあはれなるおのがじしの営みに起き出でて、そそめき騒ぐも程なきを、女いとはづかしく思ひたり。えんだち気色ばまむ人は、消えも入りぬべき住まひのさまなめりかし。されどのどかに、つらきも憂きも、かたはらいたきことも、思ひ入れたる様ならで、わがもてなし有様は、いとあてはかに児めかしくて、またなくらうがはしき隣の用意なさを、いかなる事とも聞き知りたる様ならねば、なかなか恥ぢかがやかむよりは、罪ゆるされてぞ見えける。ごほごほと、鳴る神よりも、おどろおどろしく踏みとどろかす碓《からうす》の音も、枕上と覚ゆる、あな耳かしがまし、とこれにぞ思さるる。何の響とも聞き入れ給はず、いとあやしう、めざましき音なひとのみ聞き給ふ。

都市下層社会のこうした情景は、他の物語にはあまり見かけぬところだし、この作でもほとんど唯一のものだが、それがやんごとない貴公子の恋の遍歴の一節となっている点に、この巻の面目がある。貴族たちの耳にする臼の音といえば、せいぜい香料をついて粉にする「鉄臼《かな》の音」（梅枝）くらいだったろう。ここでは穀類を足で踏んでつく臼の音が、朝の枕上に雷みたいにひびいてくるのである。貴族社会から離脱しこういう世界に、短期間とはいえ源氏が降りてこれたのは、惟光なるものがいたればこそである。夕顔が頓死した後、野辺送りのことを人に知れぬよう万端とりしきったのもこの男である。紫上、朧月夜、末摘花らとの交渉においても、何かと彼は影の役を果たしている。源氏の須磨流謫《るたく》にさいし同行したのはもとよりである。こういう脇役がシテをお上品な世界から引きおろし、物語に生活の臭いを持ちこんで来ているのだ。いうなれば、主人公が総じて超越的存在であるにたいし、脇役たちには生活と大地につながれたものが多い。この双方の織りなす弁証法的ともいえる人間模様を見のがすならば、

「夕顔」の巻を真に読んだことにはならないだろう。

四　「やつし」の世界

日常性の異化

光源氏は図らずも女を熱愛した。空蟬の場合と同様これも色好みの好奇心に出たものではあるものの、しかしここで経験されたのは、もはやたんなる色好みなどではなかったといっていい。夕顔の遺児の玉鬘——実は頭中将との子——というのが後ほど大映しに登場してくる。これはふつう長篇的構想と呼ばれているが、その下地にあるのは、夕顔にたいする源氏の後々までも消えぬ愛の記憶であったはずだ。親しろの彼が玉鬘に懸想するのも、こうした記憶の変形であるかのように書かれている。

夕顔が廃院で源氏と一夜を過ごすほどに、物の怪におそわれあえなく頓死する条《くだり》については、改めてとりあげるつもりなので今は省く。さて例の惟光がその野辺送りのことをぬかりなく済ませたあと、源氏はせめて女の屍骸《なきがら》をもう一度見たいといい出し、東山の寺へと馬で出向いて行く。そして女の手をとらえて、声も惜しまず泣いたのであるが、こういう身分の男にとってこれがいかに型破りのふるまいであるか、いうまでもない。彼は真の愛を手に入れたとたんにそれを失ってしまったわけで、その後はしばらく心かき乱れ重くわずらったという。そして久びさに宮廷に参上すると、舅の左大臣が自分の車で迎えに来て、何くれとちやほやしてくれるのだが、それにつけても源氏は、「われにもあらず、あらぬ世に帰りたるやうに[*4]、しばしは覚え」たとある。「あらぬ世」とは別世界という意。人知れず身をやつし夕顔とともにあるとき経験した時間の充実、それに比べると久びさにいま戻ってきたこの宮廷とそれにつながる生活は、まるで異様な別世界みたいに思われたというのである。日常性が異化され、世界がここで逆転しているのを知らねばならぬ。

「やつす」は「やつる」の他動詞形で、容姿をみすぼらしくすること、ひいては変装すること、僧形になることなどをいうが、この語こそ「夕顔」の巻の鍵ことばと見るべきである。「御車もいたくやつし給へり」に始まり、「われも名のりをし給はで、いと理《わり》なくやつれ給ひつつ、例ならず下り立ち（なにものらず）ありき給ふは……」、「いとことさらめきて、御装束をも、やつれたる狩の御衣《みぞ》をたてまつり、様《さま》を変へ、顔をもほの見せ給はず、夜深き程に、人をしづめて出入りなどし給へば、昔ありけむものの変化《へんげ》めきて……」等々、源氏は完璧に身を「やつし」て夕顔のもとにかよったのである。女の方でありかを突きとめようと朝帰りの道をうかがわせるけれど、巧みにはぐらかされて行くえを晦ました……。

もっとも、「やつし」姿は男の忍び歩きには普通のことで、ここにかぎられた話ではなく、この作品中にも他に例が多い。江戸期になって遊び人風の色男を「やつし男」といい、和事を「やつし事」というのは、前代からのこうした慣わしが美学的に様式化したものと思われる。しかし「夕顔」の巻の「やつし」の意味には、この語の辞書的な解釈にとどまり、それをたんに風俗と見るだけでは汲みつくしえないものがある。右の引用からも分かるように、それはこの巻の要《かなめ》の語として働いているからである。

脱階級的

源氏はみすぼらしく身をやつすことによって、自分の素姓や地位を隠すというよりはむしろ剝ぎとり、「帝の御子」というところ狭《せ》き境涯をのがれ、しばし自由な身となって、あばら屋に住む女と睦んだのだ。夕顔との一件がおよそ貴族臭のない、ごみごみした場末の話とされているのも、それが脱階級的な経験であったことを示している。この女との秘かな出会いを通して、主人公は真の愛ともいうべきものが胸にしみわたるのを初めて知った。「帝の御子」としてこれは「さるまじき御ふるまひ」（帚木）の一つということになるが、しかし住みなれた宮廷世界とそれにつながる己れの日常生活が一時的にもせよ「あらぬ世」、つまりとんでもない世界と映ってくるような、そういう何ものかがこれによってしたたか主人公の心に刻みつけられたのだ。

さきに引いた一文に、「えんだち気色ばまむ人は、消えも入りぬべき住まひのさまなめりかし。されどのどかに云々……」とあったのを想い出していただきたい。つまり、あばら屋に住んでいるけれど女はそれをとくに気にかけるでなく、しかも上品であどけない様子であったというのだが、ここには夕顔の好ましい人柄と、気取り屋の多い一般貴族の女との対比が明らかに意識されている。もっとも夕顔は、実は必ずしも「下が下」の品ではなく、頭中将が品定めの晩、行方知れずになったと語った当の女で、正妻（右大臣の娘）のおどしにあってここに身をひそめていたのを源氏が訪れたのである。だから名をきかれても、「海士《あま》の子なれば」と答えるだけで素姓をあかさない。いいかえれば、男の側からしても女の側からしても、これは互いに正体の知れぬ出会いであった。「何れか狐ならむな」という男のことばに、そのへんの消息がハッキリうかがえる。何れにせよこの「やつし」には、確実にたんなる風俗以上のものがあるといっていい。

ちなみに『宇津保物語』に、当時の男たちが女を手に入れるにさいしては、「かたち清らかに、あてにらう〳〵じき人といへど、荒れたる所に、かすかなる住まひなどして、さう〳〵しげなるを見ては、あなむくつけ、我が労《いたつ》き煩ひとやならん、と思ひ惑ひて、あたりの土をだに踏まず」（嵯峨院）と見えているが、貴族たちの常識はほぼこういうものであったと思われる。

まして月の光が板屋の隙間から漏れなくさしこんでくるような場末の陋屋《ろうおく》に足をはこんだりするのは、酔狂というほかない。ところが源氏は、そこで今まで知らなかったもの狂おしくさえある愛を経験する。ということは、さまざまな規範にしばられたところ狭き身からの離脱が、この主人公の潜在的情熱となっていたことを語るものである。

私は前に、主人公の色好みへの遍歴が階級や時代の規範を背負った境涯に動機づけられていることを指摘したが、あばら屋に住む夕顔という女と睦むに及び、今や宮廷社会そのものがむしろ奇怪な「あらぬ世」として括弧にくくられ、その現実性をしばし奪われるのである。次の「若紫」の巻で例の藤壺とのゆゆしい一件が語り出されるとき、この犯しをありうることとして私たちが諾《うべな》うのも、「夕顔」の巻における主人公のこうした《経験》とそれが表裏包みあっていると感じるからではなかろうか。

五　「をこ」の物語

「をこ」の発見

方違《かたたが》えが人違えに終った点で、空蟬の話にすでに「をこ」の要素があるといったが、末摘花の話になるとそれがいっそうハッキリ前面に出てくる。

「をこ」を最初に主題化しその意味を問うたのは、柳田国男『不幸なる芸術』中の「鳴滸の文学」という一文である。そこでは『今昔物語』巻二十八所載の「をこ」話が中心に論じられているが、しかしいわゆる説話文学だけでなく、色好みの物語文学とも「をこ」はただならぬ因縁をもっていた。かぐや姫をめぐり男たちがあれこれ滑稽を演じる『竹取物語』は、さながら「をこ」の文学だと呼べるだろう。とくに石上麻呂が難題のツバメの子安貝をとりに棟に上り、ツバメの糞をつかんでのけ様にどうと落ちる話などそうである（第九章一節参照）。『落窪物語』でいうなら、「落窪の君」を手に入れんと年老いた典薬助が、冬の夜、板の冷えが腹にのぼってしでかすそそうなど、「をこ」の最たるものである。さらに『宇津保物語』になると、三春高基という例の傑物が登場する。彼はたっぷり私財をたくわえ、四面に倉をたてているが、住まいは三間の萱ぶき屋で、蔀《しとみ》の下まで畑にしているといった無類のけちん坊。宮中に参内するにも、板張りの、車輪の欠けたぼろ車に、ほつれた伊予すだれを引っかけ、そいつを栄養不良の牝牛にひかせ、従者にも木太刀をはかせ、古い藁靫《うつぼ》に蘆の葉を矢の代りにさしこみ、木の枝に細縄をつけ弓だといって持たせ、本人もお粗末きわまる服装で、平気な顔して出かけてゆく。

そういう存在のしかたそのものが貴族的なものの批判におのずとなっているところにこの人

物の独自性はあるわけだが、とにかくこう見てくると、儀式ばった糞まじめな公の世界をあざ笑うかのように、「をこ」、滑稽、ユーモアは私的な俗の文学たる物語を棲家としており、むしろその欠くことのできぬ要素であったのではないかという気がする。『平中物語』という作があるのも忘れるわけにゆくまい。物語を読む女たちの部屋のなかには、だから存外ホホという笑い声が時あってひびいていたはずである。『源氏物語』のなかにこの流れを汲む「をこ」話が織りこまれているとしても、何ら不思議でない。

「あはれ」と「をこ」

この作は古来「もののあはれ」の文学と称されている。それはそれとして認めていいとは思うけれども、「あはれ」一点張りは問題である。能と狂言の関係、ギリシャの悲劇とサテュロス劇の関係などに典型的に示されているように、古代・中世では、「あはれ」と「をかし」または「をこ」、もっと一般的にいって悲劇的なものと喜劇的なもの、まじめさと滑稽さとは、むしろ不可分の一対をなしていた。読者もその双方を要求したであろう。当時の読者にとってそれらはつれづれを慰める楽しみであったのだ。この一対から「あはれ」をとり出し、それだけを強調する読みかたは偏りすぎている。ここのことでいえば、主人公の遍歴譚として「夕顔」の巻と「末摘花」の巻とが「若紫」の巻をなかに挟み構造的に対応し、前者が「まめ」と

「あはれ」の話であるとすれば、後者が「をこ」と「をかし」の話になっているのは、ほぼ疑う余地がない。夕顔の花の白と末摘花（紅花）の赤との対比もまた明瞭である。

末摘花のこと

さて末摘花は故常陸宮の娘で、古い邸にわびしく暮らしている。この女の噂をこの家にも出入りしている大輔《たいふ》の命婦——源氏の第二の乳母の娘——というのからたまたま聞いて源氏は心うごかし、命婦に手引きさせる。「夕顔」の巻で惟光のつとめた役を、やはり乳母子の命婦がここでは受けもつ。ところが何と、男の見あらわしたのは稀代の醜女《しこめ》であった、というのがこの話の顚末である。ひょろ背で、顔は青味を帯び、おでこで、下ぶくれした長面で、その鼻は普賢菩薩の乗物の大白象《びゃくぞう》のそれかと思うばかりに高く、先の方が少し曲っていて赤々と色づいている……。

当時の男女の交渉は、噂を耳にした男がまず女に文を送り、女がそれに応じるという段取りを踏んで始まる。したがってこの種の滑稽な失敗は大いにありえたはずだが、しかし命婦は末摘花のことをあらかじめ承知の上で源氏を神妙にそそのかしたのだから、これはもう明らかに「をこ」を狙ったものと見るほかない。乳兄弟とはこういう道化た演戯も許される間柄であったらしい。現に両人のとりかわす会話は、源氏と惟光のそれと同じで、無遠慮なところがあってなかなか面白い。

前述のように『今昔物語』第二十八巻には、「をこ」の話が一まとめに載っているが、そこに青経と綽名された男の容貌がすこぶる「をこ」であったと次のように記している。さい槌頭だったので頸――『宇治拾遺』に「嬰《えい》」とあるのに従うべきか――は背につかず、ぶらぶらしていた。顔色は露草の花を塗ったみたいに青白で、まぶたは黒く、鼻はすくっと高く、ちょっぴり赤かった。唇は薄くて色もなく、出歯なので笑うと歯ぐきが赤く見えた。声は鼻声で、しかも高く、ものをいうと家中にひびきわたった。歩くときは背を振り尻を振って歩いた。これでもかこれでもかと畳みかけてゆく強調法は、末摘花の場合に酷似しているといえる。がこの女主人の方は、顔だちばかりでなくもっと人生万般にわたり世間並みでなかった。すなわち、古楽器の琴《きん》を友として葎《むぐら》の宿にひたすら古風を守ってひっそり暮らしており、服装はやけに旧式で、性質も度はずれに内気なハニカミヤで、男とものいうすべを知らず、また男女のつきあいに欠くことのできぬ和歌の作法にも暗く、おまけにひどい貧乏ときている。で源氏が訪ねてきて物越しに歌を詠みかけるけれど返事もせず、無言のままでいる。見るに見かねて女房の侍従というのが――かの女はこれまた末摘花の乳兄弟であった――、本人を装って代詠するといった始末。

奇想性

こういう人物にたいし、読者は誰しもまず優位にたち、自分の方がとにかくましだと感じる。そしてかの女の奇怪な容貌があらわになったときこの優越感は頂点に達し、そこにくすくすと笑いが喚起されるということになる。女房の代詠を本人の声と思いこみ、やおら押しあけて寝所に入ってゆく光源氏にたいしても、読者は一種の優位を感じるだろう。作中人物の知らないことを読者は知っているからだ。そういえば例の命婦が末摘花に源氏をしむけるやりかたが、すでにいささか気色ばみ曰くありげであったのを私たちは思い出す。しかもその命婦はいま別室にさがって、この二人の男女の首尾いかんと見守っているというわけである。

正身《さうじみ》は、ただわれにもあらず、恥づかしくつつましきより外の事またなければ、今はかかるぞあはれなるかし、まだ世馴れぬ人の、うちかしづかれたると、見ゆるし給ふものから、心得ずなまいとほしと覚ゆる御様なり。何事につけてかは御心のとまらむ、うちうめかれて、夜深う出で給ひぬ。命婦は、いかならむ、と目覚めて聞き臥せりけれど、知り顔ならじとて、御送りにとも声づくらず。君もやをら忍びて出で給ひにけり。

（御本人は無我夢中で恥ずかしくきまりが悪いばかりだったが、源氏は、まあ今のうちはこんなのが可愛げがある、男も知らず深窓に育てられたのだから、と大目には見るものの、何やら少し腑におちぬ、気の毒みたいなところのある女の様子である。これでは心にかなうはずもなく、源氏はため息をついて、まだ夜の暗いうちにそこを出る。命婦はどんな具合かしら、と寝ながら目を覚まして聞き耳をたてていたが、知らん顔でいようと思って、「お見送りを」とも女房たちに言わずにいる。男もそっと人知れぬよう出ていった。）

「心得ずなまいとほしと覚ゆる御様」とあるのは、契りを結んだ折の感触で何となくおかしいと思ったからだが、しかし暗くてよく分からず、男は夜深いうちに逃げ出してゆく。男が女の容貌のただならぬのを見あらわしたのは、それから数カ月後の後朝《きぬぎぬ》の朝の雪明りのなかであった。「きぬぎぬの恋」「きぬぎぬの別れ」は当時の恋歌の主題の一つにもなっており、相逢うた男女にとってこれはもっとも切なかるべき時刻である。それがこのように無慈悲に逆転されているのは、まさに「をこ」物語の真骨頂といっていい。この巻の終りのところに、平中《へいちゅう》への言及が見られる。平中は、女を訪れるとき硯の水入れを持参し、その水で目をぬらして泣きまねをした。それに気づき女が水入れに墨をすり入れておいたため顔が真黒になったという話で有名な男。末摘花にかんする物語は明らかにこうした「をこ」の伝統を踏まえ、それをとりこんだものだが、その奇想において、またそれが実現されてゆく過程の面白味において、これは色好み滑稽譚の傑作といういうにはばからない。

前にふれたように『源氏物語』は、どうも「あはれ」一色に読まれすぎている。しかし「をこ」の要素が「あはれ」と並んで作品を構成する有機的部分であるのを忘れるならば、その「あはれ」は星菫派流の底の浅い感傷に堕するだろう。この主人公は交野の少将に笑われそうな「まめ」だった心の持ち主であったというが、それは決して硬直し閉ざされた「まめ」ではなかった。彼は巷陋に住む夕顔という女に最後の野辺送りまでつきあうかと思うと、ここではこうして「をこ」をみずから演じるのである。その幅ひろい大らかさこそ彼の身上である。もっとも、「をこ」の伝統をとりこんでいると見るだけでは、この話の意味の半分しか受けとっていないことになる。ここでも『源氏物語』がそうしたものをいかに変形し、どういう次元を拓いていっているかを知らねばならない。それで「末摘花」の続編をなす「蓬生」の巻に目をちょっと移してみる。

赤貧無垢の心

その間、光源氏は須磨流謫の生活を送っていた。源氏の訪れがと絶えてから末摘花の暮らしはいよいよ貧窮し、荒れ放題の屋敷には狐が住みつき、生い茂った木立ちには梟《ふくろう》が鳴き、木精《こだま》が跋扈《ばっこ》するといったありさま、召使たちもたまりかね次々と去ってゆく。そこに「受領どもの、おもしろき家造りこのむ」連中がこの木立ちに目をつけ、売ってくれぬかといいに来たりする。

と古女房たちは、早速これを売り、もっとましなところに引っ越そうと申し入れるのだが、末摘花は「かく恐ろしげに荒れはてぬれど、親の御影とまりたる心地する古き住みかと思ふに、慰みてこそあれ」といって動じない。また、この家の古道具類を狙った成り上りがやってきて女房たちをまるめこんでうまく取引きしようとするけれど、これにもかの女は「などてか軽々しき人の家の飾りとはなさむ。亡き人（父）の御本意違《たが》はむがあはれなること」とことわる。

次いで心賤しく、はやりかな叔母（母の妹）なる女が登場してくる。受領の妻になりさがったのをかつて侮られた腹癒せに、こんどは末摘花を自分の娘たちの召使にしてやろうとたくらむ。そして自分の亭主が太宰大弐に出世し筑紫にくだることとなったのをさいわいに、あれこれお為ごかしをいって一緒につれて行こうとするが、末摘花は一向に承知しない。叔母は腹を立て、うぬぼれもいい加減にするがいい、藪のなかに住んでいるお前さんごときを光源氏が何で見向いたりするものか、とこきおろす。はたして、源氏帰京の噂を耳にはするが訪れてくる気配もなく、時は過ぎて行く。頼みとする乳母子の侍従も、かの大弐の甥の妻となり筑紫にくだることになる。末摘花はそれでも源氏との契りを信じ、心強く悲しみをこらえている。そこへいよいよ下向の近づいた叔母が得意げに車で乗りつけてきて、またもやお為ごかしを並べるわけだが、女は「かうながらこそ、朽ちも失せめとなむ思ひ侍る」と答えるだけ。叔母は悪態をついたあげく侍従を連れ去る。

筋を追うのにかまけて恐縮だが、さて末摘花という時代ばなれしたこの醜女にたいし私たちの抱いていた最初の優越感は、このへんで微妙に揺らいで来るのではなかろうか。自分の方がましだと思いこんでいたその優越性の基準が、実は浅い世間知にすぎなかったことに否応なく気づかされるからである。つまりひどく古風ではあっても純粋無垢な末摘花が、はやりかで当世風の叔母を逆に異化するのだ。

『本朝文粋』所収の「貧女吟」（紀納言）には、深窓に養われて綺羅脂粉にいとまなかった富家の女が今や活計つきて飢寒にせまられたさまを詠じ、また「慰二小男女一」（道真）という詩も、公卿として驕りをきわめていたものの子が飯米に窮し京中を流浪することを詠じている。漢詩風の修辞は割引せねばならぬ点があるにしても、貴種の出でありながら零落した末摘花のような貧女が、当時京中に棲息していたであろうことは推測に難くない。その反極にいたのが受領という成り上りものである。受領は公認の泥棒みたいなもので、一期つとめると金帛蔵に満つとも称されていた。そして大弐はさらにそれより一枚上で、玉鬘の召使の目にだが、この大弐の北の方が出歩く勢いは「帝の御幸にや劣れる」（玉鬘）と映ったという。「蓬生」の巻の興味は、解体期の世相に固有なこうしたあい反する二つの側面が、末摘花とその叔母との相関を通して見事に同時化されている点にある。

作品に含まれている読者

これを読むに従い、末摘花への私たちの態度は次第に両義的になり、始めの優越感は一種の困惑へと変ってゆくはずである。いうなれば作者はここで両面作戦をやっている。そして読者はこの両面のつくり出すデコボコした空間のなかに挿入され、人間の定義しがたさ、世間知というものが必ずしも判断の基準にはなりえず、むしろ偽善ですらあることについて反省をしいられる。読者もたんに作品の外にいるのではなく、作品のなかに暗に含まれているわけで、私たちが小説や物語を読む意味は、作品のなかで作者の志向性に出会い、それと交わり、それに反応するということをぬきにはありえない。ましてこの物語の読者の多くが当世好みの若い女たちであっただろうとすれば、末摘花の話で作者のしかけた戦術はかなり痛烈なものであったことになる。少なくともここには、『今昔物語』の「をこ」話などとやや違う、小説的としかいいようのない志向がはたらいているのを知るべきである。

「をこ」といえば、近江君を逸することができまい。かの女は内大臣（頭中将）の落胤、名告《なの》り出て内大臣邸にひきとられたが、何しろ「いと鄙《ひな》びあやしき下人《しもびと》の中におひ出で」（常夏）たので、姫君らしいもののいいかたも知らない。声は軽薄で詞はごつごつしていて訛りがあり、加えてひどい早口で、しかも無遠慮にしゃべりまくり、混乱と嘲笑をあたりに巻きおこす。内大臣も呆れはて、わが娘・弘徽殿女御のもとに出仕させようとするが、便器の御用だってやりますよ、といった返事がもどってくる。そしてその女御に型破りの消息文と一緒に次のような歌を贈ったりする。「草わかみ常陸の海のいかが崎いかであひ見む田子の浦浪」。早く会いたいという意だが、いかが崎は近江国、田子の浦は駿河国だからいわゆる「本末あわぬ歌」であり、「草わかみ常陸」の続きがらもデタラメである。

私は「をこ」のついでに近江君を引合いに出したにすぎぬが、この人物の愚行にはお上品な社会に穴をあけてみせてくれる点がある。そしてそれは「をこ」というものの意味を考える上に、やはり忘れない方がいいと思う。右の歌にしても、何かといえば歌枕を詠みこむ当時の貴族趣味的和歌作法にたいするパロディと見ることもできる。

六　附『新猿楽記』のこと

「をこ」尽し

行きずりながらここで、『新猿楽記』（藤原明衡）の「をこ」に言及しておく。従来、この本はもっぱら演劇史の資料であるかのように遇されてきた。なるほど、今夜の「猿楽見物」ばかり面白いものはなかったと書き出し、「呪師《ノロンジ》・侏儒舞《ヒキヒト》」以下、「妙高尼が繦緥乞《ムツキコ》ひ」「東人《アツマウト》の初《ウヒ》京上り」等、三十種の雑芸の名をつらね、「都《スベ》テ猿楽ノ態、嗚呼《ヲコ》ノ詞ハ、腸《ハラワタ》ヲ断チ頤《オトガヒ》ヲ解カズトイフコトナシ」（日本思想大系）といって演者の名をあげ、その品定めをやるという形で始まっているのだから、演劇史上これが見のがせぬ貴重な資料であるのは疑えない。（猿楽と「をこ」は不可分であった。それは、『三代実録』元慶四年七月廿九日の条に「右近衛内蔵富継、長尾米継、伎、散楽ヲ善クシ、人ヲシテ大イニ咲ハシム。所謂潟滸《ヲコ》ノ人ニ近シ」とあるのでもわかる。）

しかしこれをたんに演劇史の資料と見るだけでは、一面的だと思われる。和文風にいいかえれば、『新猿楽記』は「新をこ物語」となるはずである。現に本書の中心主題は、この夜、猿楽見物にうち揃ってやってきた西の京の右衛門尉なるものの一家の「をこ」ぶりを語ることにおかれている。一家といっても妻三人、娘十六人、男九人からなり、娘の聟《むこ》たちも入れ、博打あり、巫女あり、学生あり、相撲人あり、医師あり、陰陽家あり、遊女あり、験者あり、受領の郎等あり、絵師あり等、家族構成は職人づくしに近い。むろんこれは一つの仮構にほかならぬが、その同じからざる「一一ノ所能」を記そうとして『新猿楽記』と名づけたのだと考えてよかろう。たんに「猿楽記」なら、右にあげたようなもろもろの雑伎にかんする話ということにしかならない。そういう雑伎としての猿楽見物のことから書き出してはいるが、この部分は実は枕であり、これを枕とし猿楽見物に来た右衛門尉一家の「をこ」ぶりを書き記そうとするのがこの書の本意である。それで『新猿楽記』と称したのに相違ない。日常語でも滑稽な冗談口はすでにサルガウと呼ばれていたから、『新猿楽記』すなわち「新をこ物語」となりうるわけで、つまりこれは猿楽の演技にも比すべき新たな戯文ということになる。

細目に立ち入るのはさし控えるが、冒頭をうけたまわる齢すでに六十になる第一の本妻——しかも夫はまだ五十八歳で好色甚だ旺《さか》んとある——のことを叙した文を見本までにあげておく、「首ノ髪ヲ見レバ皤々《ハハ》トシテ朝ノ霜ノゴトシ。面《オモテ》ノ皺《シハ》ニ向ヘバ畳々トシテ暮ノ波ノゴトシ。上下ノ歯ハ欠ケ落チテ飼猿ノ顔ノゴトシ。左右ノ乳ハ下リ垂レテ夏牛ノ閇《フグリ》ニ似タリ。気装ヲ致ストイヘドモ、アヘテ愛スル人ナシ。宛《アタカ》モ極寒《シハス》ノ月夜ノゴトシ。……吾ガ身ノ老衰ヲ知ラズシテ、常ニ夫ノ心ノ等閑《ナホザリ》ナルコトヲ恨ム。云々」。醜婦のさまをいうのに、漢文固有の大げさな比喩的修辞を以てしている点に、何ともいえぬ滑稽が存する。さらにかの女は夫の愛をとりもどそうと、あれこれ怪しげな「愛法」にうつつをぬかすが験なく、「嫉妬ノ瞼《マナブタ》ハ毒蛇ノ繞乱《ネウラン》セルガゴトク、忿怨ノ面《オモテ》ハ悪鬼ノ睚眦《ガイサイ》スルニ似タリ。云々」といったありさま。

『新猿楽記』と『源氏』との同時代性

それにしても、『新猿楽記』と『源氏物語』とどうかかわるというのか。まず注目したいのは、明衡（九八九～一〇六六）と紫式部（九七八？～一〇一六）とがほぼ同時代人であった点である。むろん、両者の間に何らかの交渉があったかどうかは問うところでない。しかし清少納言とか和泉式部とかだけでなく、『新猿楽記』の著者も同時代人であり、かつ同じ京中に住んでいたのを忘れぬ方が、十世紀末から十一世紀初めにかけての時期がいかにラディカルな解体期であったか、そして『源氏物語』が深い意味でいかに歴史的生成になる作であるかを知るのに役だつと思う。歴史的生成であることをやめたとき、古典は権威となるか玩物となるか、とにかく現代とはあまり縁のないものになってしまう。少なくともこの異質な『新猿楽記』を視野に入れると入れないとでは、『源氏物語』を読む眼がやや変ってくるといえるのではなかろうか。川口久雄氏『平安朝の漢文学』がこの明衡などにもふれ、「女流の仮名文学一辺倒」を見直すべしとしているのには、とくと耳を傾けねばなるまい。

本章の註1で私は、大学の博士たちが戯画化されている「少女」の巻の場面を引いておいた。彼らのものいいが滑稽なのは、漢文訓読調の、つまり日常性に根ざさず、書物のなかから化けて来たような異様なことば遣いを平気で、また得意気にやるからである。品定めの段に見える、藤式部を辟易させた「風病重きに堪へかねて云々」という博士の娘の口つきも同様である。とりも直さずそこには、律令制イデオロギーとしての儒教が老化し、政治的にもはや現実性をもたぬものになっていた消息がうかがえるわけだが、さてそういう博士たちのまさに反極に藤原明衡はいたはずだ。女のための物語作者が漢学者くずれの連中だったらしいことは前に見た通りだが、明衡も彼らとほど遠からぬあたりにいたと見ていい。彼の独自性は、漢文で以て巷間の人びとの生きざまを戯文に綴るという逆説を敢行した点にある。そしてそこでは、格調ある漢文的修辞法と対象の卑俗さとが奇妙な具合に衝突し、和文ではちょっと出せそうもない滑稽感が炸裂しているように思う。

『新猿楽記』の面目を真に知るには、文体の分析を欠かせない。もう一つの彼の著『雲州消息』なども、たんに往来物あつかいするだけでなく、こうした観点からもっと見直していいものがあるのではなかろうか。

註

＊1――光源氏の息子の夕霧が大学に入り、博士たちに字《あざな》をつけてもらう儀式が二条院でおこなわれる（少女）。そのときの博士たちのことば、「おほし垣下《かいもと》あるじはなはだ非常《ひざう》に侍りたうぶ。かくばかりのしるしとあるなにがしを知らずしてや、おほやけには仕うまつりたうぶ。はなはだをこなり」（全体相伴役の方々は、すこぶる以て無作法でござる。かようなまで著名な拙者を存ぜずして、朝廷にお仕えあられるのか。すこぶる以て笑止千万）。それでみんなが笑うと、また「鳴高し。鳴り止まむ。はなはだ非常《ひざう》なり。座をひきて立ちたうび

なむ」（やかましい。静まりなされ。すこぶる以てけしからん。退席なされませ）など、おどしいうのも、いと「をかし」と見える。儒者とかぎらず、当時は職業により、階層や身分により、あるいは男女により、もののいいかたが違ってきていたはずで、言語のそういう社会的分化は第九章でもいう通り小説をなりたたせる基盤でもあったのだが、なお本章中の、『新猿楽記』について記した一節をも参照。

＊2――その催馬楽を下にあげておく、「我家《わいへ》は、帷帳《とばりちやう》も、垂れたるを、大君来ませ、聟にせむ、御肴《みさかな》に、何よけむ、鮑栄螺《あはびさざえ》か、石陰子《かせ》よけむ、鮑栄螺か、石陰子よけむ」。「かせ」は形、女陰に似るので、女を暗示する。枕草子にも「すさまじきもの」の段に「方違へに行きたるにあるじ（御馳走）せぬ所」とある。

＊3――念のため原文を引いておく。本文に掲げる「木曾最期」の一文と並読していいものと思われる。「新中納言（平知盛）「見るべき程の事は見つ、いまは自害せん」とて、めのと子の伊賀平内左衛門家長をめして、「いかに、約束はたがうまじきか」との給へば、「子細にや及候」と、中納言に鎧《よろい》二領きせ奉り、我が身も鎧二領きて、手をとりくんで海へぞ入にける」。「見るべき程の事は見つ」というセリフだけが独り歩きしがちだけれど、やはり乳母子のことも忘れない方がいいと思う。

＊4――最近は「われにもあらず、あらぬ世によみがへりたるやうに、しばしは覚え給ふ」とするテキストが多い。日本古典全書なども、始めは「あらぬ世にかへりたるやうに」であった

のを、途中どの版かで「よみがへりたるやうに」と変えている。これは『源氏物語大成』が「よみがへり……」とある本文を採用して以来のことではないかと推測される。入水して生き返った浮舟のことばに、「よろづのこと夢のやうにたどられて、あらぬ世に生れたる人はかかる心地やすらむ、と覚え侍れば……」（手習）とあるのは、むろんこのままでいいけれど、「あらぬ世によみがへる」といういい方は、日本語としては成りたたないのではなかろうか。なぜなら「あらぬ世」の「あらぬ」は、他の例を見てもわかる通り、とんでもないとか、異様なとかいう意のピジョラティヴな、つまり悪くいう時の用語であり、したがってそこに「よみがへる」とはいえないからだ。『源氏物語大成』を見ても青表紙本系統に「かへり……」とする本がいくつかあり、現行のものでは古典文学大系本が「かへり……」としている。ここを「よみがへり……」とあえて変改するのは、日本語より伝本をありがたがる一種の物神崇拝ということになろう。

第四章　空白と脱線と

一　空白について

読者の想像

前に引いたように「夕顔」の巻は、「六条わたりの御忍び歩《あり》きのころ、云々」と始まっている。この「六条わたり」の女が実は六条御息所前（前東宮妃）であることは後文でやっとわかってくるのだが、これまで本文に全く出てくることのなかったこの女と光源氏との関係が、こうしていきなり暗示される。つまり、物語の展開上、一つの空隙がここには存する。それにつき宣長は、源氏と御息所とのなれそめはかくもあったであろうかと想像し、「手枕」という一文を草している。酔狂といってしまえばそれきりだが、小説や物語を読むさい読者の想像がどこでどう働くかを知りうる点で興味なくもない。

『源氏物語』中いちばんこの空白またはギャップの目立つのは、いわゆる「雲隠」の巻である。「幻」の巻と「匂宮」の巻との間にあるもので、ここは巻の名だけあって本文がない。「匂宮」の巻が「光隠れ給ひにし後、云々」と書き出しているように、それはちょうど光源氏が他界した部分にあたる。もっとも「雲隠」という巻の名じたい、果たして原作者の立てたものかどうか疑わしい。最近の注釈書にも、「紫式部は、なまじい雲隠巻などを記述しなかった。それが、いかに賢明であったかを考うべきである」（古典文学大系）、「この物語の作者は、雲隠という巻名だけを残すという思わせぶりなことをするはずもなさそうに思われる」（古典文学全集）といってある。これはその通りだろうと私も考える。しかし、「雲隠」という巻の名がいつのまにか立てられ、さらに「雲隠六帖」と称するものなどが作られるようになったのを、たんなる賢しらにすぎぬといいきれるかどうか。少なくとも享受の歴史のなかで眺めた場合、それにはやはりそれなりの意味があったと思う。主人公の死が空白になっているのを何とか埋めようとして、中世の読者はここでいやが上にも想像をそそられたのではなかろうか。

むろん悪くするとこれは、本文への不当な干渉や介入になりかねない。私のいいたいのは、物語や小説にこうした空白や間隙のあるのはむしろその固有な姿であり、それが読者に想像の翼を与えるという関係になっているはずだという点である。古代・中世の物語に、後人の手が加わって増補される例が少なくないのは周知のとおりだが、それをたんに作品が写本の形で伝えられるためとか、作品の所有観念が稀薄であったためとか見るだけでは充分であるまい。後人の手はただ何となく加えられるというより、作品に右に見たようなギャップがあるのにつけこんで行われたに相違ない。「雲隠」の巻とか宣長の「手枕」とかによって、そのへんの消息をうかがうことができる。

だから『源氏物語』にしても、それが完全に一人の作者の筆になるものだとの保証はどこにもないわけで、現に「竹河」の巻などには文章にやや異質なものがまじっており、作者は別人であろうという説をとなえる向きもある。しょせん憶測にすぎないけれど、全くありえぬことではない。そのさい「竹河」の巻が正篇最後の、そして宇治十帖の始まる直前の空白部に位置しているのを見のがせないはずである。

だがそこから『源氏物語』を多くの作者の共同制作だと持ってゆくのは、牧歌的にすぎると思う。この作が一人の作者の手になるものであることは、ほぼ疑えないと私は考える。主題においても文体においても一人の作者でしか可能でないような一貫性が断固とそこにはある。宇治十帖は別人の作かも知れぬともってゆくのも、座興でしかありえまい。つまり『源氏物語』は一人の作者にのみ固有な密度や緊張をもった筆致で書きくだされており、後人の加筆をそうやすやすとは寄せつけなかったに違いない。

作者と読み手との関係

実は私の頭のなかでは、方法上《小説の小説》と称されるスターン『トリストラム・シャンディ』——漱石が早くからこの作に関心を寄せていたことはよく知られている——の次の一節が出番をまっていた。作品中の空白、その書かれざる部分の意味について、これほど端的に道破した言葉は他に見あたるまい。いわく、「作法を心得た者が品のある人たちと同席した場合なら、何もかも一人でしゃべろうとする者はないように――儀礼と教養の正しい限界を理解する作者なら、ひとりで何もかも考えるような差出がましいことは致しません。読者の悟性に呈しうる最も真実な敬意とは、考えるべき問題を仲よく折半して、作者のみならず読者のほうにも、想像を働かす余地を残しておくということなのです。私といたしましては、永遠にこの種の敬意を読者に払っている者であり、読者の想像力にも私のそれに劣らず働いていただくために、力の及ぶかぎりをしているつもりです」（朱牟田夏雄訳）と。

十八世紀の作者らしい、いかにも自由で諧謔のきいたものいいだが、彼の説く作者と読者の関係――その中身には歴史的変化があるとしても――は、あらゆる時代の小説に多かれ少なかれ通用すると考えていい。（映画こそ省略の芸術の最たるものであろうが、それに言及するのは私の任でない。）さて、スターンの右のことばをくぐって『源氏物語』にふたたび戻ってみるに、その主人公の死の場面が空白のままになっているのは、読者の想像力にたいし大きな「敬意」を作者が払っているしるしであることが、おのずと判ってくるであろう。それを書かなかったのが「いかに賢明であったかを考うべきである」（古典文学大系）とされるが、その「賢明」さは読者への「敬意」と一体であったのを知るべきである。現に主人公の臨終、人びとの歎きまどうさまをつぶさに描いたとしたら、読者の想像のはたらく余地はまったくなくなるとともに、それで以て大詰めとなり、時間は停まり、小説的運動はここに尽きはてる他なかっただろう。少なくとも、宇治十帖という新たな世界の開かれてくる潜勢力はこの戦術的空白のなかに存するといっていい。

空白の意味

「夕顔」の巻の書き出しについても、ほぼ同じことがいえる。つまりそこに空白と省略が存するのにむしろ少なからぬ意味があるのであって、それを「手枕」のように埋めてしまったら、元も子もなくなってしまう。何ものとも知れぬ「六条わたり」の女といういいかたから生じるおぼろで神秘的な影が、夕顔物語の不可欠の背景であるゆえんについては、次章で述べる。光源氏と藤壺との密通の件にしても、作者はその最初の日のことを書いていない。これを作者が書き洩らしたのだろうとか、脱落したのだろうとかかんぐって帳尻を合わせようとかかるのは、作者の読者への「敬意」を仇で返すに等しい。そのへんのことがウヤムヤになっているため、あれこれと無用な混乱が起きているように思われる。詩や歌では語と語のあいだに空隙があり、そこから独自の曖昧さが放射されるが、小説ではプロットの次元においてそうした空隙があらわれるといってもいい。

二　脱線について

成立論をめぐって

ここで『源氏物語』の成立論と呼ばれるものに一言ふれておく。ただ、その細部に立ち入るのは本意でないので、論の根底に横たわる思考法を検討するにとどめたい。

その張本となったのは、和辻哲郎『日本精神史研究』（一九二六年）所収の「源氏物語について」と題する一文である。要約すれば、およそ次のようになる。まず「帚木」の巻冒頭の「光源氏、名のみことごとしう、言ひ消たれ給ふ咎多かなるに、云々」という例の一文をとりあげ、これは「読者が光源氏を知ることを予定して書かれたもの」である、したがってこの巻は「後に書かれ」て挿入されたと考えるべきで、「とにかく現存の源氏物語が桐壺より始めて現在の順序のままに序を追うて書かれたものでないことだけは明らかだ」とし、さらに右のことと関連してこの物語には「視点の混乱」が生じていることを説き、次のように結ぶのである、「恋人の数をふやすと共に、主人公の描写はますます困難の度を加える。現在の源氏物語は、この困難に押しつぶされている。源氏は一人の人間として描かれていない。……しかし我々は〈原源氏物語〉に想到するとき、そこに幾人かの恋人に心を引裂かれながらもなお一人の人間として具体的な存在を持った主人公の存在を考えることが出来る。……この種の主人公が検出されたとき、源氏物語の構図は初めて芸術品として可能なものとなるであろう」と。

この論にたいし疑問点を若干提示したい。第一は、表にこそ出していないが、これはホメーロス詩篇の成立論にかんする西欧の研究からえた知見をそっくり『源氏物語』にあてはめようとしたものであること。彼がブチュア『希臘天才の諸相』（一九二三年）の共訳者の一人であり、後に『ホメーロス批判』（一九四六年）を出しているのからしても、この推測はほぼ間違っていまい。外国の研究に学ぶのはもとより結構だし必要でさえあるが、幾世代にもわたり吟遊詩人の唇にのって伝承されてきたホメーロス詩篇のような叙事詩にかんする成立論を、初めから文字で書かれた物語の成立論に果たしていきなり持ちこむことが許されるかどうか。第一章で見た通り『源氏物語』は自己意識の強い作者の手になる作り物語であり、しかも孤独な黙読を要求するていの作品であった。そういう作を、ホメーロスと同じように「一人の作者」ではなく「一つの流派」によって作られたかも知れぬという前提に立って扱おうとするのは、見当外れというほかあるまい。パリー（M. Parry）やロード（A. Lord）などの叙事詩研究が解明したごとく、文字以前の古い叙事詩は独自な構文から成っており、そしてそれは文字文芸の作られかたとは全く質を異にするのである。

ついでにいえば、和辻哲郎の議論にはいささか皮肉な時代錯誤もふくまれている。『ホメーロス批判』が出た時には、彼の依拠していたもろもろのホメーロス研究文献は方法的にもうほとんど御破算に近いものになっていたからだ。もっとも、これはよくあることであって誰も咎めだてする資格はない。問題は、御破算になりかかっている方法の、しかも誤った適用になるこの一文を、まるで権威みたいに多くの国文学者がケンケン服膺《ふくよう》しその指し示す方向に走り出したことである。そのあらましは入門書にさえこのごろは紹介されているので深入りはさし控え、ここではそれが作品の読みとどう連関しているかにつき私見を記しておく。

古典主義美学

まず気づくのは、こうした成立論的思考法の根底にある文学観が十九世紀風の古典主義美学に根ざしており、その規範に拠っていることである。たとえば「視点の混乱」を強調しているが、いったい作品は一定の視点からする「統一ある一つの世界」をなぜ持たねばならぬというのか。あるいは「夕顔」の巻の冒頭に「六条わたりの御忍び歩きのころ」と出てくる女が、最初から六条御息所であるとハッキリわかるようになぜ書かれねばいけないというのか。そしてそこからなぜあえて、そのことを暗示する異本もないのに「原源氏物語」という幻のテキストを想定し、それによって初めて『源氏物語』は「芸術品」になりうるなどと考えねばならないのか。かつて一世を風靡した『源氏物語』の成立論議から出てきたのは、せいぜいネズミ一匹というところではないかと思う。こうした成立論が整合性とか無矛盾性とか調和とかをもっぱら重んじる古典主義美学に立脚し、その間尺にあわぬ部分を切りすてようとしていることは明白である。が、それはあべこべで、むしろアンファミリアーと見えるものの意味を問うことの方が解釈上、大切なのではなかろうか。

文学作品の統一性とは、テキストを読み、作品を享受することにおいてあらわれてくる映像にかかわっている。私たちの視点も決して固定したものではなく、読み進むにつれいわば組んずほぐれつしながら展開する。成立論が文学的に空虚なのは、テキストに従ってその読みを構造化することを怠り、その統一性をもっぱら観念や論理や事実の上のこととして考えているからである。そうかといって、『源氏物語』が現存の巻の順に書かれていったはずだなどという積りはない。私たちがちょっとしたものを書く場合だって、初稿から浄書までの間、前後あれこれさし変えたり、挿入したり、加上《かじょう》したりのてんやわんやはごく普通のことだし、ましてこの物語のような長篇ともなれば、そういうことがまるで無かったとする方がおかしい。だが、現存の姿を取ったとき『源氏物語』は完成したのであり、それ以前の、たとえば「帚木」「空蟬」「夕顔」などの巻などが書かれていなかったかも知れぬ時点を想定し、それを「原源氏物語」と称し、それに差しもどすとき「源氏物語の構図は初めて芸術品として可能なものとなるであろう」（傍点引用者）と持っていったりするのは、一つの知的遊戯でしかないという気がする。そのさい、誰か別人がこれを書いて後から挿入したというような事態は、前にもいったようにちょっとありそうもない。古代や中世の作品が十九世紀美学の規格にあわないのは当然である。逆遠近法で描かれた絵と遠近法で描かれた絵との構造的な違いに似たものが、そこにはあるといえなくもない。

脱線と前進のからみあい

この作品を「桐壺」の巻からずっと読んできた場合、成立論が問題にしているようなあれこれの点にひっかかり享受が不当にさまたげられる、と果たして私たちは感じるだろうか。むしろ「夕顔」の巻――「桐壺」の巻が俯瞰法だとすれば、この巻はさしずめ仰角法というところか――の中ほどあたりにくるにつれ、この作品を読むよろこびは次第にふくらんでくるはずだ。成立論議はどうも、作品を読むという経験を軽んじたアカデミックな講釈に落ちているように思われる。「帚木」「空蟬」「夕顔」の三帖が物語の本筋からやや外れた、独立性のつよい部分をなしているのは確かだけれども、物語の筋が直線的時間の軸に沿ってパノラマのように展開せねばならぬ義理などないわけで、第一、もっぱら筋書きを追いかけるため作品を読む人などいないだろう。もう一度スターンから引用させてもらえば、「読書の生命、真髄は脱線です。

――たとえばこの私の書物から脱線をとり去って御覧なさい――それくらいならいっそ、ついでに書物ごとどこかに持ち去られるほうがよろしい……私は、この書物の最初から、脱線的な動きと前進的な動きとを一所懸命からみ合わせ、ないまぜにして、二つの輪がお互いに別々には動かぬように気をくばりつつ、大抵の場合全体のからくりが進みをとめないようにと努めて来たわけです」とあるのは、『源氏物語』を読む上にも何かと参考にならないだろうか。この物語の作者も、「帚木」「空蟬」「夕顔」三帖をとり去られるくらいなら、書物ごと持ち去られる方がましだといいそうな気がする。

それにしても、「夕顔」の巻の最後に記された草子地の一文を、ここにやはり掲げておかねばならぬ。

かやうのくだくだしき事は、あながちに隠ろへ忍び給ひしもいとほしくて、みな漏らしとどめたるを、など帝《みかど》の御子ならむからに、見む人さへかたほならず、もの誉めがちなると、作りごとめきてとりなす人ものし給ひければなむ。あまり物言ひさがなき罪、さりどころなく。

これは明らかに「帚木」の巻冒頭の、第一章にかかげた草子地と首尾呼応している。だが、そのことからこの三帖の後期挿入を説き「原源氏物語」を云々したりするのは、形式的修辞学の域を一歩も出ていないことになろう。江戸期の萩原広道がすでにいっているように、光源氏の「かくろへ事」とは空蟬や夕顔のことにとどまらず、後にかたられる藤壺や朧月夜のことなどをとりすべて含むと見るべきである。現にこの主人公の内証事のうち、もっともゆゆしいのは藤壺との一件であった。帝の御子だからとて何で欠点をとりつくろい、ほめちぎるのかと、「作りごと」のように取りなす人がいたので、もらさずぶちまけた次第、口さがなき罪はのがれられぬが、どうかよしなに、というこの口上も、かなりソフィスティケートされたものである。作者の口さがなき罪が本番に入るのは、むしろこれから先のことかも知れないのだ。少なくとも右三帖の「脱線的動き」に「前進的な動き」が微妙にからんできているのは確かである。雨夜の品定めが物語全体に反響しているのは前にふれたとおりだし、またかの「やつし」の世界での脱階級的な経験は、目には見えぬがその後における主人公の魂の発展に統合されていっているると思う。主人公はやがて生涯の妻紫上と出あうことになるが、それが生きてくるのもこうした「脱線的動き」のお蔭にほかならない。

作品の享受とは

享受といえば、何やら甘美で恣意的なもののように取られやすい。だがそれは作品を理解し解釈しようとする、受動態における一種の再創造活動であり、批評や研究を基礎づける過程である。読者はたんなる消費者ではない。読みかつ享受するという行為から離れるにつれ、作品は次第に物化され、それへの態度は、容疑者の家に踏みこみ、机の抽出しや戸棚をひっくり返したり畳を剥いだりして証拠物件を探し出そうとする警察官の手口に多少とも似てくるだろう。『源氏物語』成立論の手口がそうだとまではいいたくないけれど、それが中途半端なところで読みと享受をやめ、相当古風な趣味や観念にもとづく思惑を優先させすぎているのは疑いえない。再びいう、「読書の生命、真髄は脱線」にあると。作品も同じで、「帚木」以下三帖は『源氏物語』全体にとって、どうしても欠くことのできぬ脱線部分ということになるはずだ。小説は前にもいったように規範をもたぬ、何をどう書いてもいい自由な文芸だから、スターンをまつまでもなく、とくに長篇ものではむしろ脱線が古くから一つの常態であったと考えてもいいだろう。といって、小説における形式上の統一や全体性の問題をまるまる拒もうとするのではない。

享受しつつ作品を通りぬけることをせずに無矛盾性の法則をむげに追求するといったやりかたに、私は反対しているまでである。

第五章　夢と物の怪

一　『源氏物語』と『雨月物語』

怪異の世界

珍奇を旨とし、おどろおどろしいことの多い昔物語とちがって、『源氏物語』は「はじめよりをはりまで、たゞ世のつねの、なだらかな事」(『玉の小櫛』)、つまり人びとの日常の生活を描いたものだと宣長はいう。それはその通りだが、今の目には超自然・超現実と映り、怪異としか思えぬような側面がそこにあれこれと存するのも疑えない。以下そのもっともなるものとして、夕顔を瞬時にして死に至らしめた廃院の怪をとりあげ、それがどういう意味をもつかについて考えてみる。

怪異といえば、『雨月物語』の作者・上田秋成のことが気にならざるをえない。宣長を目の敵にしていた秋成ながら、『源氏物語』の贔屓《ひいき》筋であった点は同じで、「夕顔」の巻などが『雨月物語』の下地の一部になっているのは周知の通りである。またこの作が江戸期のいわゆる怪異小説中、出色のものであるのもすでに定評のあるところ。確かに類書と異なり、そこでの妖怪変化のあらわれかたには鬼気せまる凄味というか、たんなる仕掛・からくり・趣向ならぬ強い現存性があるといっていい。そしてそれは、作者が怪異の世界の実在を信じていたこと、あるいは信じようとしていたことと無縁でなかろう。人、狐に魅せらるることなどなしと説く懐徳堂の儒者・中井履軒にたいし秋成は、「学校のふところ親父、たま〳〵にも門戸を出ずして、狐人を魅せずと定む、笑ふべし〳〵」（『胆大小心録』）と罵っている。それも京都の町なかで自分の実際に経験したところを持ち出して、こうやっつけているわけだ。

しかし怪力乱神を語ろうとせぬ儒者だけではない。元禄以降は、すでにおしなべて妖怪たちの退化衰亡の時に当っていた。たとえば楚満人の作『化物大閉口《だいのへいこう》』（寛政八年）の一節には、当世における化物の衰運を次のように記している、「日々御当地の繁昌に従ひ、出づべき空屋敷もなく、はしからはし、隅から隅まで、賑やかに夜は屋台店や、二八（うどん屋）の行燈、茶漬屋の看板に白昼のやうなれば、一向面出《つらだ》しもならず、此まゝならば化物一統とりつゞき（渡世）出来難く、いかゞはせんと寄り合ひ相談するに、云々」。が、その甲斐もなく、とどのつまり化物たちは箱根の山を越え落ちていったという。夜もなお明るい都市の繁昌に気おされ、化物たちの渡世ままならぬ次第になったさまを戯作の筆にのせたものである。妖怪変化、魑魅《ちみ》魍魎《もうりよう》が江戸文壇に乱舞するのは、それより後の文化・文政から幕末にかけてのことだが、これは当代が彼らにとって棲み心地よき世であったせいでは決してない。むしろそれは末期《まつご》の花、もしくは最後のあがきであり抵抗であった。その多くが人をアッといわせるからくりとして現われているのも、箱根の山を一度は落ちていった連中の出直しであったからだろう。

上田秋成の位置

新興の江戸と歴史の厚く沈澱した京都との差もあるはずだが、これに比べると秋成はもっと危機的に有鬼の境に出入りしているように思われる。古代信仰を説く国学者の一端に彼がつらなるのも故なしとしない。私はかつて彼の「よもつ文」のことに論及したことがある。これは、近ごろ死んだイサという乳母が、三年前にあの世の住人になっている妻に托された手紙を持って夢にあらわれてきたことを記したものだが、こうした類いの信にかけては、宣長より秋成の方がいっそう強い執念の持ち主であったかも知れず、彼の狷介《けんかい》孤独ともそれは関係がありそうに思われる。とにかくこうして秋成は死に瀕した怪異の世界を信じ、それを作品化することに己れを賭けようとする。だからそれは虚構と見まがうばかり経験を変形して成ったものであって、頭のなかでたんにこしらえた話ではない。文章にこめられている緊張や弾力からもそれを察知できる。

鬼の出没する平安京

一方、『源氏物語』の場合はどうか。平安朝にはいわゆる怪異の世界が生活とすぐ隣りあわせにあり、その信が習俗としてひろく生きていたと見ることができる。夕顔が荒れた「なにがしの院」で物の怪におそわれて息絶えたという話も、つとに指摘されている通り、左大臣源融の旧邸である河原院に伝わる話を下敷にしている。『江談抄』にいう、宇多法皇、京極御息所と同車して河原院に赴く、月明らかな夜であったが、房事の最中、塗籠《ぬりごめ》のなかより融の霊あわれ云々、御息所失神云々と。五条近くの廃院の怪といえば当時の読者は誰しもこの河原院とそこに棲むと伝える融の霊にかんするこうした話をすぐに想起したであろう。『伊勢物語』には、ある男、女を盗み出し芥川のほとりなるあばら屋に一夜すごすほどに、鬼いて女を「一口に食ひてけり」というような話もある。また『今昔物語』は鬼が人を食う話をあれこれ載せ、うっかり人気ない所などには行かぬがよいと戒めている。

こういった話が当時はすぐ手のとどくあたりに浮游しており、それは折にふれ人びとの見聞するところであったに違いない。鬼は宮廷の紫宸殿のなかにさえ出没した。「夕顔」の巻には「南殿《なでん》（紫宸殿）の鬼の、なにがしの大臣《おとど》をおびやかしけるたとひ云々」と見えるが、これは『大鏡』に伝える太政大臣藤原忠平の話を指している。怪力乱神を語らぬ儒教の教義や文明化の波にさからうようにして『雨月物語』を書いた上田秋成にくらべ、こと鬼神にかんするかぎり妙ないいかただが、『源氏物語』作者の方がいかに時の恵みを享け、それを身近に感じていたかわかる。平安京の夜は、まだしんしんと暗かったのだ。

二　心の鬼

宵過ぐるほど、すこし寝入り給へるに、御枕上《がみ》にいとをかしげなる女ゐて、「おのが、いとめでたしと見たてまつるをば、尋ね思ほさで、かくことなることなき人を率《ゐ》ておはして、時めかし給ふこそ、いとめざましくつらけれ」とて、この御かたはらの人をかき起さむとすと見たまふ。物に襲はるる心地して、おどろき給へれば、灯も消えにけり。（夕顔）

（宵過ぎたころ、少しとろとろすると、枕上にひどく美しげな女が坐っていて、「私がこんなにいとしいとお慕い申しているのに、訪ねて下さらず、大して見どころもないこんな女を連れこんで可愛がられるなんて、くやしく辛いことよ」といいながら側の女（夕顔）を揺り起こそうとすると夢に見た。源氏はものにおそわれる心地して目をさますと、灯も消えておった。）

枕上の女

「宵過ぐるほど」とあるように、これはほんの寝入りばなのことであった。その点、怪異出現の刻限が『雨月物語』では夜中から暁にかけてであるのと対比的だが、それはしばらくおき、まず見のがせないのは、この怪しい女人は客観的に姿をあらわしたのではなく、ひとり光源氏の夢枕に立ったことである。後文にも、紙燭《しそく》を持って来させてみると、「ただこの（夕顔の）枕上に、夢に見えつるかたちしたる女、面影に見えて、ふと消え失せぬ」とある。つまりそれは源氏の目にした幻影であったのだ。しかもしつっこくそれは彼につきまとう。夕顔の七七の法事をすませた次の晩、かの廃院の光景はむろん、枕上に立った女のさままであの時さながら夢に見えたので、さては「荒れたりし所に棲みけん物」が自分に魅入ってああいう次第をし出かしたのだろう、と薄気味わるく思ったという。

『源氏物語』には「心の鬼」という語がしばしば用いられている。漢文の「疑心生㆓暗鬼㆒」（心に疑うところがあると種々の恐ろしい幻影が生じる）という諺を国風化したもので、『蜻蛉日記』などにもすでに出てくるのだが、紫式部好みの語の一つであったとはいえそうだ。『式部集』に次の一首を載せる。

絵に、物の怪のつきたる女のみにくき像《かた》かき
たるうしろに、鬼になりたるもとの妻《め》を、小
法師のしばりたる像《かた》かきて、男は経よみて、
物の怪責《せ》めたるところを見て

亡き人に託言《かごと》をかけてわづらふもおのが心の鬼にやはあらぬ

亡妻のせいにして、女は物の怪に悩んでいるが、実は男じしんの心の鬼のしわざではないかという意。物の怪を調伏しようと経を読んでいる男の心を見すかした、かなり邪慳な歌である。もっとも、ここ「夕顔」の巻にこの語は使われていない。しかし夢枕に立った「いとをかしげなる女」の姿が、つとに萩原広道や山口剛の指摘するように、光源氏じしんの心の生み出した影であり幻覚であるかのごとく描かれているのは確かである。鬼神は今や人間の心のうちにも棲みこみ、夢の中にその姿を現ずるに至ったのだ。現代語ではほぼ良心の呵責というにあたるが、そういいかえたのでは内面的・倫理的になりすぎ、肝心な何かが失われてしまう。「心の鬼」は心内に棲み、わが身をとがめ、時あって悪しき幻影を放射する魔ものである。そして「夕顔」の巻の絶対的ともいえる新しさは、これまでたんに外の世界に棲むとされていたこの鬼神を、同時に主人公の心内のものとしてこのように描き出した点にある。

では夢枕に立ったこの女は誰か。江戸期には昏夜、鬼を語れば怪いたるとされていたが、こうした俗信の根はかなり古いであろう。この廃院の場面でも、「気疎《けうと》くもなりにける所かな。さりとも鬼なども、われをば見ゆるしてむ」という源氏のことばに誘われて変化《へんげ》のものは現われた気配である。だから、その「いとをかしげなる女」の正体が誰であるかは、今のところ全くわからない。しかし何がしかの暗示がないわけではない。この節の冒頭に引いた一文のすぐ前に次のようにある。

六条わたりにも、いかに思ひ乱れ給ふらむ、うらみられむに、苦しう道理《ことわり》なり、といとほしき筋は、先づ思ひ聞え給ふ。何心もなきさしむかひを、あはれと思《おぼ》すままに、あまりに心深く、見る人も苦しき御有様を、すこし取り棄てばや、と思ひくらべられ給ひけり。

（六条あたりでも、どんなに思い悩んでいるだろう、恨まれるのも辛いながらもっともだと、すまぬという点ではまずあの人のことが胸に浮かんでくる。こうして無邪気に向かいあっている夕顔を可愛いと感じるにつけても、あの人の、あまり思慮ふかく、こっちが息苦しくなるような様子を、少し取りのけたいものだと、つい比べてみるのであった。）

子供みたいに素直で愛らしい女が目の前にいるにつけ、このごろ夜離《よが》れがちな、やんごとなく、気位たかく、年もたけ、妬み深く、そのため気重くのしかかっていた「六条わたり」の女のことが、ふと心をよぎった。夢のなかでの「かくことなることなき人を率て」という女の言葉にも、その気位のほどがうかがえる。

廃院の物の怪

だが、夢のなかでその女が傍の人をかき起こそうとしたと見て源氏は目がさめただけなのに、どうして夕顔は瞬時に息絶えてしまったというのか。夕顔はひどい怖がりだったので物の怪に気どられたのだろうとあるが、これは悟性的思考では割りきれぬ話というほかない。しかも濃い真実性がそこには存し、物の怪など信じない私たちでも、それをありうることのように思って読む。作品中の信は、実生活のなかの信よりずっと弾力的である。道徳感情についても同じことがいえる。道徳感情や信を異にするあれこれの古典をそれらにあまり妨げられずに私たちが享受できるのは、作品中に実生活とはちがう一つの具体的な言語的宇宙が成立しているせいと思われる。かといって、夢というものにたいし当時の人がどんな態度を持していたかに無関心であっていいことにはならない。

「明石」の巻には、夢に桐壺院の亡霊に睨みつけられたのがもとで朱雀帝が眼病にかかったとある。さらに『平家物語』には、平清盛が霊夢のなかで厳島明神からうつつに長刀を賜わった話を伝えているが（大塔建立）、それというのもかつて夢がじかに経験された独自なうつつ、一つの確かな現前であったからである。したがって夢とうつつを二分し、それを機械論的に対立させるだけでは、彼らの夢に近づくことはできない。そのへんのことは別のところで解明を試みたことがあるので（拙著『古代人と夢』）、参照を乞う。「夕顔」の巻で主人公の夢枕に立った変化のものが傍に寝ていた女をとり殺したのも、その夢が一つのうつつとして彼の日に現じたことを示す。そして私たちがそれをさもありなんとうべなうのは、そういう心の準備が本文を読んでいるうちいつの間にかできあがっているからである。

「幻の如く、現の如く」

以上に述べたところは、結局、山口剛の次のことばを私なりに敷衍したものである。いわく、「これをうつして、夢の如く、幻の如く、現の如く、六条御息所の如く、源氏心内の影像の如く、院内の妖怪の如くおもはしむる所、作者の最苦心した所であらう。しかも、事を構へる、一々当時の人々の信ずる所にしたがふ」（『江戸文学研究』所収「夕顔の巻に現はれたるもののけに就いて」、傍点引用者）。江戸期の上田秋成が滅亡に瀕した怪異の世界をみずからの信によって必死に作品化しようとしたとすれば、『源氏物語』の作者は世におこなわれる身近な事実としてそれを受け入れることができたといっていい。紫宸殿にさえ鬼が出没したという話からもわかる通り、夜ともなれば怪異の世界は平安京の生活をすっぽり包みこんでいたわけで、『源氏物語』作者はその外なる怪異を主人公の心のうちなる影でもあるかのように形而上的に内面化し、両者の隠微な相関関係を廃院での夜の経験として描いたのである。さきにはこの廃院は左大臣融の河原院らしいといったが、その名をそうだと指示しているわけではない。それはあくまで

「なにがしの院」なのであり、そのことによって幻想味がいっそう怪しく立ちのぼって来るのを知るべきである。こうして、いわゆる物の怪信仰一般に還元することのできぬ斬新な文学的次元がここにきり拓かれる。

凄愴の気あふれる一節を次に抄しておく。夕顔頓死の直後、主人公と夕顔の侍女・右近と二人、この院の闇のなかに取り残された場面である。

夜半《よなか》も過ぎにけむかし、風のやや荒々しう吹きたるは。まして松のひびき木深《こぶか》く聞えて、気色ある鳥の枯声《からごゑ》に鳴きたるも、梟《ふくろふ》はこれにやと覚ゆ。うち思ひめぐらすに、こなたかなた、気《け》遠くうとましきに、人声はせず。などて、かくはかなき宿《やどり》は取りつるぞ、と悔しさもやらむ方なし。右近は物も覚えず、君につと添ひ奉りて、わななき死ぬべし。……（中略）……灯はほのかにまたたきて、母家《もや》の際《きは》に立てたる屏風の上《かみ》、ここかしこのくまぐましくおぼえ給ふに、物の足音ひしひしと踏みならしつつ、後《うしろ》より寄り来る心地す。惟光疾《と》く参らなむ（早く来ればいい）と思す。

物の怪の実在が信じられていた時代の、そしてさる廃院で現にそれに襲われて女を死なせた男の経験した夜の孤独の、ほとんど極限ともいえるものがここにはあるわけだが、このような文章は、物の怪が習俗として信じられていた時代にあって、それを信じることをしない精神の持ち主のみの、よく書くことのできたものではなかろうか。

三　霊の病い

登場人物が三人になる

賀茂斎院の御禊《ごけい》の日、葵上の車と六条御息所の車とが所争いを演じたのがきっかけで、御息所は苦悩つのり、ついにその生霊が葵上にとりつくという話は前にもとりあげたが、それをここではやや違う角度から眺めてみたい。物語の一場面の登場人物が二人から三人となり、人と人との間に従来とは異なるあらたな葛藤の様相が示されてくるのは、文学史的におそらくは『源氏物語』を嚆矢《こうし》とするのであり、その点この段はとくに注目していいのではなかろうか。といえばいかにも唐突めいて聞こえるかも知れぬが、必ずしもそうではない。

神話や叙事詩や民間文芸にあっては、登場人物は一場面二人という法則がかなり貫徹していている。こうした特質を私は『古事記』にそくして確かめたことがある（『古事記注釈』第一巻　参照）。むろん、二人以上の人物がそこにいるのを妨げるわけではない。何人いようと真に働いているのは二人であり、他はものいわぬダミーなのである。一方、アリストテレスの『詩学』が、俳優が二人から三人へと進化したのはソフォクレスの劇においてであるといっているのを思い出さぬわけにゆかない。人間関係の矛盾がいっそう複雑にからみあい、より高次の解決が求められるようになった事態とこれは見あっているはずで、日本演劇史ではさしずめ近松ないし歌舞伎あたりが問題となりそうな気がするのだが、果たしてどうか。能は原則としてまだシテとワキの二者から成る。演劇史にとどまらず物語文学の歴史にとっても、このことは大きな意味をもつと思われる。

私は必ずしも登場人物の数にこだわっているのではなく、人物たちの作り出す磁場のことを念頭においているのである。たとえば前節に見た光源氏と夕顔の場合にしても、たんに二人きりの関係ではなく、そこには「六条わたり」の女が影を投げかけている。光源氏と藤壺、柏木と女三宮との密通事件などが日程にのぼるにつれ、人物間の磁場はいよいよ入りくんで来る。浮舟をめぐる薫と匂の三つ巴の関係などを考えてもいい。公儀のさなかに私的関係の火花が散った例として車争いのことを前にはあげたのだが、作中人物史という点から見ても、ここには無視できぬものがある。一人の男をめぐる二人の気位たかい女の車が白昼の大路でぶっつかりあったのだから、ただですむはずがない。しかも御息所は葵上の供人に辱しめを受けた上、源氏から一顧も与えられなかったのだ。（賀茂の祭りの時の車争いのさやあては『落窪物語』などにも見えるが、それは風俗の域を出るものではない。）

魂の游散

能の「隅田川」の母親や近松のお夏などに見られる狂女の系譜がある。子をかどわかされた突然の悲しみや、烈しい恋の苦しみが狂女を現ずるのだが、「もの思へば沢の蛍も我が身よりあくがれ出づる魂《たま》かとぞ見る」と歌った和泉式部あたりも、この系譜に入れていい。ちなみにこの歌には「男に忘られて侍りけるころ云々」の詞書がついている。さて六条御息所だが、この人物の特質は、「いと物をあまりなるまで思《おぼ》ししめたる御心ざまにて、齢のほども似げなく（源氏よりずっと年上で）、人の漏り聞かむに、いとどかくつらき御夜がれの寝ざめ寝ざめ、思ししをるる事、いと様々なり」（夕顔）と、そもそもの始めから物思う女として出てくる点で、夜離《よが》れのつらさに自尊心がうちのめされたのか、この女のまわりにはほとんど病理的な不安と憂愁の気が常住ただよっている。だから例の車争いは胸に釘をうちこまれるような衝撃であったのであり、そのあと「御息所は、物を思し乱るる事、年頃よりも多く添ひ……」「御心地も浮きたるやうに思されて、なやましう」（葵）なり、ついにはその生霊が物の怪となって葵上にとり憑いたというわけだ。けだし、物を深く思うと魂が身体からあくがれ出てゆくと人びとは信じており、右にあげた和泉式部の歌はこうした心象風景を集約した作である。

魂のこの游散現象についてはもう何度か書いたことがあるので繰り返さない。ここではそれが御息所のこととしていかに語られているかを考えてみる。次に引くのは、かの女が源氏の正妻・葵上のところに出ていって相手を打ちかなぐるさまを夢に見たことを記す有名な一節である。かなり長い引用文だが、僅か四つのセンテンスから成っているのは、女の苦悩があれやこれやと止めどなくもつれあっているのを暗示するであろう。

大殿《おほいどの》には、御怪気《もののけ》いたう起りて、いみじうわづらひ給ふ。この御生霊《いきすだま》、故父大臣《おとど》の御霊《らう》などいふものありと聞き給ふにつけて、思し続くれば、身一つの憂き歎きよりほかに、人をあしかれなど思ふ心もなけれど、物思ふにあくがるなる魂は、さもやあらむと思し知らる事もあり。年頃、よろづに思ひ残す事なく過《すぐ》しつれど、かうしも砕けぬを、はかなき事の折に、人の思ひ消ち、なきものにもてなすさまなりし御禊《みそぎ》の後、ひとふしに思しうかれにし心、しづまり難う思さるるけにや、すこしうちまどろみ給ふ夢には、かの姫君と思しき人の、いと清らにてある所に往《い》きて、とかく引きまさぐり、現《うつつ》にも似ず、たけくいかきひたぶる心出できて、うちかなぐるなど見え給ふこと、度重《たびかさ》なりにけり。あな心憂や、げに身を棄ててやいにけむと、現心《うつしごころ》ならず覚え給ふ折折もあれば、さならぬことだに、人の御ためには、よさまのことをしも言ひ出でぬ世なれば、ましてこれはいとよう言ひなしつべきたよりなり、と思すに、いと名立たしう、ひたすら世に亡くなりて後に怨み残すは世の常のことなり、それだに人の上にては、罪深うゆゆしきを、現《うつつ》のわが身ながら、さるうとましきことを言ひつけらるる、宿世の憂きこと、すべてつれなき人にいかで心もかけきこえじ、と思し返せど、思ふもものをなり。(葵)

(物の怪がさかんに現われて、葵上はひどく苦しんでいた。御息所は、その物の怪が自分の生霊や故父大臣の霊だという噂をきくにつけ、いろいろ考えてみるに、わが身一つの憂き歎きよりほかに、人をあしかれなどと思う心はないのだけれど、物思いをすると知らぬ間に魂があくがれ出るというから、そんなこともあろうかと思いあたるふしもある。年ごろ物思いはあれこれしつくして来たけれど、まだこれほど心砕けはしなかったのに、例のつまらぬ事件の折、人からないがしろにされ、物の数でないように扱われたあの御禊の日このかた、一途に無念なと思いつのり心も上《うわ》の空になって、鎮めようもなかったせいか、ちょっとうとうとした夢のなかで、あの姫君とおぼしき人のきらきらしているあたりに出向いていって、あっちこっちと引張りまわしたり、ふだんの時と違い、どうしようもなく猛々《たけだけ》しく烈しい心がわいてきて、打ちのめしたりするのが、見えることが一度ならずあったのだ。ああ浅ましい、ほんとにわが魂は身を捨てて出て行ったのだろうかと、正気を無くしたように感じる折々もあるので、これほどでない事でさえ、他人《ひと》ごととなるとよいようには言わぬ世間だから、ましてこれは噂をいいたてるに恰好な種だと思うと、今にも評判に立ちそうで、死後、ひたすらこの世に怨念を残す例ならざらにある、それさえ他人ごととして聞くと罪ふかく不吉なものなのに、生きながら我が身の上につき、そんなうとましいことを言いたてられる宿世のつらさよ、もう金輪際、あのつれない人に心をかけたりすまい、と思い返すのだが、歌にもあるとおり、思うまいと思うのも、つまり物を思うことなのである。）

さてこのとき、葵上はお産を間近にひかえていたのだが、そういうとき産婦は物の怪にとり憑かれるとされていた。『紫式部日記』の中宮お産の条《くだり》などには、こうした折の物の怪とその調伏のさまをつぶさに記している。出産は一つの異常な危機であり、とくに陣痛の烈しさは悪霊のしわざと考えるほかなかったらしい。そういう俗信にもとづきながらも、しかしそのことがここではもっと別の文脈のなかに挿入されている。出産につけこみ葵上にとり憑いたのは、思い乱れる六条御息所の生霊であったからだ。一条摂政伊尹《これまさ》を朝成の生霊がとり殺したとか、行成が某所の額を書くとき佐理の生霊に悩まされたとかいう話が諸書に伝えられているから、これも当時の俗信に類するといえなくもないが、しかしかの女の霊は夢のなかで当人の知らぬ間にあくがれ出ていったとある点を見落とすべきでない。

魂が人間にとって他者的存在であることについては前掲拙著を参看していただきたいが、それは「アクガル」という語に徴してもうかがえる。「アクガル」とはわが身を宿とする魂の、自分の意志にかかわらぬ離脱行為をいう。何かを憧憬する意の「アコガル」に転化した後もなお、どこやら無自覚でふらふらしているといった語感がつきまとうのは、魂のこうした他者性の名残りと思われる。それはともあれ、御息所の霊はひとりでにあくがれ出ていって葵上にとり憑いた。かの女じしんそのことを知ったのは人の噂によってで、そういえばうとうとした夢のなかで葵上とおぼしきものの所に行って相手を荒々しくなぐりつけなどするのを何度か見たことがある、という風に、そのことに気づく形になっている。しかもあろうことか、物の怪を退散させるため葵上の枕上で焚いた護摩から移った芥子の香が自分の衣などにしみつき、着がえしても髪を洗ってもそれが落ちなかったという。ここに生きている超現実主義的ともいうべき発想は、魂の他者性を前提にせねばうまく理解できないだろう。本人は「身一つの憂き歎きよりほかに、人をあしかれなど思ふ心」（前掲）などなかった。現にかの女は高雅にして気品ある貴女であり、とくにその水茎の跡のうるわしさは比べものがないほどだった。それだけ逆に、夜離《よが》れの辛さが無気味な風に意識下に沈澱し、いうなれば霊の病いつまり hysteria に犯されていたらしく思われる。それがかの御禊の日の一件に衝撃され、ついに夢のなかでの魂のこうした游散とはなったのだ。

ここに鬚黒夫人のことを想い出すのも無駄でない。女（玉鬘）のところに出かけようとする亭主・鬚黒の衣に心やさしく香をたきしめていた北の方が突如、乱心の発作を起こし、火取の灰をさと亭主にあびせかける場面が「真木柱」の巻にある。北の方はやがて離別の憂き目にあうが、女、とりわけ既婚の女たちが当時いかに魂の不安にさらされ霊病に犯されがちであったかの一端を知りうる。しかし語り手は、北の方のこの振舞いは本人の「うつし心」に出たものではなく物の怪のしわざなのだ、とまわりの女房たちも思ったといっている。嫉妬心はむらむらと燃えあがる情緒であるため、精神の一つの状態ではなく、物の怪という外なる悪霊が入りこんできて荒れすさぶのだと思われていた。

hysteria について

hysteria という語は、ギリシャ語の hustera（子宮）にもとづくそうだ。今でもこの病い、女人とくに既婚者に多いとされるのを考えると、きわめて古い由来がそこにはあったことになる。子宮の喚びおこす女体の戦慄は、霊の病いとつねに紙一重であったのだろうか。だがむろん、これを没歴史的に一般化すべきでない。女がこの病いに犯されるのは、社会の仕組みや生活の秩序がずっと男本位であって、女を従属させていたことと不可分である。その点、『源氏物語』描くところの六条御息所は、精神分析学にもってこいの研究対象だといえなくもない。

が、そのことはしばらく置く。この段が私たちに大きな驚きを与えるのは、出産をひかえた葵上の苦しみと御禊の日に辱しめを受けた御息所の苦しみとを、後者の生霊が前者にとり憑くという形で同時化し、それによって三人の人物——一人の男とそれをめぐる二人の女人——の内的葛藤のありさまを、何とも意外なやりかたで見せてくれるからで、夢とうつつ、幻覚と自我との怪しく交錯する、ちょっと他に類のない凄まじさがそこにはあるように思う。しかも荒唐無稽さがまるでないのは、人びとの生きたであろう経験を土台にしてそれが構成されているからに違いない。

「空にみだるるわが魂を…」

右に引いた一文より後になるが、御息所の執念深い物の怪が最後に調伏される場面も注目に価する。験者たちに調ぜられた物の怪はむせび泣き、源氏にいいたいことがあるという。それで彼は葵上の几帳のなかにひとり入り、遺言でもあるのかと、手をとってやさしく慰めのことばをかける。さすがの葵上とも源氏はついに和解するかに見えた。ところが答えたのは葵上本人ではなく、それにとり憑いた霊であった。

霊「いで、あらずや。身の上のいと苦しきを、しばし休め給へ（体がひどく苦しいので、調伏をしばらく休ませてほしい）と聞えむとてなむ。かく参り来むともさらに思はぬを（ここにやって来ようなどとは、さらさら思ったりしないのに）、物思ふ人の魂は、げにあくがるるものになむありける」と、なつかしげにいひて、

歎きわび空にみだるるわが魂を結びとどめよしたがひの褄《つま》

と宣ふ声、けはひ、その人（葵上）にもあらず、かはり給へり。いとあやしと思しめぐらすに、ただかの御息所なりけり。

この物の怪が御息所の生霊かも知れぬとの噂は前々から立っていたとはいえ、それをまさしくそうだと見たのは源氏だけであった。「ただかの御息所なりけり」とは、目のうつつにそれを見たさいの決定的な一瞬を伝えるものである。私たち読者は、夕顔をおそったかの廃院の怪もそういえばやはり御息所であったかも知れぬ、とこのとき始めて、ふと閃光のように気づくというわけである。源氏ひとりそれを見た点も、両者は酷似している。六条御息所が源氏の心のうちに棲みこんだ暗い影であることが、これでいよいよハッキリする。

四　過渡期の悲劇

「罪深き所」伊勢

御息所には実は故前坊との間に一人の娘があった。そしてそれが朱雀帝（源氏の兄）の即位にさいし伊勢の斎宮に卜定される。御息所はこれを潮に源氏との仲をあきらめ、娘と一緒に伊勢に下ろうと心に決める（賢木）。斎宮は伊勢神宮に仕える最高巫女で、天子の代替りごとに未婚の皇女のなかから撰ばれるしきたりであった。『延喜式』の斎宮式に規定する通り、これは俗世を断つとともに仏法をも忌まねばならぬ聖職であった。賀茂の斎院も斎宮に準ずるとされているのだが、例の車争いが起きたのは新斎院の御禊の日のことであったし、今また娘が新斎宮に卜定され、一緒に伊勢に下るとあっては、六条御息所という女にはよくよく古代の因縁がつきまとっていたことになる。

さて、仏法を禁断して暮らすのは後生をおろそかにすることであり、したがって平安中期になると、それは重い罪だと考えられるようになっていた。朱雀から冷泉に代替りし都にもどってきた六条御息所が、「罪深き所に年経つるも、いみじう思して、尼になり給ひぬ」（澪標）とあるのも、それとかかわっている。仏縁を離れた宗廟伊勢は今や「罪深き所」へと逆転したのである。『更級日記』作者が天照大神の何であるかを知らなかったというのも無理はない。宮廷の祖神としてかつて光輪につつまれていたこの神格も、後生での個人の魂のゆくえが問題となるに及び、遠い記憶のなかにしか生きぬものになろうとしていた。選子（村上帝皇女）のごときは斎院でありながら仏法をあがめ、朝夕の念誦をとなえたという。この世は望み薄く、むしろ後生のことが人びとの心を圧迫し始めてきたからで、こうして御息所も伊勢で犯した罪をつぐなうべく尼になる。そしてやがて他界するのだが、その罪はついに消えることがなかった、と『源氏物語』は語っているかのようである。

御息所の死霊

源氏が女三宮のところに泊っていたある暁がた、紫上が急に発病し、ひどく苦しんだ。病いは篤く、あれこれ加持祈禱をやらせ、心のひまもなく源氏は看病につとめるけれど、はかばかしくないまま日は過ぎてゆく。やはり物の怪が憑いていたのである。が何と、験者に調ぜられあらわれ出たのは死後十数年もたつ御息所の霊であった。髪をふり乱し泣きながら、人ばらいして源氏に向かい、まだ消えぬ心の妄執のほどを訴え、最後に次のように告げたとある、「よし、今はこの罪軽むばかりのわざをせさせ給へ。修《ず》法《ほふ》読経《どきやう》とののしる事も、身には苦しくわびしき焔とのみまつはれて、さらに尊きことも聞こえねば、いと悲しくなむ。中宮（御息所の娘）にもこのよしを伝へ聞え給へ。ゆめ御宮仕の程に、人ときしろひ嫉《そね》む心、つかひ給ふな。斎宮におはしましし頃ほひの、御罪軽むべからむ功徳のことを、必ずせさせ給へ。いと悔しき事になむありける」（若菜 下）。

もっとも、この死霊はだしぬけに現われたわけではない。ついさきごろ源氏はこれまでの女性関係を回想し、紫上に何くれと語ったことがある。その折、御息所につき、奥ゆかしい人柄だったがどうも気づまりで打ち解けにくく、それでそのまま切れてしまったわけだが、「我罪ある心地して」つぐないにその娘を後見し中宮にとりたてたのを御息所もあの世から見直してくれてるだろうと語った。死霊は、源氏にかく貶められたのが恨めしく、紫上の心労につけこんで現われ出たのだった。かの女の魂は死後も転生をとげることができず、中有《ちゅうう》の空にゴーストとしてまださまよっていたわけだ。ここで娘（中宮）に「人ときしろひ嫉む心つかひ給ふな」と戒めるとともに、斎宮となっていたころの罪をほろぼす功徳を積むよう言い伝えたのは、仏法禁断の伊勢ですごしたとき後生のことを怠ったせいでわが身は転生できぬといっているに等しい。「いと悔しき事になむありける」も、伊勢で過した生活をさすものと思われる。

古代信仰が異教となる

斎宮制は古代の王権の聖性を神話的に象徴する体系の一つで、南北朝ころまで続きはするけれど、こうなればそれはもう滅びかけたも同然で、今や古代信仰は異教になろうとしていた。六条御息所という人物が表現しているのは、まさしくこうした過渡期の悲劇である。古代信仰がまだ命脈を保っていた一つ前の時代にも、また仏法が勝利しそれへの改宗が完了してしまった一つ後の時代にも、このような人物の出番はなかっただろう。さきにもいった通りこの人物は精神分析学の見地から取りあげることも充分可能だけれど、やはり、この女のあの世における苦患が「罪深き所」としての伊勢での生活にもとづくとされている意味をおろそかにできない。『源氏物語』はかの女をたんに心理的にではなく、過渡期としてのこの時代に固有な精神的・文化的地平のなかに挿入して登場させていると思う。この人物の異常性は、だからむしろ時代の孕む矛盾の暗さと深さをものがたる。

『源氏物語』そのものが、古代から中世への過渡期を横ぎった作品ともいえる。むろんきわめて緩慢にそして不透明にだが、確実に何かが終り何かが始まり、古い諸要素と新しい諸要素とが並存し衝突し絡みあうといった過渡期の混沌がここでは経験されていたはずで、この作が多様な人物の登場する長篇小説にならざるをえなかったのも、いうなれば関節がはずれ、この世がえたいの知れぬ深淵に投げこまれたことと無縁であるまい。それにしても死後における魂の救いの障りとして、伊勢という大きな伝統的権威がこんな具合に否定されてゆく過程は相当すざましいといってよかろう。

その死霊は、なおも源氏につきまとう。悔恨に疲れはてたのも手伝って女三宮は産後のひだちがすぐれず、見舞にきた父朱雀院に尼にならせてくれと泣訴し、源氏がとめるのも聞かず、ついに髪をおろしてもらう。その後夜《ごや》の加持に御息所の物の怪が現われ、次のようにいってからからと打ち笑ったとある、「かうぞあるよ。いとかしこう取り返しつと、一人をば思ししが、いと妬《ねた》かりしかば、このわたりにさりげなくてなむ、日ごろ侍ひつる。今は帰りなむ」（柏木）（それこの通り。うまく私から紫上の命をとりもどした気になっていらしたのが癪で、こんどは三宮のあたりにこの前からそっと参上していたんですよ。ではおいとまを）。つまり三宮を尼にしたのはこの物の怪のしわざであり、それは勝ち誇るかのごとくこういって笑ったのだ。

消息や歌は別だが、御息所という人物からは生《なま》の声がほとんど聞こえてこない。僅かに臨終にさいし見舞にきた源氏に娘のことを頼み心弱げに遺言するところ（澪標）があるくらいだが、それも几帳ごしに気配として聞こえてくるにすぎない。多少とも女の人物すべてにいえることなのかも知れぬが、それがとくに御息所にあってはいちじるしいように思われる。逆に物の怪になってからのその声には、いっぺん耳にしたら忘れられぬ凄味がある。事実かの女が物語のなかで口をきくのはおもに物の怪としてである。が、それもおおっぴらにではなく、ひとり源氏に向かってである。

ヴィタ・セクスアリス

もっとも、この人物をいたずらに神秘めかしたり、その妬みを実体化したりするのはよくない。御息所は源氏を男にした最初の女であったのではなかろうか。「夕顔」の巻でいえば源氏はまだ十七歳、それにたいし御息所はほぼ二十四歳、しかも先ごろ夫に死に別れた成熟した女である。「夕顔」の巻の書き出しに書かれざる部分のあることは前に見た通りだが、さて御息所の話を読み終ったところで考えてみるに、私にはそれはどうもヴィタ・セクスアリスにかかわっている点があるらしく想像される。つまりこの女によって男になったとすれば源氏はまさにこの女のものであったわけで、だから男が他の女に心を移すと我にもあらず妬みの業火が燃え出すのではなかったか。表向きはどうであれ、性の記憶は肉体に深く刻みこまれていてなかなか消えることがない。一方、男に目覚めた男はこのさだ過ぎた女から離れ、もっと自由でありたいと思う。この希《ねが》いは夕顔を知るに及んでいっそう強まり、葵上にとり憑いた物の怪のあさましい姿をまさ目にしてからはいよいよ決定的になる。だが男はこの、女の呪縛からのがれることができない。そればかりか、女にたいし罪ある心地さえするのは、たんに高貴な女のせいというだけでは片づくまい。ともあれ、なぜ御息所が妄執のように源氏につきまといまた黒いしみとしてその心に棲みついたかは、何かこういった関係を暗黙の前史として含んでおり、それがまたテキストの構造とも合致するように思えるのだが、果たしてどうか。

しかし作者はこのことについて何もいっていないのだから、こうした想像はあくまで欄外に保留しておくほかない。

第六章　主題的統一について

一　危険な関係

父の妻と息子との間

光源氏の生涯でいちばん心おののくのは、いうまでもなく藤壺との密通の一件であった。藤壺は桐壺更衣の死後、帝の傷心を慰めるべく入内した女御、この女を光源氏は死んだ母に面影が似ているというので幼心地に恋い慕う。それがついに密通、そして懐妊という事態にまでたち至るのだが、しかし藤壺とのこの一件を、通説のようにたんに亡き母を慕う心のしでかした過ちと考えるだけでは、棒読みになってしまうと思う。

どの期の作品にも、同時代の人びとには当り前であるため作者がとりたてていう必要のない、だが後代には見えなくなる黙契のごときものが存する。さきにとりあげた乳兄弟のことなどもその一例だが、光源氏と藤壺との間柄も、当時の貴族生活における父の妻たちと息子との独特な関係と重ねあわせて見なければ、そのプロットとしての意味を理解したことにはなるまい。そこでは父の妻たちと息子とは忌避関係におかれ、しかもそれが危険な関係として人びとの生活や心理の奥に生きていたのだ。というのも、一夫多妻のもとでは父の若い妻と息子とは同世代にぞくする場合が多かったからで、げんに藤壺は源氏よりわずか五歳年上で、正妻葵上に比べても一つ年長でしかない。光源氏の妻紫上にたいする息子・夕霧（源氏と葵上との子）の関係を見ても、そのへんの見当がつく。

危機的

夕霧は紫上の姿を初めて、ちらっと見たことがある。それは野分の吹きあれた日、紫上が前栽の花々の乱れるのを端近にいて眺めているところを、見舞に出向いた折、風のまぎれに妻戸のすきから垣間見《かいまみ》たのである。そしてその美しさに胸をつかれ、さすが「まめ心」の彼もぼうっとなり、その夜はいとあるまじきことなど考え眠れなかったとあるが（野分）、それというのも忌避と牽引とが怪しく胸中にもつれあったためにほかならない。爾後十五年間せめてもう一度見たいと思うけれど叶《かな》わず、結局、二度目に見たのはその死顔であった。それも几帳のかたびらをさと引きあげてその美しい死顔に見入るわけで、父源氏もこの時だけはあながちにかの女を夕霧の目からかくそうとしなかったという（御法）。夕霧は紫上のものいう声はついに一度も聞かなかったのだ。後のことだが、源氏は若い妻の女三宮に「大将（夕霧）に見え給ふな」（若菜 上）と事のついでごとにいましめていたとあるのも参考になる。紫上は夕霧より十三歳年上なのだが、それでも両者間の交通はきびしく塞がれており、そこにただならぬ緊張感が生み出されている。藤壺にたいする源氏の関係は、もっと危機的なものであったといわねばならぬ。

成人してからというもの、源氏は今までのように藤壺とはもう逢えなくなる。藤壺は父の妻として雲のかなたにへだてられ、自分の妻には葵上が因襲によって与えられる。この隔絶、そして妻の葵上への強い不満、それが母性思慕の情を恋心へと何時しか転轍するわけで、二条邸の改修がすすむにつけてもこういう所に「思ふやうならむ人（藤壺のような女）を据ゑて住まばや」（桐壺）と早くも源氏は希《ねが》ったとある。例の雨夜の品定めのときも、彼の念頭に去来していたのは藤壺の姿であった。むろん、それがそのまま密通にゆきつくとは限らないが、作者のかたるところによると、彼はあいにく「心つくしなる事を、御心に思しとどむる癖」（帚木）、つまり断崖の花を手折らずにはおれぬ本性の持ち主であった。その心中にはエロスというダイモンが棲みついていた、とプラトン流にいってもいい。空蟬や藤壺や朧月夜といった有夫の女人に妙にひかれそれを見過せなかったのも、このダイモンにそそのかされたせいであるらしい。

当時の読者も、わが心の奥にある種の隠密な感情がうごめくのを知りつつ、藤壺と源氏との間柄のゆくえを見守ろうとしただろう。人びとの共有する期待の地平線のようなものが、そこにはあったはずである。だがむろん、うっかりその花を手折るならば咎・過ちになりかねない。とりわけ今の場合、それは己が継母を犯すことであるばかりか、天子の妻を盗むというゆゆしい罪になる。そうかといって、これをたんに逸脱した異常な振舞いと考えるだけでは、作品の本質からそれてしまうことになる。光源氏のこの個人的な過ちは、一夫多妻制のはらむ矛盾や危機の尖鋭化したものに他ならず、だからこそこの密通をテコとして《公》である宮廷はほとんど垂直に《私》の世界へと痛烈に転換されるのだ。（このへんの詳細については、文芸読本『源氏物語』に再録の拙稿「光源氏と藤壺——源氏物語の人間関係の特異な点について——」を参照。）

ものの紛れ

さてその最初のものの紛れがいつだったかは書かれておらず、「若紫」の巻に、病気で里さがりしている藤壺に源氏が王命婦という侍女の手引きで、[*1] しゃにむに逢瀬を求めたとき、「宮もあさましかりしを思し出づるだに、世とともの御物思ひなるを、さてだにやみなむ、と深う思したるに……」（藤壺も思いがけなかったいつぞやの事を思い出すにつけても、生涯のもの思いの種なので、せめてあれきりで止めにしようと、堅く思っていたのに……）、またこんなことになり云々と、かつて実事のあったことが想起されるという形になっている。そういえば、方違えにことよせ彼が中川の宿を訪れたさい、ふすま越しに女たちがあれこれ噂しているのを耳にし、もしやあのことが洩れでもしたらと、どきっとしたとあるのなども（帚木）、すでに実事を暗示しているかのようである。そこでいわゆる定家『奥入』に見える「かがやく日の宮」の巻を「桐壺」

の巻の次に立て、藤壺とのことはその巻で書かれていたのだろうと勘ぐったりする向きも出てきたりするわけだが、小説における省略や空白の意味におかまいなく整一性や無矛盾性を求める、こうした成立論的思考法が考えものであることはすでに述べた通りである。

むしろ、「あさましかりし」という「し」文字一つですでに実事のあったことを知らせているのがめでたいとする萩原広道の読みの方が、ずっと心憎い。この不意打ちをくらって私たちはハッとし、あれこれと想像をかきたてられる。しかも、藤壺はこのときもう身ごもっていたわけで、そのことを本文は「あさましき宿世」といっている。それにしてもかの女にたいする源氏の思いは、我がままなくらいひたぶるで、「かかる（女が里さがりした）折だにと、心もあくがれまどひて、いづくにもいづくにも参うで給はず、内裏《うち》にても里にても、昼はつれづれとながめくらして、暮るれば王命婦を責め歩《あり》き給ふ。いかがたばかりけむ、いとわりなくて見たてまつる（無理算段して逢う）ほどさへ、現《うつつ》とはおぼえぬぞわびしきや」といった具合であった。そしてこの文は、前に引いた「宮もあさましかりしを思し出づるだに……」へとすぐ続く。私は前に男の女への関係が家父長的なものから、母にたいする息子の関係に似たものへと変っていった道筋に言及したが、主人公のこの恋心はまさしくそういった型を代表するといえる。

女が男より年上だからと見るだけでは常識的すぎる。後の「若菜」の巻を読めばわかるが女三宮（十五歳）にたいし柏木（二十五歳）なども、せめてあわれと思ってくれといって近づいており、その態度はほとんど哀願的である。源氏の藤壺への思いが我がままで理不尽な耽溺になるのも、そのへんのことにかかわっている。色好み風な遊びの要素さえそこにはもうないといっていい。「見てもまた逢う夜まれなる夢のうちにやがてまぎるる我が身ともがな」という源氏のきぬぎぬの歌からは、嗚咽の声が聞こえてくる。

さて、やがて皇子が誕生する。源氏に生き写しである。藤壺はわが「心の鬼」に苦しみ、人が見たらあの過ちに気づくのではなかろうかと肝を冷やす。一方、桐壺帝は源氏の目の前でこの子を抱きとり、お前そっくりでたまらなく可愛いなどと洩らす（紅葉賀）。ほとんどみじめという他ないこの善良さ、無邪気さ。このあたりには作者の慇懃にして苛酷な筆づかいが感じとれる。それにつけても源氏は顔色が変るほど心乱れ、藤壺もつらくて汗しとどであったという。以後、源氏と藤壺の心には罪業感がおもく沈澱する。そしてこの作品の主題的統一の何であるかが、私たち読者にもこのあたりでようやく意識され出してくる。

長篇的主題

『源氏物語』を多くの短篇の集成と見てはならない。短篇をよせ集めるだけでは実現不能な、主題の内的な統一がそこにはある。むろん、すべての巻々がこの主題にじかに服しているわけではなく、むしろその結びつきはゆるい場合さえ多いのだが、このことは長篇小説に固有な主題的統一がそこにあるのを何ら妨げない。さてその主題だがそれは当然、前篇と後篇（宇治十帖）とを関連づける構成上の要素が何かということにかかわる。前篇の主人公は光源氏、後篇の主人公はその子・薫大将だが、その薫は父・光源氏がかつて藤壺にたいし犯した罪を背負うて生れた子とされている。しかもこの後篇は前篇のたんなる後日談とはいえない独自性をもつ。詳しくは後にふれるが、長篇としての『源氏物語』の主題がこの点にかかっているのはほとんど疑う余地がない。

ただそのさい、源氏の罪が前にもいったように当時の生活様式たる一夫多妻制の矛盾に根ざすものであった点を忘れてはなるまい。源氏と藤壺との間柄が危険な関係として時代的に一つの典型であったればこそ、その罪は主題の中心的なものとして選ばれたのだと思う。とりわけ小説というジャンルの主題はつねに、それの作られた時代の蔵する生活上・社会上の諸矛盾と無縁ではありえない。少なくとも『源氏物語』はしたたかにそうであり、主人公の周辺に生きる女性たちの宿世のつたなさや哀れさをあれこれとかたっているのも、この主題の変奏と見なしていい。

二　永遠の女性ということ

「紫のゆかり」

いよいよ手のとどかぬ世界に遠ざかってゆく藤壺とのえにしを、源氏は紫上という女に転移させようと試みる。北山で彼がふと見つけ心ひかれた少女・紫上は、実は藤壺の姪であった。かの女は「紫のゆかり」と呼ばれる。

『源氏物語』を読んで気づくことの一つは、その主だった登場人物たちが血縁の糸で複雑につながりあっている点である。それを系図化すれば、幹から枝がわかれ、さらにその枝々がからみあっている形になるはずで、『源氏物語』は一つの家の物語だといってもいいのではないかと思われる。ここにいう「ゆかり」はしかしたんに血縁者を意味するだけでなく、藤の花の匂うような紫を象徴的にその姪の少女に移そうとする意図とかさなっている。源氏にとって藤壺は、せめて欠点でもあってくれたらと思われさえする理想の女人であった。彼はこの理想が逃げ去るにつけ――手に入らぬからこそ理想は理想でありうるのだが――、それを一少女の上にあらためて実現してみたいと念ずる。いうなれば、紫上は藤壺の身代りである。顔だちも藤壺に似ているし、人がらも上品で、なまじ利口ぶったところもなく、「うち語らひて心のままに教へ生《お》ほしたてて見ばや」（若紫）と思わせるような女であった。

雨夜の品定めのこだま

さてこの句は雨夜の品定めの時の、前に引いた「ただひたぶるに児めきて、柔かならむ人を、とかくひき繕《つくろ》ひては、などか見ざらむ」（帚木）という左馬頭のことばと、前後ひびきあっているはずである。さきに見たように雨夜の品定めでは、各自の経験譚を軸に妻たるべき女の資格があれこれ論じられており、気取った風流屋も困りものだが、かといってたんなる世話女房型も味気ない、結局この世にはこれはと思い決めることのできる女はいそうにない、というあたりに落ちついてゆくのだが、右のことばもこうした文脈を踏まえた発言である。つまり出来合いの完全な女などとても見つかりっこないのだから、素直な子を手塩にかけて躾けてそだてるのがいいというわけだ。「見ばや」「見ざらむ」の「見る」は、ここでは妻とする意。あの晩、こういう議論を源氏は藤壺のことを心のうちに思い続けながら聞いており、まことにこの人は足りないところも、また過ぎたところもなく比類ないことよ、と胸がふさがりそうだったとある。

葵上とのみじめな結婚、他方、藤壺という完全女人への叶わぬ恋、という風に現実と理想とに、源氏は最初からひき裂かれていた。例のあやにくなる「癖」も、そこに根ざすものであったかのごとくである。藤壺が遠ざかるにつれ、かの女を手本にその「紫のゆかり」として一少女を理想の妻に作りあげてみたいという欲求が起きるのも不自然でない。「若紫」の巻の構成に注目したい。（イ）北山で紫上を垣間見し、やがてその素姓も知り、源氏が次第にかの女を迎えとりたいと思うようになる次第からまず書き出している。（ロ）次には、そういうある日、彼は久しぶりに左大臣家に赴き葵上に逢うのだが、「ただ絵に書きたる物の姫君のやうに、しすゑられて、うちみじろき給ふことも難く、うるはしう」、つまり行儀よく端然としているばかりで、夫婦仲がどうもうまくゆかぬという一節を挿入し、（ハ）さてその次に里帰り中の藤壺との、前に見たような切ない密会の場面が来る。が、程なく藤壺は内裏にもどってしまう。（ニ）そしてそのあと源氏は紫上を迎えとる手筈をととのえ、いよいよ決行という段になる。筋の展開上、（ロ）は（ハ）の不可欠の前提であり、また（ハ）は（ニ）が（イ）をしあげるための不可欠の前提である。主人公の生きる人間関係の弁証法とでもいうべきものにたいし、目くばりを怠らぬ作者の態度をここに見ることができる。それにしても、源氏のやりかたの何と強引なことよ。このとき紫上はまだ十歳そこそこの頑是ない少女であった。

かの女をもらい受けたいとの申し出がまずにべなく断られるのは至極当然である。が、そんなことで引きさがる源氏ではない。ここにはほとんどデモーニッシュな狂熱のごときものが感じられる。それは藤壺への愛の斜行であり変形であったからで、そしてとうとう彼はこの少女を手に入れてしまうのだ。少女の父は兵部卿宮（先帝の皇子、藤壺の兄）だが母は亡くなり、尼の祖母がこの子の世話をしていた。継子いじめ譚の要素も、ここにはからませてある。そしてほどなく祖母が他界したのを潮に源氏はこの少女をひき取るのだが、しかしそれはひき取るなどというより一種の強奪であった。父親と話をつけるでなく、ある夜あけがた、例の惟光と謀らってこの少女をさと車にうち乗せ、自邸へと連れさるのである。

理想の妻は作られる

こうして紫上は源氏の手で育てられ、理想の妻たるべく作りあげられてゆく。この志向がいかに強かったかは、「飽かぬ所なうわが御心のままに教へなさむ、と思すにかなひぬべし」（花宴）とあるのでもわかる。また、ずっと後に女三宮が輿入れしてきてからのことだが（若菜上）、若いころと違って源氏は今や、とくにとびぬけた女などいない、女は十人十色でいいんだと諦めるようになるのだが、しかし紫上の人柄については、「なほありがたく、我ながらも生《お》ほしたてけり」（やはり世にも無類で、我ながらよくもこんなに育てあげたものよ）と思ったとある。かの女にたいする源氏のかかわりかたの何であったかを、これは明瞭にかたったものである。源氏の心がかの女をたえず藤壺の面影と重ねあわせて思いくらべるのも、永遠の女性である藤壺の身代りに、紫上を妻として育てあげようとしているからだ。葵上の死んだあと彼は紫上と結婚するが、公的儀礼ぬきに新枕を交わしているのを見のがすべきでない。これは、理想の妻たるべき紫上は世の制度の外側にいなければならなかったことを暗示する。

ごく大ざっぱにではあるが、永遠の女性という観念は、階級社会における男女の差別、抑圧と被抑圧の関係、つまりその不均衡な発展に根ざすものがあるといえないだろうか。むろん、人は誰しも不完全な存在でしかありえない。しかし抑圧されているものの方が、その不完全さをいっそう強く蒙り、ますます遅れをとるようになるのは確かである。かの雨夜の品定めで男たちが自分のことは棚にあげ、この世にはそのままいただける女などいないと、うそぶいているのからすると、平安朝の貴族社会もこの不均衡の強く働いた社会の一つだったのであろう。が、それにしても女であるところの作者がこういうことを作品のなかで問い、それにかなり強いアクセントを置いているのは、身分制や多妻制にからまれた女の宿世のみじめさを絶望的なまで自覚していたからではなかろうか。現に品定めの段のとくに左馬頭の発言には、作者じしんのことばが屈折しながら深く浸透していっている点があるように思われる。

とにかくこうして女主人公が誕生する。そしてかの女は源氏の妻にふさわしい女人に成長してゆき、須磨流謫時代に苦労はしたものの、はた目にもうらやましい幸いびととしての生活を享受する。そうかといって、この女人が生き生きと描かれているということではない。紫上にはどこやら作られた人形みたいなところがあり、少なくとも「若菜」の巻以前にあっては存在感がかなり稀薄である。かの女は光源氏と日々、生活を共にするわけだが、そのような日常の場に理念を実現しようとするのは、どだい逆説であった。かの女が理想の妻に近づけば近づくほど、それだけ人物としての存在感は薄れてゆかざるをえない。あやまちを犯さず欠点も持たぬ幸いびとというのは、どうも小説中の人物としてはあまり好ましいものではないらしい。

紫上にもしかし、女三宮が源氏のところに降嫁してくるとともに、やがて、わが身をよじるような辛さを思い知らされる日がやってくる。そしてそのときかの女はようやく生気づいてくるのだが、そのことは次章でとりあげる。

三　政治小説として

須磨流謫

詩はパラフレーズすることができないが、小説には多少ともそれが可能であるだけでなく、論をすすめる上にしばしばそれが必要になる。要は、そのパラフレーズが自己目的に終らず開かれたものになるかどうかにかかる。私はここで、主人公の生涯の転機となる須磨流謫の物語をパラフレーズしながら、主題とのかかわりについて言及しておきたい。

病気で里さがりしていた尚侍《ないしのかみ》の朧月夜（右大臣の六女、弘徽殿女御の妹、尚侍として入内し、朱雀帝の寵を受く）と、ある夜、源氏は密会したが、暁の雷雨のため帰りそびれているところを、運悪く女の父右大臣に見とがめられてしまう。源氏が尚侍をけがしたというので弘徽殿はひどく腹だち、かねて政敵でもある源氏をいよいよ憎み、何とか陥れようと謀る。桐壺院亡きあと、権力は右大臣一家に帰し、左大臣や源氏がたはとみに寂寥を加え、除目《じもく》にも昇進の沙汰がまるでないという時世だったし（賢木）、結局、源氏は勅勘の身として須磨にさすらうことになる、という風に筋は展開する。尚侍はもともと巫女色の強い職だが、平安朝に入ると「是大略可レ准二更衣一」（『禁秘御抄』）と見えるとおり天子の枕席にも侍するようになった。だから尚侍としで入内したのは、朧月夜が朱雀帝の妻の一人になったこととほぼ同義である。前から交情があったとはいえ、源氏はそういう尚侍をけがしたことになる。世間にも、「忍び忍び、帝《みかど》の御妻《め》をさへ過《あやま》ち」（須磨）という噂がひろまっていた。

朱雀にかんしては、「世を御心のほかにまつりごちなし給ふ人々のあるに、若き御心の強き所なきほどにて、云々」（須磨）と書かれている。世を勝手に牛耳るこの人びととは、右大臣家とそれにつながる連中を指す。源氏を須磨流謫へと追いこんだのもこの連中の陰謀だ、との含みがここにはある。時めいて我がもの顔にふるまう頭《とう》の弁（弘徽殿大后の甥、朱雀帝女御麗景殿の兄）なる若ものが、あてつけがましく「白虹日を貫けり。太子懼ぢたり」という『史記』鄒陽伝の一句を源氏に聞こえよがしにうそぶいたというのも（賢木）、この陰謀がいかに潜行していたかを暗示している。しかもそれは尚侍との密会のばれるより前のことである。白虹は兵、日は君主の象、かくて「白虹日を貫けり」は臣下が兵を起こし君主を犯す前兆である。当時の公卿の日記などにすでに何度か見えるから、[*2]この句はかなり普及していたはずで、さればこそ頭の弁もあてつけにこれを吟じたのであろう。つまり、源氏は朝廷にたいする謀反の罪に問われようとしていたわけだ。ただ、源氏は公然と流罪に処せられたのではない。「もの狂ほしき世」の勢いにあらがいがたいと知り、これ以上恥を受けぬうち「世をのがれ」て須磨に退居したとある。そのすさまじさを「いちはやき世」と呼び、須磨に発つ源氏のもとには「いちはやき世を思ひ憚りて、参り寄るもなし」とあり、彼につき従ったのは、「世に靡かぬ限りの人びと」だけだった。こうして「賢木」の巻から「須磨」の巻にかけては、政権交替にともなう呵責ない世のありさまが描き出されてくる。これまでは色好みの話が中心であったけれど、主人公が政界の領袖である以上、そこに政治的契機が入りこんでくるのはむしろ当然で、その点『源氏物語』は政治小説の側面をもつといえなくもない。

織りこまれた政治

もっとも、政治向きのことになると作者は、「女のまねぶべき（筆にすべき）事にしあらねば」（賢木）と逃げをうつ。が、こうした草子地がくせものであることはいうまでもない。確かに政治向きのことはあらわに口にせず、作者の眼は諸人物を個人として見ることから決して離れないけれども、そのためむしろ政治が作品の絨氈《じゅうせん》模様のなかに有機的に織りこまれる形になっているのである。たとえば弘徽殿大后（桐壺帝の妃、朱雀帝の母）だが、その性格や振舞いのおぞましさは、かの女が摂関制の代理人として宮廷に乗りこんできた人物であることと深いところで結びついているように受けとれる。この政権交替劇の蔭の主役もかの女であった。一方、ちらちら出てくるだけだが、また同情的に書かれてはいるものの、優柔不断で「御心なよびたる方に過ぎて、強き所」（賢木）のない朱雀帝には、摂関制にすっかりかい馴らされ、政治的にはロボットと化した王の姿がありありとうかがえる、等々。『源氏物語』は、ふつう考えられているよりずっと政治的な含みに富む。それを読みとる方が、作品の読みとしてもいっそう豊かになるはずである。この作品が、『史記』に通じるだけでなく、白楽天の感傷詩を偏愛していた当時一般の嗜好とは異なり、ほとんど例外的にその政治的諷喩《ふうゆ》詩に強い関心をよせていた点なども無視できまい。須磨流謫の物語も次に見るように、太宰府に流された菅原道真のことを下地にしている点がある。

須磨に流離した翌年の三月上巳の祓（これはいわゆる大祓ではなく陰陽道の祓だが）にさい

し、海に出て彼が「八百よろづ神もあはれと思ふらむ犯せる罪のそれとなければ」と吟じると、これに感応するかのように俄かに風吹き出し、空かきくもり、烈しい暴風雨になった。そしてその暁方、源氏は夢に海竜王の使者とおぼしき異形のものがあらわれるのを見たりする。風雨はなかなか止まず、雷も鳴りひらめき落ちかかったりして、世の終りではないかとさえ思われた。源氏は住吉の神その他に願を立てて祈るが、なお止むけしきもない。さてようやく嵐の静まった晩、まどろんだ源氏の夢に父桐壺院があらわれ、住吉の神の導くまにまにこの浦を去れと告げて消えたという。

そしてここに播磨前司・明石入道なる人物が登場する。彼は娘が胎中にあったとき見た吉夢をかたくなに信じ、その成就に命をかけている一徹ものだが、超自然力の働く右に見たような雰囲気は、こういう男の登場にまことにおあつらえ向きであったといえる。この男、かの嵐の晩の夢にやはり異形のものから不思議な告げがあったとして、須磨にいる源氏を舟で明石に迎えとりにやってくる。その娘が明石上であり、それと源氏との間に生れた子がやがて后となり、また国母にもなってゆくという筋書き。だから須磨流謫は、主人公にとり一つの決算であるとともに新しい出発点でもあったことになる。

他方、源氏を陥れようとした政敵はどうか。嵐は須磨だけでなく都にも吹きあれ、人びとはこれを「いと怪しき物のさとし」、つまり何かよからぬことの前兆と受けとった。果たして、源氏が桐壺院を見たその同じ晩に朱雀帝はやはり夢のなかで桐壺院に逢い、睨みつけられたのがもとで眼をわずらった。さらに右大臣もやがて他界し、さすが強気の弘徽殿大后も重い病いにかかったという。祓にさいし源氏のよんだ一首の歌が喚びおこした異変は、こうして時の政権の屋台骨までゆるがす。

菅原道真の影

当時の読者は、すぐにも源高明（醍醐天皇の皇子で、臣下になった一世の源氏、西宮左大臣と呼ばれる）や菅原道真のことなどを想起しながらこうした話を読んだに違いない。源高明が失脚し遠流に処せられた事件は『蜻蛉日記』などにも記されている。しかし雷電をともなう嵐が何かの示現であるかのごとく書かれているところからすると、やはり道真の話との関連が主であるのを否めない。[*3]「須磨」の巻に道真の詩句がとりこまれること三度に及ぶのも、そのことを示すといってよく、嵐の最中、住吉の神にむかって源氏の立てた、「罪なくて罪にあたり、官位《つかさくらゐ》を取られ、家を離れ、境を去りて、云々」という願などにも、道真の影が落ちている。『源氏物語』が政治小説の側面をもつ点を考えれば、政権交替の一件からこうして道真のことへの暗示をふくむ須磨流謫の話に移るのは、文脈的にかなり自然な成りゆきと受けとれよう。ここはよく貴種流離譚などと呼ばれるけれど、それだけではちょっと奇麗ごとにすぎないだろうか。

須磨に退いたとき源氏は二十八歳。この流謫は政治家としての彼には、成年式にも似た、新たな世界によみがえるための試練であったといえる。孤独と隔絶と天変、祖霊との出逢い。「須磨」の巻の文章や語りの調子が、「須磨には、いとど心づくしの秋風に、海はすこし遠けれど、行平の中納言の、関吹き越ゆるといひけむ浦波、夜夜はげにいと近く聞えて、またなくあはれなるものは、かかる所の秋なりけり。……」と一音階たかいのも、こうした危機と対応する。そして明石上と結婚し罪晴れて都へ帰還する……。

女のこの作者が政治というものにたいし、当時としてはおそらく稀有な知識人的洞察をもっていたのは確かである。そして「須磨」「明石」の巻の興味は、そういう政治的契機と超自然の契機とが奇妙な風に結びつきながら主人公の危機的な境涯を描いている点にあるといえる。

四　罪と運命と

「天のまなこ恐ろし」き罪

須磨謫居の物語にはしかし、いま一つの次元がからんでいる。彼が歌で吟じた「犯せる罪」とは、しょせん謀反の罪のいいであった。そしてそれは祓の効験で晴らすことができた形だが、藤壺にかんする罪の方は、祓などでどうにもなるものではない。須磨に退居するにさいし源氏は、尼になっている藤壺に、恋情を抑えて「かく思ひかけぬ罪に当りはべるも、思うたまへあはすることの一ふしになむ、そらも恐ろしう侍る。惜しげなき身は亡きになしても、宮（東宮）の御世だに事なくおはしまさばや」と別れの挨拶をしている。この「一ふし」とは藤壺に通じその間に秘密の子を儲けたこと、しかもその子がいま東宮に立っていることを指す。彼はやがて帝位（冷泉）につくであろう。が、むろん公的には桐壺院の子としてであり、源氏はその後見役になるはずであった。これは男系として臣下の血を受けたものが帝位につくことを意味する。そして右に「そらも恐ろしう」、つまり天の見る目もこわいとあるのもそのことにかかわる。すでに帝位についた冷泉院に夜居の僧が、例の王命婦と自分とだけしか知らぬ、帝の出生のみそか事を密奏する場面が後の「薄雲」の巻にあるが、そこでもこの一件を僧はやはり「天のまなこ恐ろしく思う給へらるる事」といっている。

　男系としてと傍点をふったが、女の血ではなくあくまで男の血が王たる資格にとっては問題であったのだと思う。王権の永続性を縦に規定するのは父権制の原理であった点を忘れるべきでない。古来、この一件がゆゆしい大事とされながらも、驚くことになぜそうなのか、必ずしも明らかに説かれていない。そのため、ついうっかり私たちは、それをたんに道徳的次元の罪であるかのように思いこんでしまいがちである。しかしこの一件が「天のまなこ恐ろし」い罪であったのは、右のような王権の本質を犯すものでそれがあったからに違いない。冷泉の即位は王権における男の血の永続性を中断することであった。物語において冷泉に子なしとされているのも、このことに関連するであろう。光源氏の生れは皇子であっても、ひとたび臣籍に下った以上、その血は社会学的にもはや王族のものではない。それにつけても、この作の主題的深さを思いみることができる。

運命の予告

さて話を少し前にもどすが、実は藤壺の懐妊したころ彼はひどく異様な夢を見たので、夢解きにうらなわせると、「及びなう思しもかけぬ筋のこと」（てんで思いもよらぬ筋のこと、つまり天子の父たるべしなど）を合わせるとともに、さらに「その中に違《たが》ひ目ありて、つつしませたまふべきことなむはべる」（若紫）といわれたことがある。そして須磨にさすらうのは、この予言にいう「違ひ目」が実現されてくることであるという関係になっている。ここにも藤壺の一件と須磨流謫との一つの隠れた結び目があるといっていい。夢は解かれた通りに的中すると当時の人びとが信じていた消息は、拙著『古代人と夢』で考えたことがあるので繰り返さないが、この作でも夢解きや相人《そうにん》が主人公の未来の重大事を予言し、それが当るという筋書きになっている。

冒頭の「桐壺」の巻に、高麗《こま》の相人がまだ幼い光源氏を見て、「帝王の位にのぼるべき相《そう》がある、しかしそうなると世が乱れるやも知れぬ、天下の政を輔佐する臣になるかといえば、そうでもない」とうらなった話があるのはよく知られている。そして倭の相人や宿曜《すくよう》師も同じ風にいうので、彼は臣籍に降って源氏となるのだが、さて後に太上天皇に準ずる位が彼に与えられるのは（藤裏葉）、つまりこの予言が当ったことになる。近代の自然主義的決定論の眼で、こうした成りゆきを見てはいけない。それは神託とか夢告とかと同様、むしろ超決定論にぞくするのである。*4

まず気づくのは、高麗の相人の場合は首をかしげて、帝王でもなく輔弼《ほひつ》の臣でもないといい、夢解きの方は「違ひ目」があるといい、どちらも相当ふくみを残した曖昧なことばつきになっている点、しかも尋常ならぬ事態への予感に満ちている点である。当然、読者は期待やサスペンスを抱いて読み進む。つまりこれは、主人公の未来にかんする予告であるとともに、読者への予告である。ところが事は、そうやすやすとすぐには出来しない。予告と事件とが短絡していたら、それはたんなるお話になってしまう。その点、『源氏物語』の作者はむしろ遠まわりの名人で、さればこそ長篇作家たりえたのだと思うのだが、かの夢解きのことばについても、作者はその実現を証明しようなどとはしない。そのことがいわれたのは「若紫」の巻だが、そのあと「末摘花」「紅葉賀」「花宴」「葵」「賢木」「花散里」の巻等、あっちこっちと曲折を経てようやく「須磨」の巻に入るといった具合である。しかも主人公の須磨流謫をかたりながら、それが夢解きいうところのあの「違ひ目」なのだと改めて注釈したりすることもしない。

作者にしてみれば、夢解きのことばで読者を期待のなかにつなぎとめておけばいいのであって、むしろその主な関心は、主人公がいろんな経験を経ながらみずからの運命をつむぎ、また否応なくそれを自覚せねばならなくなる過程に向けられている。そしてそれが同時に暗々裡における予告の実現でもある、という風に両者は包みあっているわけだ。前に引いた藤壺との別れのことばに、「思うたまへあはすることの一ふしになむ、そらも恐ろしう侍る」とあったのを思い起こしていただきたい。主人公がみずからの運命をいわば引き受けるようにして須磨に退居したものであることが、ここにはほのめかされている。朧月夜との一件は、その引き金となったに他ならない。次章にいう通り、この主人公が一種の内面的発展をとげるのは、行為のイニシャチーブが自分じしんの内部にあることと関連する。こうして「須磨」「明石」の巻は、隠微のうちに主題と交わっているところがあるのであって、これをたんに横に平たく読んでゆくだけでは充分でないことになる。

註

*1――王命婦は藤壺入内のとき命婦になった侍女で、「暮るれば、王命婦を責め歩き給ふ」とあ

るように、かねて源氏の知りあいであったが、かの女は藤壺の乳母子でもあっただろうという気がする。藤壺懐妊のことにつき、下に「御湯殿などにも親しう仕うまつりて、何事の御気色をもしるく見奉り知れる、御乳母子の弁、命婦などぞ、あやしと思へど、云々」とあるが、弁も命婦も乳母子だと読めなくはない。少なくとも王命婦が乳母子なみの侍女であったことはまず疑えない。

*2——例えば『貞信公記』承平元年六月十二日、『九暦』天徳三年十二月九日の条など参照。

*3——道真の霊が天神として祀られるようになる過程を一瞥しておこう。史書はいう、「皇太子保明親王薨。天下庶人莫レ不二悲泣一、其声如レ雷。挙レ世云、菅帥霊魂宿忿所レ為也」（『日本紀略』延長元年三月）。保明親王の妃は藤原時平の娘、それで急遽その間に生れた慶頼王（三歳）、つまり時平の孫を皇太子に立てるがこれも五歳で亡くなる。その他、時平一門には次々と不慮の死に逢うものが多かった。さらに延長八年（九三〇）には、天皇の常の在所である清涼殿に落雷し廷臣たちが焼け死に、醍醐天皇も不豫、そしてほどなく他界する。天神信仰はいわゆる御霊信仰の基盤から出てきたものではあるが、その特異性はたんなる疫病神とは違い、雷霆を以て示現し、政治的な衝撃力をもつ点にある。北野天神の創立が、純友・将門の乱の勃発した天慶年間にかかっているのも偶然でなかろう。配所で非業の死をとげた道真の霊が雷神として横ざまの政をさとし、王城守護の神になるという形で成立したこの天神信仰は、十世紀に経験された政治史の危機が産み落とした新たな神話と考え

ていい。

＊4――蛇足ながら、ここでちょっと運命という観念の成立について考えておく。運命や宿世を日本語でかつて何と呼んでいたかは不明である。それに相当する語がまだなかったから漢語をとりこんだのだろう。かといって、そうしたものへの関心がまるでなかったとは考えにくい。さまざまな種類のうらない、まじない、うけい等は、吉凶善悪につけ人間を支配する目に見えぬ神意を測り知ろうとする手だてであったし、当然そこには後に運命と呼ぶようになるものへの模索が潜在していただろう。記紀にはマガツヒとかナホビとかの神の名も見える。だが、ずばりそれをいいあらわす語が見あたらぬのは、やはり運命なるものがまだ概念化されていなかったからである。あらゆる不可測な現象、とりわけ一人ひとりの人生の諸相の究極的統一性をさぐろうとする志向によってそれは自覚されてくるわけだが、古代の日本はそこまで成長しないうち大陸文化の強い波動にまきこまれたのだろう。（ちなみに朝鮮語では運命をふつう「八字」と呼ぶそうである。これは出生した年月日時に相当する干支の八字で人の禍福生死を判ずるのに基づくものだが、ここにも明らかに中国文化の母斑がうかがえる。中国周辺の諸民族はこの点ほぼ似たような事情にあったのではなかろうか。）さきに宿曜のことにふれたが、もともと運命は天文と深い関係があると考えられていたようである。宿曜は廿八宿七曜（または九曜）の行度で人の運命の吉凶をうらなうインドの密教風な天文術で、中国を経て仏教と一緒に日本に伝来されたという。後に

はまた、明石姫君（源氏と明石上との間の子）が生れたとき、「御子三人、帝《みかど》、后《きさき》必ず並びて生れ給ふべし、云々」（澪標）とかつて宿曜に出た予言は的中するらしいとの記事も見える。話を少しさかのぼらせると『懐風藻』に、天文卜筮に通じた新羅僧行心というものの大津皇子に告げていわく、「太子の骨法、是れ人臣の相にあらず、云々」と。皇子が謀反に踏みきったのはそのせいだとある。民族により事情は違うと思うが、天文学の発展により始めて自然と人生の諸現象の究極的統一性を探知しようとする試みが可能となり、そこに運命という観念は成立してくるのであるらしい。運命という語じたい、天体の運行にかかわりのある語に違いないし、宿世の観念にしても、星辰のサイクルが宗教化されて発生したのではないかと臆測される。（自然と関連するこうした運命の観念を原則的に排したのはキリスト教である。そこでは唯一神の意志が自然をも超える絶対のものとされたからだ。）相人や夢解きのことばが主人公の運命と無縁でないゆえんを知るのに、以上のことは少し役たつ点があるかも知れない。なお運命にかんしては、やや異なる観点からのものだが石母田正『平家物語』第一章「運命について」をも参照。

第七章　古代的世界の終焉

一　孵化作用

「生ける仏の御国」

須磨源氏というい草がある。『源氏物語』が長篇であるため「須磨」の巻あたりで読みさしてしまう人の多いことから出たものだが、一方「須磨」「明石」の巻あたりがこの物語の構成上ひとつの折目になっているのも確かで、波瀾に富んだ遍歴時代が終って、紫上をよき伴侶に主人公が家庭生活を享受し、さらに天子の父として権勢と栄達をほしいままにするのは、その後のことである。ちなみに「明石」以下の巻々の名を見わたしておく。「澪標」「蓬生」「関屋」「絵合」「松風」「薄雲」「朝顔」「少女」「玉鬘」「初音」「胡蝶」「蛍」「常夏」「篝火」「野分」「行幸」「藤袴」「真木柱」「梅枝」「藤裏葉」。宇治十帖はいちおう別とし、「桐壺」から「藤裏葉」までを前篇、「若菜」以下を後篇とする見方に従えば、これは前篇後半部にあたる。

まずそれを象徴するのは、四町に及ぶ源氏の豪邸六条院ができあがったことである（少女）。そこには四季折々の景色を配した殿舎があり、そのそれぞれに女たちが住んだのだが、とりわけ紫上の春の殿は「生ける仏の御国」（初音）、つまり極楽浄土みたいだったとある。六条院そのものがこの世に浄土を現じたものともいえる。もろもろの女性たちが一つの秩序のもとにおかれただけでなく、冷泉（源氏と藤壺との子）は即位し、明石姫君も入内をはたし、源氏はやがて太上天皇に準ぜられる。六条院へ冷泉帝の行幸と朱雀院の御幸もある（藤裏葉）といったぐあいで、一つの世界がここにめでたく完結する。これらの巻々が遍歴時代の巻々にくらべ、物語としていささか単調で退屈なのは否めない。冒険があるでなく、思いがけぬ事件が起きるでなく、まるで予定調和に向かっているかのように時間が音もたてずに流れていっている趣である。かつて相人は源氏について、「御子三人、帝《みかど》、后《きさき》必ず並びて生れ給ふべし、云々」（澪標）と勘《かん》えたが、そのことばに主導権が奪われた嫌いもある。

そうかといって、とくに見どころもないなどといったらやはり嘘になる。源氏の息子・夕霧と雲井雁との恋のいきさつ（少女など）、乳母の夫につれられ筑紫くんだりまでさすらった玉鬘の数奇な運命の物語（玉鬘）、その玉鬘を手に入れた鬚黒の家庭の世話物風なごたごた（真木柱）等には、当時の生活の暗い襞が描かれている点で見のがせぬものがある。前にちょっとふれたが、頭中将の妾腹の娘・近江君のできそこないぶりはお上品な貴族社会をひっくり返すていのものだし（常夏など）、また身分のしがらみを凌いで生きる明石上というハンブルな女の姿も印象に残る。

女三宮の降嫁

しかし実は、やや退屈なのを我慢しながら、この六条院中心の、のどかで平和な物語を読み進むほどに、私たちは新たな卵を孵化させようとしていることになる。「藤裏葉」でほぼ飽和点に達する六条院のめでたさは、次の「若菜」の巻で新たな危機を孕み、そして一挙に崩れ落ちてゆくからだ。そしてその崩壊のさまがひとしおすさまじく感じられるのは、右の巻々とたっぷりつきあってきた功徳と無縁でない。そのような過程を物語享受における孵化作用と呼ぶ。当時の読者も、「須磨」「明石」の巻あたりまでの緊張から解除され、これらの巻々を気楽に、だが何かがまた起きそうだという期待をもって読んだのではなかろうかと思う。文学のなかで小説が動きのもっとも緩慢な形式であることは繰り返しいった通りだが、この作者はそのへんのことを憎いほど心得ていたらしく、なかなか手のうちを見せてくれない。危機もほとんど忍びよるようにやって来る。きっかけは、朱雀院の第三皇女（女三宮）の源氏への降嫁という一件であった。

六条院御幸（藤裏葉）のあと朱雀院はとかく病気がちで、死期近いのをさとり、後のことどもをあれこれと思い悩む。とりわけ心にかかるのは、いとし子・女三宮の行く末のこと、そこでその聟えらびが始められる。夕霧、柏木、兵部卿その他の名が聟がねにあがるけれど、結局、後見としては源氏がやはり一番頼もしかろうということに落ちつく。源氏にしても準太上天皇の位にみあう妻室があって然るべきだし、例の好奇心も手伝い、この申し出をひきうける。そしてこれは六条院の栄華を最終的にしあげる盛時であるかに見えた。しかし思いかけぬ陥穽が潜んでいたわけで、ここを先途とめでたさは反転し、浄土のごとき六条院が人間関係の地獄絵と化してゆく。その様相をつぶさに描いているのが「若菜」上下の巻である。これは『源氏物語』中もっとも密度の濃い巻であり、ここにきて誰しも、前篇後半の巻々を我慢しながら読んできた甲斐があったのに気づくだろう。

だが一千年近い時間のへだたりを、そう一挙に飛びこせるわけにはゆかない。この距離を克服するには、それが無言のうちに前提として作品中に織りこんでいる時代固有の条件に目を向け、その意味を汲みとることがここでもまた必要で、さもないと安易な現代化に陥ってしまう。むしろ真に歴史的な読みによってのみ、古典は現代に拉《らっ》し来ることが可能になる。そしてそれは小説の場合、前にもいったように筋の問題をもふくむはずである。

二　皇女のゆくえ

皇女は多く独身であった

女三宮の聟えらびにさいし、その乳母は「皇女《みこ》たちは、ひとり（独身で）おはしますこそは例の事……」といっている。またそれを受けるかのように朱雀院が、「皇女《みこ》たちの世づきたる有様は、うたてあはあはしき（軽々しい）やうにもあり……」と語っているのに目をとめたい。皇女がかつて独身で世を終るさだめであった消息が、これらの言葉のはしには暗示されている。この物語からさらに証言を求めれば、柏木に嫁いだ女二宮（女三宮の姉）の母御息所が柏木の死後、「皇女《みこ》たちは、おぼろげの事ならで、あしくもよくも、かやうに世づき給ふことは、え心にくからぬことなりと、古めき心には思ひ侍りしを」（柏木）（皇女というものは、よほどのことでなければ、よかれあしかれ、こうして結婚したりするのは奥ゆかしからぬことと、古い頭では思っていた）と述懐しているのをあげることができる。

たとえば、日本古典文学大系本が最初の乳母のことばの「ひとりおはしますこそは例の事」の「例の」という語を、「昔は、皇女は后などに立たれたが、後には臣下からも后が立つようになったので独身の皇女も多くなった。故に〈例の〉と言った」と注するのはどうであろうか。それでは、右の御息所が「古めき心」に皇女の結婚は奥ゆかしからぬことと思っていたとあるのにまず反するし、「ひとりおはしますこそは例の事」という口つきとも適合しない。これを作者の好みによる見立てとする説もあるが、たんに見立てであるにしては歴史的な重みがそこには感じとれるように思う。とくにこの三人の人物が口をそろえてこういっているのは、まだ有力な考えとして当時おこなわれていた皇女独身説を映したものと見るのが妥当なはずである。

そのへんのことに新たな照明をあたえたものに今井源衛氏の論がある（『源氏物語の研究』所収「女三宮の降嫁」）。その調べによると、天皇桓武から花山までの総数一六四名の皇女のうち、配偶者を持つものはその一五％の二五名にすぎず、八五％は定った夫を持つことなく生涯を終えている。またその配偶者の約半数は天皇であり、臣族への降嫁がにわかにふえてくるのは醍醐朝に入ってからだという。この調べは『皇胤紹運録』をもとにしているが、奈良朝からさらにそれ以前にまでさかのぼるなら、この有配偶者比率はさらにさがるだろうと推定できる。天皇妃は内親王にかぎり、また内親王以下四世王女までは臣下に降嫁しえないとする継嗣令の規定には、やはりそれなりの根拠といわれがあったというべきである。

今井氏の論に弱いところがもしあるとすれば、皇女独身のことを律令制の枠のなかだけで考えている点だろう。その射程はもっと大きく、根ざすところはもっと深く、つまり王権のカースト的な聖性とそれは不可分に結びついているはずである。私は以前この問題に興味をもち、いささか文献をあさったことがある。場所がらをえているとは思わないが、『源氏物語』を読むための脚注のつもりで、以下それをかんたんに記しておく。

カースト的隔絶

まず、ウガンダをはじめアフリカの旧王国では、皇女とただ人との結婚は禁止されており、皇女は恋人をもってもいいが子供を生んではならぬとされていた。それは王族の聖なる血を汚す行為にあたるからだ。かといって皇子との結婚は近親相姦になりがちなため、皇女には独身者が多くならざるをえない。アフリカだけではない。東南アジアのタイ王国でも王女は普通人と結婚しても子を生むことを禁じられていたという。こうした事例を考えるならば、これがいわゆる神聖王権（divine kingship）に固有な構造の一環であるのは確かで、日本古代の宮廷もそれを共有していたと見てほぼ誤るまい。インドのカースト制でも最高位のバラモンに独身女が集中的に出てくるとされている。身分を決定するのは男であり、したがって男は下の層の女とも結婚できるが、女にはそれが許されていないためである。最下位のシュードラ層には、逆に結婚できぬ独身男が蓄積される。むろん、古代日本にインド風のカースト制が存したとはいえないけれども、王族の血にかんし一種カースト的な隔絶がそこに存したのは確かである。そしてこれは律令制によって始まったのではなく、律令制はすでにあるものを制度化したまでではなかったかと思う。

こうしたことを脚注にして読むなら、「若菜」の巻の「皇女《みこ》たちは、ひとりおはしますこそは例の事」という乳母のことばがどんな歴史的伝統を背後にもっているか、ほぼ見当がつくだろう。現にこの物語には、朝顔という独身皇女の生活が書かれている。これは桃園式部卿（桐壺帝の弟）の姫、早くから源氏との仲を取沙汰されていたが、もともと好色めいた心とはあまり縁がない。八年ほど斎院をつとめたこともある。「朝顔」の巻に源氏がかの女を訪ねる場面が見えるが、男の誘いのことばにたいし、「世づかぬ御有様は、年月に添へても、もの深くのみひき入り給ひて、え聞え給はぬのを……」（色恋にうとい人柄は、年月とともに、さらに引込み思案となり、口もろくにきかぬのを……）とある。それでいて折々の風流をよく解する深い心ばえの持ち主で、だから紫上が気をもむほど源氏も朝顔という女を忘れえずにいるわけだが、ついに男とは打ち解けることがない。皇女が斎宮や斎院をつとめ、そして独身のまま生涯を終えるというのは、――古くは『万葉集』に名歌を残した大来皇女（天武天皇皇女で大津皇子の同母姉、十四歳のときから二十六歳まで伊勢斎宮をつとめた）などがすぐに思い浮かぶ――当時でもなお一つの典型として残っていたといっていいのではなかろうか。物語全体からすればむろん小さな役しか果たしていないが、一隅にとにかくこういう人物が点出されているのである。その朝顔が、叔母・女五宮（桐壺帝・桃園宮と兄妹）というやはり独身の老皇女と同じ邸に住んでいるのも見逃せない。

聖性の喪失

問題は、こうした皇女の身の上に新たな変化と動揺が起こってきていた点にある。前に、伊勢神宮が「罪ふかき所」となったことにうかがえる王権の変質にふれたが、皇女の身の上に生じた動揺もこれと揆を一にするものといっていい。本文には朝顔のことを「世づかぬ」有様といっている。これは神さびて世間ばなれしていることをいう。『徒然草』の、「衰へたる末の世とはいへど、なほ九重の神さびたる有様こそ、世づかず、めでたきものなれ」という一節によっても、「世づく」とか「世づかぬ」とかの語感の何であるかを知ることができる。だが皇女もようやく「世づき」、世間なみに男を持ったり色恋の沙汰にかかわることから逃げられなくなったのだ。前に引いた「皇女《みこ》たちの世づきたる……」（朱雀）、「皇女《みこ》たちは……かやうに世づき給ふことは……」（御息所）は、そのような時勢にたいする述懐に他ならない。この場合、「世づく」とは聖性を失うことと同義である。斎宮・斎院をつとめた皇女たちがその罪を消すため念誦し後生を祈ったりするのも、古い世の聖俗の区別がこわれ、そのへんが混沌としてきたしるしである。天皇妃は内親王に限るという令の規定が守れず、藤原氏の女がそれに立つようになったことじたい、王権の伝統的な聖性に大きな訂正が加えられたことを意味する。そして皇女の降嫁も、今井氏の指摘するように嵯峨皇女潔姫の良房へのそれを最初として醍醐朝に入って急にふえてくるのである。*1

出家を間近に控えた朱雀院が女三宮の行く末を案ずるのは、皇女たちの神さびた「世づかぬ」生活がこうしてゆさぶられ、世間なみに聟どりする風が次第にひろまってきたことと切離せない。「女子《をんなご》うしろめたげなる世の末にて、帝《みかど》だに聟もとめ給ふ世に……」（宿木）とあるのも、一般の趨勢をかたっている。それにつけこみ内親王を狙う男もいた。柏木などがそうで、彼はつね日ごろ「皇女《みこ》たちならずば得じ」（若菜 上）と思ってきたという。次のことばは（すでに引用したところと一部かさなるが）朱雀院の思いわずらう心中と不安な世相のほどを浮彫りして見せてくれる。

皇女《みこ》たちの世づきたる有様は、うたてあはあはしきやうにもあり、また高き際《きは》といへども、女は男に見ゆるにつけてこそ、悔しげなる事も、めざましき思ひもおのづからうち交《まじ》るわざなめれと、かつは心苦しく思ひ乱るるを、またさるべき人に立ち後《おく》れて、頼む蔭どもに別れぬる後《のち》、心を立てて世の中に過《すぐ》さむことも、昔は人の心たひらかにて、世にゆるさるまじき程のことをば、思ひ及ばぬものと習ひたりけむ、今の世には、すきずきしく乱りがはしき事も、類《るゐ》に触れて聞ゆめりかし。昨日《きのふ》まで高き親の家にあがめられかしづかれし人の女《むすめ》の、今日はなほなほしく下《くだ》れる際《きは》のすき者どもに名を立ち、あざむかれて、亡き親の面《おもて》を伏せ、影をはづかしむる類《たぐひ》多く聞ゆる、言ひもて行けば皆おなじことなり。ほどほどにつけて、宿世などいふなることは、知り難きわざなれば、よろづに後《うしろ》めたくなむ。

（皇女たちが夫をもっているのは、いやに軽々しいようでもあるし、また高い身分といっても、女が男に縁づくとなれば、悔しいことや腹立たしい思いも自然ありもするものだと、片や不憫で決めかねているのだが、しかし一方、親に先立たれ、頼む蔭とてなくなったあと、独り身で堅固に世を渡れるかどうか、昔は人の心おだやかで世間で許さぬようなことは、思い及ばないことと決めていたのに、今日びは浮気っぽくみだらな事も、何かと耳に入る。昨日まで高家の親もとで、ちやほやかしずかれていた娘が、今日は取るにも足らぬ分際の好《す》き者どもにだまされて浮名を立て、亡き親の顔に泥をぬり、死後の名をはずかしめるような話をあれこれ聞くが、とどのつまり苦労は同じことだ。身分身分につけ、宿世というのは予知しがたいものなのだから、どうなるにしても気がかりだ。）

一私人としての朱雀院

文中の「世にゆるさるまじき程のこと」とは、日本古典文学全集本に注するごとく、皇女に臣下のものが懸想することを指すと解したい。こうして朱雀院は女三宮に聟を取るべきかどうかとしきりに揺れ動くわけだが、右にふれてきたような皇女の運命の歴史を下地にしないとこれは理解しにくいと思う。たんに誰を聟にするかではなく、聟を取るかどうかまず心労の種なのだ。しかもこれは、院が娘の乳母にかたった言葉である。「若菜」の巻を読み出して気づくのは、娘のことを院がもっぱら乳母とかたりあっている点である。娘の母がすでに亡くなっていることもあるが、とにかく院は人の親の心の闇に迷う孤独な一私人としてここに登場し、胸中をくどいくらい、ながながと乳母にうち明けている。右の引用はその一部にすぎぬ。更衣に死なれた桐壺帝が悲しみにひしがれ凡夫のように歎く姿は、前に見た。しかし帝みずからの言葉がじかにそこでかたられているわけではなく、命婦がそれを伝えるという形になっている。その他、帝とか院とかは、物語中ではあまりものいわぬのが常である。それがどうであろう、死期近いのを知った朱雀院は、この世のほだしである娘の行く末の定めなさをその乳母に、まるで体をふるわすかのようにかく語りつづける。一私人としての院のこれらのことばには、真実のひびきがある。このとき彼は院であるというより、世間なみの一人の親であるにすぎない。訪ねてきた夕霧に、「本性《ほんじやう》の愚かなるに添へて、子の道の闇にたち交り云々」とさえいっている。

女三宮の降嫁を主題化することは、ながく宮廷の保持してきた聖性の末世にたちあうことと同義なのである。

三　破局のはじまり

「この世はかばかりと見はてつる心地する齢」

降嫁したとき女三宮は十歳を三つ四つ出たばかり、一方源氏は四十歳。四十といえば当時ではもう老年の入り口で、彼は四十の賀を迎えようとしている。「長くとも四十に足らぬほどにて死なんこそ、めやすかるべけれ」とは兼好法師一流のものいいであるとしても、昔の人生が四十歳あたりでほぼ有機的に完成したのは疑えない。紫上なども三十幾歳かで、「この世はかばかりと見はてつる心地する齢にもなりにけり」（若菜 下）と洩らしている。だがそうかといって、ただ年齢の上から源氏と女三宮の結婚を不似合いとはいえないようである。皇女降嫁にかんする今井氏の調べによると、年がこの程度ひらいた例はあれこれと少なくない。年代別に女を配置するのが一夫多妻の妙味のはずだから、一般にもこうした例は珍しくなかっただろう。聟がね候補に源氏とその息子の夕霧とを同時にあげるというのも、こうした当時の結婚制度にもとづくと考えれば、さほど奇異でない。がそれはさて置き、女三宮の輿入れとともに紫上を軸とする六条院の世界にひびが入り、その侵蝕がじわじわと潜行し、やがて大いなる破局へと人びとを図らずもまきこんでゆく過程こそ、見ものといわざるをえない。

かつて紫上は朝顔をひどく嫉妬したことがある。朝顔は歴とした皇女で、世間でも源氏の正妻たるにふさわしい女と噂されていたからだが、前節に見たように「世づかぬ」この皇女にかんしては結局、何ごとも起きずにすんだ。が女三宮の場合は違う。何しろその背後には朱雀院がいるし、源氏邸へのその輿入れもすこぶる盛儀であった。むろん紫上も王族の血を引く女で父は兵部卿（藤壺の兄）なのだが、その父が按察《あぜち》使大納言の娘というのに通って生れた子だから、「母がら」はそう高貴とはいえず、継母にもいじめられて育った女。それに源氏は紫上を奪いとるようにして手に入れたのであり、むろん美々しい輿入れなどなかった。

女三宮の降嫁とともにかの女の心が波だってくるのは当然である。多少気になっても受領の娘である明石上のことは「山里の人」（朝顔）として紫上はひそかに蔑んでいた。明石上の方でも数ならぬ身と卑下し、始終つつましくふるまっており、それによって六条院の秩序は保たれていた。そこに女三宮のことが降って湧いたように起きたのだ。

紫上と女三宮との対比

もっとも、源氏は女三宮の幼稚さにすぐ失望する。成熟した源氏にとってかの女は、女としてはせいぜい可愛い玩具以上のものではない。が朱雀院への思惑もあり、おろそかに扱うわけにゆかない。一方、この降嫁が源氏のしかけたものではなく、やむをえぬ仕儀と知っている紫上は、独り寝の寂しさをこらえ、できるだけ色には出さず思慮深く対応しようとする。後に源氏は紫上を「人により事に従ひ、いとよく二すぢに心づかひ」（若菜 下）したと評しているが、かの女の魂はこの試練と苦悩のなかで真に成長したかのようである。かつて紫上にたいし明石上の立っていた地位に、こんどは三宮にたいし紫上が立たねばならなくなる。そういうある日、古歌を引いてかの女は手習をしたことがある。ところが自然、もの思いの筋の歌ばかり書きたくなるので、「さらばわが身には思ふことありけりと、みづからぞ思し知らるる」のであった。色に出さずに耐えていた悲哀が知らぬ間に鉛のように重くたまっていたさまを、これはいいえて妙である。そのようなかの女を見るにつけても、源氏は紫上をやはり無類の女だと思う。それより少し前の冬の夜のことだが、女三宮の部屋に寝ていた源氏の夢に紫上があらわれたことがある。

風うち吹きたる夜のけはひ冷やかにて、ふとも寝入られ給はぬを、近く侍《さぶら》ふ人々あやしとや聞かむと、うちも身じろぎ給はぬも、なほいと苦しげなり。夜深き雞《とり》の声の聞こえたるも、ものあはれなり。わざとつらしとにはあらねど、かやうに思ひ乱れ給ふけにや、かの御夢に見え給ひければ、うちおどろき給ひて、いかにと心騒がし給ふに、雞《とり》の音《ね》待ち出でたまへれば、夜深きも知らず顔に、いそぎ出で給ふ。いといはけなき御有様なれば、乳母《めのと》たち近く侍《さぶら》ひけり。妻戸おしあけて出て給ふを、見奉り送る。明けぐれの空に、雪の光見えておぼつかなし。名残までとまれる御匂ひ、「闇はあやなし」と独りごたる。

（風の吹いている今夜は、あたりがひんやりしていて、紫上はすぐには寝つかれない、が、そば近くにいる女房たちが怪しみはしないかと寝返り一つしないでいるのも、さすがに辛そうだ。一番雞《とり》の声がきこえるのも、ものあわれである。ことさら恨んでいるというのではないけれど、こうして紫上が思い乱れているせいだろうか、源氏は夢でその姿を見た。そしてふと目をさまし、何事かと胸さわぎするので、雞の鳴くのを待ちかねるようにして、まだ夜深いのも知らず顔に、急いでそこを出て行く。女三宮はひどく子供っぽいため、乳母たちがそば近くに付いていた。そして男が妻戸をおし開けて出てゆくのをお見送りする。明けがたのうす暗い空に、雪あかりがぼんやり映っていた。あとまで残る御衣の匂いに、「闇はあやな」とつい独りごとをいう者もいる。）

夢の通い路は一方的ではなく、相手のことを思って寝るとその人が夢に現われると考えられていたし、ある人が夢に見えるのはその人が自分のことを思っているからだという俗信もまだ生きていた。紫上が眠れぬまま聞いた雞の声と、夢におどろいた源氏の待ちかねたのとが同じ雞の声であるのを、私たちはこうして知ることができる。侍女たちをはばかり、眠れぬけれど

「身じろぎ」ひとつせずにいたとあるのも、紫上の秘めた苦悶のうちを明かしている。それにひきかえまだ乳母つきの女三宮の子供っぽさ。そこを夜深く出ていったあとに残る源氏の御衣の匂いも、実は紫上のたきしめたものであった。

この一節からも、ただではすみそうにない危機が無気味にしのびよって来つつある気配を感じとることができる。それが雪の残る冷たい冬の晩のことであったというのも、一つの世界がひび割れてゆく過程を暗示するにふさわしい。

四　大いなる破局

垣間見

そのころ六条院では源氏の四十の賀、それにともなう舞楽や饗宴のこと、さらに明石女御が男子を産むよろこびなどがあり、それらがかなり詳しく記されている。またそれに先だち紫上は女三宮と対面した。何しろ親と子ほど年は違うし、紫上の心くばりもあって、その後両人はむつまじく聞こえ交わす仲にさえなったとある。こうして一度たちかけた波風もおさまり、六条院には少なくとも見かけは平和な生活がもどってきた。作者じしん、あれこれの風俗描写を通して読者の目を楽しませようとしているかに思われる。そしてやがて、運命のいたずらとしかいいようのない、かの蹴鞠遊びの日がやってくる。

それは三月の空うららかな日、「静かなる住まひは、この頃こそ、いとつれづれに紛るる事なかりけれ。公《おほやけ》私に事なしや。何わざしてかは暮らすべき」と源氏がいい出して催した蹴鞠であった。この遊びに名手として加わった柏木という男が、あるはずみに女三宮の姿を夕日の光のなかでふと見たのである。『源氏物語』を読んだものなら誰しも、いわゆる垣間見《かいまみ》または隙見の場面が多いのに気づくはずである。夕霧は野分の風が簾を吹きあげた紛れにちらりと紫上の姿を見て、その美しさに心おののいたのだし（野分）、源氏が紫上を手に入れようと心に決めたのも、北山の坊で簾の少しあがっている隙間から少女の紫上をのぞき見したのがきっかけであった（若紫）。中川の宿を三度目に訪れた源氏が、碁をうっている空蟬と軒端荻の動作を外からじっと隙見する場面なども、なかなか印象的である（空蟬）。例の惟光にしても、夕顔の家の様子をこっそり垣間見して源氏に報告したのである（夕顔）。王朝の女たちは簾のなか、それも几帳や屛風のかげに奥まって暮らしており、男に姿をあらわに見せるようなことがほとんどなく、それが女のたしなみとされていた。男たちには女を見る機会がしたがって非常に乏しかったわけで、この時代「見る」ということばが男女の契りをむすぶこと、または夫婦として暮らす意にも用いられる例が多いのは、男女隔絶のこういう生活様式と関連する。「見劣り」「見優《まさ》り」という語なども、おそらくこうした生活から生れたものであろう。ふつう男は簾をへだて物越しになかの気配を感じたり、衣ずれの音を聞いたりするのがせいぜいで、ことばもじきじきとは限らず、だからせめて声だけでも聞きたいとか、人伝てならぬ一言がほしいとかいって女を口説く場面も出てくるわけである。

垣間見とか隙見とかは、こうして男たちにとってすこぶるスリリングな経験であり、『源氏物語』によるとそれが密通や結婚の第一歩にさえなっているのだが、当時の実生活からみて、これは充分ありうることと思われる。もっとも、この作につづく『狭衣物語』や『夜半の寝覚』などでは、この垣間見が意匠としてやたらと用いられているため、もはや緊張感のないものになっている。『源氏物語』はそれらとは趣を異にし、多くの場合、奥まって住む女の神秘的な美しさやゆかしさ、それにいどむ男の好奇心の決定的瞬間ともいうべきものをこの垣間見が捉えているように思う。そのとくに目ざましい例が、「若菜」の巻におけるこの蹴鞠の段にほかならない。

女三宮の飼っている小さい唐猫が、他の大きな猫に追われ急に簾の下から走り出た。逃げようとする猫が自分につけられている紐を引っぱるほどに、簾の裾がまくれあがる。が、そばにいた女房たちは慌てるばかりで、それをすぐに直そうとしない。他の女房たちも蹴鞠に見とれていて、外からまる見えなのに気づかない。その隙に、階《きざはし》のあたりに休んでいた柏木が、袿《うちぎ》姿で立っている女三宮を「夕かげなれば、さやかならず、奥暗き心地する」とはいえ、とにかくまさ目に見て、ハッと戦慄するのである。猫の紐がゆるんで簾は下りてしまうが、その猫を招き寄せて抱きあげると、移り香がしていて愛らしく鳴くので、彼は飼主の女三宮を抱いているような気になる。実は柏木は前々から女三宮に執心で、聟がねとして名乗りをあげていた。それがかなわず、三宮が源氏のところに降嫁してからも、かの女の乳母子《めのとご》の小侍従というのをかたらい折あらばとうかがっていたのであって、蹴鞠はいうなれば天与の好機となったわけだ。ちらりと「見る」ことがこのように危機をはらみえたのは、「見られない」という通念が日常生活を支配していたからで、この対立関係をつねに念頭におかねばならない。

猫を抱く

唐猫は舶来で貴族らがそれを愛玩していた様子は、『枕草子』の「うへにさぶらふ御猫」の段などからもわかる。が、それにしても、柏木がこうして猫を抱く場面には一種異常な斬新さのようなものが感じられないだろうか。ボードレール『悪の華』に、猫という動物のもつ魅惑をうたった詩幾篇かがある。それにつき、ある評家は「潜在性」ということがこの猫の特質であり、「しなやかな体、謎めいた眼、電気を帯びた毛皮など、すべてが、何かが起るかもしれぬ、何かが起ろうとしている、ということを告げているのである」（リシャール『詩の深さ』有田忠郎訳）という。それとこれを同一視するのはむろん行き過ぎで、私も『悪の華』の詩篇を、今ひょいと想い出したにすぎないのだけれど、しかし猫という動物についての人間の経験の構造に何がしか共通点があるのも否めない。柏木の場合にかんしていえば、女三宮の猫を抱きながらエロスへの誘惑はまさしく潜在的に高まっていったであろうと思われる。本文にこうして柏木を「すきずきしや」と評しているのは作者の詞だが、それはやがて何かが起きるかもしれぬことを読者に予告する詞にもなっている。果たして柏木のこうした「すきずきし」さは、さらにつのってゆく。彼は「傍《かたはら》寂しきなぐさめ」に何とかあの猫を手に入れたいと思い、あれこれ算段してとうとうせしめてしまい、それをあけくれ可愛がり飼い馴らす。ある時など、端近くものに寄り臥しているところにその猫が来て「ねうねう」とやさしく鳴くので——猫の鳴声を「寝む」の意にとりなし——かき撫でてやり、それを懐に入れ恍惚と物思いにふけった。猫の鳴声はまるで媚薬のごとく、彼の心に沁みこんでいったわけだ。それが折あらば密通にまでゆきつくのは、もう時間の問題にすぎない。

音楽と現実と

六条院における紫上、女三宮、明石上、明石女御らによる盛大な女楽合奏のことは第二章ですでにふれるところがあったが、ここの文脈でいえばそれは、女三宮の降嫁とともにひび割れ始めた六条院の世界の秩序と調和を、ほとんど魔術的にとりもどし蘇らせるかと思えるようなめでたい催しであった。管絃の合奏で各人はそれぞれ別の楽器を奏しながら全体として統合されることによって、あらたな調和の世界がそこに共時的に生み出されてくる。（記号論的には、近代小説に交響楽が対応しているとすれば、平安朝の物語には雅楽が対応しているといえなくもない。雅楽はすでにハーモニーをもつ稀な形式音楽であった。）とくに平安朝では音楽が一般文化体系の最高位を占めていたことを考慮せねばなるまい。あるじの源氏は自分がこの女楽の指揮者でもあったかのようにしごく満悦であったし、梅かおる春の夜のこととて、季節も申し分なかった。ではそのことが物語のなかでどういう機能をはたしているか。

そこに、私たちにはあまり興味のない音楽の手のことがあれこれと詳しくかたられているのは、音楽が文化の粋と見なされていたためである。それに『源氏物語』の時代は音楽の旺《さか》んなること史上空前であったらしい。肝心なのはしかし、春の夜のこの女楽の出来ばえがめでたければめでたいほど、むしろ六条院の終末を告げるフィナーレのようにそれが聞こえてくる点である。音楽の形式美は、外界を捨象した理念的な純粋美であり、それとはうらはらに生活現実の矛盾は容赦なく深まり、そして進んでゆく。というより、この束の間の調和のめでたさを最後に、六条院の世界は音をたててがらがらと崩壊する。つまり音楽の純粋美と不純な生活現実との対立関係が見事に構造的にとらえられているわけだ。まず紫上が急病になる。病いはあつく、かの女は二条院に移され源氏もその看病に余念がない。人目少ないこの隙を狙い、柏木は何とか女三宮に近づこうとする。そしてついに密通をとげるのだが、これこそ源氏をあるじとする六条院を崩壊にみちびく決定的な一撃であった。

密通

さてこの密通では、小侍従という女が手引き役をしている。かの女は女三宮の乳母の娘なのだが、この乳母の姉が実は柏木の乳母だった関係で柏木はかねて女三宮が幼少のころから美しく、親（朱雀）にかしずかれている様子などを耳にしていた。それが宮への恋の始まりであったが、柏木は乳母子《めのとご》のこの小侍従をさんざんかたらって宮に近づいたのである。乳母子が並みの従者や侍女とちがうものであることは既述したので繰り返さぬが、ここでもこうしてそれが密通の回路となっているのをやはり見逃すべきでない。乳母子がいそいそとたちまわる場合、それはたいてい何か密事のおきる前ぶれとさえいっていい。小侍従も不可欠の端役である。そしてとくにここでは、きびしい人目をぬって小侍従が柏木を女三宮の寝所にみちびいてゆくさまがつぶさに描かれている。現心《うつしごころ》を失い、ただひたぶるに女三宮に迫ってゆく柏木の執心もすさまじく、女は「ものにおそはるるかと」わななきながら茫然とするばかりであったという。

さてその夜、柏木はあの猫のことを「ただいささかまどろむともなく夢に」見るのだが、古註にいうように猫の夢は懐妊の兆と信じられていた。女三宮との一夜の契りはこうして運命的なものとなる。柏木の好き好きしく愛撫していたあの猫がこういう風に夢にあらわれようとは、おそらく誰しも予想しなかったことではなかろうか。私はついボードレールのことなど持ち出したが、どうもそれは余計なことであったらしい。この作品を組みたてているのはやはり王朝時代の文法であり、しかもその文法を通して物語は意外な方向へと転換してゆくのである。意外性がたんに意外性としてではなく、時代の文法を経由してあらわれる点に、『源氏物語』と伝奇ものとの違いがあるともいえる。

もっぱら密通という語をこれまで使ってきたが、有夫の女を犯したのだからこれは姦通というべきだろう。そして姦通というと何やらそら恐ろしい気配がただようのは、この語に法の臭いがあるからで、現に律令では他人の妻妾を姦するものは免官と規定されている。もっとも、これが条文通り実施されたかどうかは疑わしく、男女の情交にかんする律令の規定には、多分に教化的な意図がふくまれているようである。わが王朝文学がほとんど色好みに染めぬかれているのを見ても、古代中国とはかなり異なる生活伝統が生きていたのを知りうる。『宇津保物語』には、「あるじある女をも、皇女《みこ》たちをも、御息所をも」(藤原の君)手あたり次第にものにしようとする好色漢さえ登場する。色好みを男の功徳と考えていた王朝貴族社会は、こういう面にかんし道徳的に相当ゆるやかであったらしい。

下が上を犯す

かといってむろん、姦通がまかり通っていたわけではない。姦通は盗みとして、あるいは血の問題として、たいていの社会で古くから禁断されていた。平安朝とて同様である。そしてそれがきびしいものになるのは、下が上を犯した場合であったように思われる。たとえば逆に、光源氏と空蟬との関係をみればいい。ひどく強引なやりかたで源氏は伊予介の妻であるかの女を犯すのだが、いうなれば空蟬は貴人の方違えの肴みたいなものであった。一方、藤壺との関係はどうか。継母との密通である点もさることながら、それが重大な罪として源氏の心に終生つきまとって離れないのは、臣下たるものが天子の妻を犯し、しかも不義の子まで生んだためである。朱雀帝の後宮に入る手筈になっていた朧月夜を犯したというかどで源氏が須磨流謫の憂目に逢ったのも、やはりその辺に軽くない問題があったのを暗示する。

柏木と女三宮との密通関係にも、明らかに身分上のことがからんでいる。彼は女三宮の聟がね候補に一度はあがったけれど身分が低いとして斥けられ、女三宮は準太上天皇である源氏のもとに降嫁した。そういう源氏の妻としての女三宮に柏木はひそかに通じたのだから、ただですむはずがない。彼はみずからを次のように責めつける、「さても、いみじき過ちしつる身かな、世にあらむ事こそ、まばゆくなりぬれ、と恐ろしく空恥《そら》づかしき心地して、ありきなどもし給はず。女のためはさらにもいはず、わが心地にもいとあるまじき事といふなかにも、むくつけく覚ゆれば、思ひのままにもえ紛れありかず。帝《みかど》の御妻《め》をも取り過《あやま》ちて、事の聞えあらむに、かばかり覚えむことゆゑは、身の徒《いたづら》にならむ、苦しく覚ゆまじ。然《しか》いちじるしき罪にはあたらずとも、この院に目をそばめられ奉らむことは、いと恐ろしくはづかしく覚ゆ」（それにしても、たいへんな過ちを犯したものだ、この世に生きているのさえ気がひけるようになった、とこわくて顔もあげられぬ気がして、閉じこもっている。女のためはむろんのこと、自分としてもあるまじきことをしたというなかでも、これはぞっとする思いで、気ままに忍び歩きするどころでない。帝妃と過ちを犯し露顕した場合でも、こんな目にあうのなら、命を捨てることになっても覚悟の前である。これはそれほど重い罪にはあたらぬけれど、この源氏に睨《にら》まれるのが恐ろしく居たたまれぬ思いがするのである）。

空蟬との一件の後、上京してきた伊予介に会う源氏も、舟路に黒くやつれたその実直そうな顔を見ながら、面はゆいとは思うけれど余裕たっぷりだったのは、相手が自分の庇護を受けている老地方官であったからにほかならぬ。それにひきかえ柏木は自分の行為におののき、源氏の眼におびえざるをえない、そういう身の上であったことになる。

無慈悲な筆致

おまけに、その密事が源氏にばれてしまうのだ。紫上の容態が小康をえたひまに源氏は久しぶりに女三宮を訪れるが、女が褥《しとね》の下に忍ばせておいた柏木の艶書を、翌朝ふと見つけて手に入れる。女は何心もなくまだ眠っていた。それにつけても源氏はかの女のこのように不用意な子供っぽさを蔑み、「さればよ、いとむげに心にくき所なき御ありさまを、うしろめたしとは見るかし」（だからさ、まるで奥ゆかしいところのないのが、気がかりでしかたなかったのだ）と思う。ここには、一人の女としての三宮に対する源氏の評価がハッキリ示されている。後に源氏は三宮の心ばえの幼稚さ、その思慮のなさを面と向かってさとしているが、かの小侍従さえこの件を知り「いふ甲斐無の御様や」とあきれ顔であったという。世間知らずで自立心のない一皇女の結婚がいかにみじめなものに終らざるをえないかを、作者はほとんど無慈悲なまで追究しようとしているかのように思える。慇懃《いんぎん》なことばやりに蔽われているため、つい見すごしがちだがここと限らず、この作の筆致はおしなべて呵責ないものをもっていると思う。それは作者と読者とが狭い生活圏を共有し、作者が読者のことなら足の裏まで知っており、読者に対しつけつけと無遠慮でありえたことにかかわっている。両者の間がらが疎遠になるにつれ、こうした無遠慮さは消え感傷と倫理がそれにとって代ってゆく。

『源氏物語』では結婚後の男女関係のもつれが主題化されていることは前に見た通りだが、女三宮の場合も例外でない。というより一人の皇女、それも父院の秘蔵娘である一皇女が降嫁し、そして結婚生活に敗れたことは、並みの場合よりいっそう悲劇的である。皇女という身分のやんごとなさは、それじたいとしては申し分ない結婚の条件であったはずだが、やんごとなさと結婚生活の日常とはまるで次元のちがうものであることを、女三宮の降嫁は身をもって示している。人形箱から出てきたような幼稚な心ばえの女三宮と、理想の女人たるべく手塩にかけて源氏の育て上げた紫上との対比がいちじるしい点も見逃してはなるまい。

不義の子の誕生

一方、そうでなくても源氏の目を恐れていた柏木は密事のばれたのを知ってからは、源氏の顔をまともに見ることができず、そして苦しんだあげく病いに臥し、女三宮出家のことを聞かされて程なく、「泡の消え入るやうに」（柏木）死んでしまう。だが、罰せられたのは当事者だけではない。ある意味で、いちばん深く罰せられたのは源氏その人であったといっていい。三宮が不義の子、それも男児を産み落としたと聞き、彼は次のように思ったという。世間につつみ隠していることなのに、柏木そっくりの顔つきであったりしたら何としよう、女の子だったら人に顔を見られることもないから安心なのだが……それにしても何と不思議なことよ、「わが世とともに恐ろしと思ひし事」つまり藤壺に通じ不義の子を生んだことの報いなのであろう、この世でこういう思いかけぬ報いを受けたのだから、来世の罪も少しは軽くなるだろうか、と。源氏晩年の子が三宮の腹に生れたというので、例の産養の儀などがいかめしくおこなわれる。

が、源氏は人前をつくろうだけで、嬰児の顔を見ようともしない。女三宮は生きた心地もなく、ついに尼になろうと決心する。かの女がみずからの意志で行動したのは、この時だけであった。

五　時間と空間の軸

「若菜」の巻の散文

さてここで、あの藤壺の一件と女三宮の一件とが互いに呼応するもののように語られているのは確かである。藤壺とのことは、生涯を通じ源氏の心ふかくつきまとって離れぬ呵責であった。だから彼は、こんどの一件を許しがたい辱しめであるとして苦しむだけでなく、自分がかつて藤壺との間に犯した罪の恐るべきものであったのを想い起こし、つらぬいてやまぬ宿世に慄然とするのである。しかしそれはこの作品が因果応報の理でもって書かれているということではない。光源氏のいわゆる道心も、宗教的ドグマから来るのではなく、生きられ感じられた人生のモラルであった。つまり作者は主人公の生活過程を描くことに専念しているのであって、文学の頭ごしに何らかの観念で辻褄を合わせようなどとはしていない。作品のなかで主人公が多少ともまばゆい存在として理想化されざるをえないのは、前にもいったように作者より上の階層からそれが選ばれているのにもとづくのだが、「若菜」の巻になると作者は目がつぶれても光源氏を見つめてやろうとしているかのようである。みずから手塩にかけて育てた紫上が源氏にとってどんな意味をもつ女であるかを知っている読者なら、女三宮との結婚——準太上天皇という身分にはふさわしいかもしれぬがただそれだけのこの公的な結婚が、すでに不吉なものであったことを予感していたであろう。が、その予感をさえ出しぬくような真実性がここにはある。

独白と会話

私は前に、この作品の後半には間接法として独白の要素の多いことを指摘しておいたが、柏木と女三宮との密通をかつての藤壺事件の報いだというのも、主人公の独白にそくして語られている。それがもし全能の語り手のことばとして語られていたら、この深い真実性はあらわれてこなかったかもしれぬ。「若菜」の巻がほとんど和歌の介入をゆるさぬ徹底した散文で書かれているのも偶然であるまい。主人公をはじめ柏木、紫上、女三宮、朱雀院らここに登場する諸人物の経験した心の烈しい揺れと世界の重み、それに何とかうち勝とうとする苦しみ、あるいはそれから自由になろうとする浄化への希求のもつれあうこの巻の主題は、和歌の贈答ならぬ会話を多くまじえたフレッキシブルな散文によってのみ描くことが可能であったと思われる。

濃い既述という点で、古代のなしとげた散文の極限がそこにはある。会話のもつ意味をぬきに小説の散文はかたれない。人物をもっとも経験的なレヴェルで表現するのが、日常語にもとづく会話だからである。そして私は独白をもその一部と考えたい。

思うに、この作品のおもな登場人物はほとんどみな没落の影を背負っている。「桐壺」の巻で横ざまな死をとげる主人公の母・桐壺の更衣はそういう最初の人物であって、ここにすでに世界の破滅が予告されている。それがいよいよ《急》の段を迎えるのがこの「若菜」の巻であり、主人公はこの破局を果てまで見とどけて死ぬ。彼はこうして、さまざまな経験をへて内面的な発展をとげてゆくのだが、これは特記していいことだと思われる。

行為のイニシャチーブ

たんなる変化と発展は同じでない。主人公が人格として発展をとげるのは、行為のイニシャチーブが自己のなかにあることによってのみ可能である。すでに見たように、主人公の須磨流謫は夢解きの予言が実現していることを意味したが、しかし彼はその予言に従うというよりむしろ、自分の運命を引き受けるようにして須磨に赴いた。女三宮のことでつらぬいてやまぬ宿世に慄然とするのも、そのイニシャチーブが自己の行為のなかにあるのを自覚していたからに他ならない。『源氏物語』が他の物語と違うのは、内面的発展をもつこういう人物を創り出した点にある。他の物語では、変化があってもほとんどこうした発展は見られないといってよかろう。

それは時間の問題と関連する。つまり、ここではあくまで日常性の時間が生きられ経験されるのであり、例えば『宇津保物語』のように、唐土舟《もろこし》がどことも知れぬ波斯国《はしこく》とやらに漂着し云々、あるいは山の洞穴《うつほ》に住み云々といった、日常を越えた時間はこの作品とはまったく縁がない。この作は「はじめよりをはりまで、たゞ世のつねの、なだらかな事」を書いていると評した、前引の宣長の言は時間の上に移して考えることもできる。しかしそれだけでない。主人公は出家によってこの世の時間を超越してしまうこともしないのだ。藤壺との一件以来、彼はいわゆる道心に引かされてはいる。そして今にも出家しそうな気配を何度か見せさえする。が、最後までその誘いにあらがい、この世を思い棄てるということがない。その点この作は、一種の試練小説と呼んでいいかも知れない。前半生での試練を須磨流謫が集約しているとすれば、後半生でのそれを集約するのが「若菜」の巻のかたる女三宮と柏木との一件である。この作が読むものに類い稀といっていい濃密な時間を感じさせるのは、主人公がこうした試練にたえながら日常の時間を自分のイニシャチーブで生きることをやめないからである。

時間はしかしたんに時間としてあるのではなく、つねに空間の軸と結びついている。両者は不可分の関係にある。『宇津保物語』の波斯国云々は、時間として日常を飛び越えていることによって、それは空間としても抽象的である。『竹取物語』で求婚者が赴くとされる天竺《てんじく》とか蓬萊とか唐土《もろこし》とか南海とかも、みな抽象的空間にぞくする。『源氏物語』には、そういう抽象的空間がまるで存しない。とりわけこの「若菜」の巻の物語が、主人公の私邸である六条院という狭いけれど、もっとも具体的な場を軸にしているのに注目したい。つまりこの小さな空間のなかで深刻な事件が起き、そして主人公はそれを日々の時間として生きてゆく。「若菜」の巻の散文は、そういった経験の微細なリズムをとらえて余すところがない。

悲劇性

しかし読み進むにつれ六条院の崩壊は、もっと大きな世界と包みあっているように思えてくる。オイディプスの母子相姦がテーベ全体をまきこむのは、彼が王という頂点の地位にいたことと無縁でない。六条院の主人光源氏は準太上天皇である。むろん両者をごっちゃに扱うことは許されないし、散文と劇とでは趣をおのずと異にするものがある。しかしかりにこれが光源氏の六条院ではなく中下級の貴族の家での出来ごとであったとしたら、その悲劇的効果はかなり減殺されてくるのではなかろうか。喜劇が下級のものによって演じられるにたいし、悲劇は高貴なものの演じるところであるのが一般のようだが、それはその失墜の度合いの大きさがものをいうからで、ここでの密通事件の悲劇性も、降嫁した皇女じしんが当の人であった点を無視できないだろう。「若菜」の巻に描くところはもっぱら私的世界としての六条院だけれど、だからといってそれが閉ざされた孤島であるわけではない。その崩壊のすさまじさは、むしろ古代という大きな歴史的世界の破滅を象徴しているかのごとくである。長篇の物語というジャンルがそもそも大いなる解体期の所産なのだが、『源氏物語』はこうした解体期に固有な悲劇性をその歴史的な深みにおいて実現した作ということができる。

註

*1――継嗣令の「凡王娶二親王一、臣娶二五世王一者聴。唯五世王、不レ得レ娶二親王一」という規定が延暦十二年には、「詔曰、……見任大臣良家子孫、許レ娶二三世已下一、但藤原氏者、累代相承、摂政不レ絶、以レ此論レ之、不レ可二同等一、殊可レ聴レ娶二二世已下一者云々」（『日本紀略』）とゆるめられている。とくに藤原氏が特別扱いされているのに注目したい。

第八章　宇治十帖を読む

一　宇治と「憂し」

暗転

「橋姫」にはじまり「夢浮橋」に終る巻々を、世に宇治十帖と呼ぶ。宇治の地がおもな舞台になっているのでこの名がある。正篇にたいし続篇ともいう。かといってたんなる延長や付けたしではなく、一つの独自な展開や深化がそこにはある。正篇とは作者が違うと予想する向きもある。しかしその間、一人の作者でないと不可能なような主題的統一が存していており、そしてそれは前に述べた通り、ほとんど動かしがたいもののように私は考える。さて「橋姫」の巻は次のように書き出している。

その頃、世にかずまへられ給はぬ古宮《ふるみや》おはしけり。母方なども、やむごとなくものし給ひて、筋異なるべきおぼえなどおはしけるを、時移りて世の中にはしたなめられ給ひける紛れに、なかなかいと名残なく、御後見などもものうらめしき心々にて、かたがたにつけて、世を背き去りつつ、公《おほやけ》私《わたくし》により所なく、さし放たれ給へるやうなり。

（その頃、世間から忘れられている老親王がいた。母方なども貴い家柄であって、一時は春宮《とうぐう》にも立ちそうな声望があったのだけれど、時勢が変り世の中から冷たくあしらわれる羽目になり、それからは昔のおもかげとてなく、支援していた人たちも当てが外れた気がして、思い思い暇をとっていったので、この宮は公私ともに身の拠り所がなく、すっかり見捨てられた形である。）

この古宮は桐壺帝の第八皇子で、光源氏の異母弟。かつて冷泉が朱雀の春宮であったとき、例の弘徽殿女御が冷泉を廃してこの人を春宮に擁立しようとたくらんだことがある。そのごたごたにまきこまれたため、源氏一統の世となるにつれ八宮は世間から見放されてしまった。処世の術にうとく先祖伝来の宝物や遺産もなくし、ただ音楽に心を入れて育ったが、京の邸が火災にあってからは二人の娘（大君、中君）とともに宇治に引っ越し、俗聖《ぞくひじり》として仏道専念の日を送っていたとある。宇治は貴族らの別荘地だった。例の平等院などももとは源融の別荘であったのを道長が手に入れ、子の頼通に伝え寺となったものである。八宮が宇治に山荘を持っていたとしても、ごく自然である。それに宇治は大和路の中宿りでもあった。だが文脈上もっと大事なのは、「わがいほは都の巽《たつみ》しかぞ住む世を宇治山と人は言ふなり」（『古今集』、喜撰法師）と歌われている通り、宇治が「憂《う》し」を喚起する地であった点である。八宮の「あと絶えて心すむとはなけれども世をうぢ山に宿をこそかれ」（橋姫）の歌も、喜撰の右の一首を下地にしている。語呂あわせにすぎぬと見るだけでは、むろんすまされない。宇治すなわち「憂し」という連想は当時の読者のすでに共有するところであったし、作者もこの約束にしたがって話をすすめているのである。だから宇治が舞台になったことは、物語のモチーフそのものの暗転を意味する。

こういうわけで、政界を投げ出され世間からも見捨てられて、宇治にひっそりと生きる八宮一家の生活が話題の中心になる。「網代《あじろ》のけはひ近く、耳かしがましき川のわたりにて、静かなる思ひにかなはぬ方もあれど、いかがはせむ。花、紅葉、水の流れにも、心をやるたよりに寄せて、いとどしくながめ給ふより外のことなし。……いとど、山重なれる御住処《すみか》に、尋ね参る人なし。あやしき下衆《げす》など、田舎びたる山がつどものみ、まれに馴れ参り仕うまつる。……」。『源氏物語』では公事も私的関係をふくむかぎりでのみとりあげられていると前に指摘したが、この落魄の一家の話を主とする宇治十帖には、もはや公の入りこむ余地はほとんどないといってよく、貴族生活につきまとう風俗の描写なども、ごくわずかしか存しない。作者はこれらの巻々で、私的人間関係のふかみにひたすら測深鉛を沈めようとしているかのように見える。

宇治十帖には、薫と匂宮という二人の男主人公が登場する。前者は女三宮と柏木とのあいだに生れた子、後者は今上と明石中宮（光源氏の娘）とのあいだの子で、第三皇子。光源氏の二つの分身であるかのごとく両人は性格がまるで違い、一方は「聖心《ひじり》」の、他方は「花心」のもち主とされている。光源氏とともに一つの大いなる時代が終ったらしい。「匂宮」の巻は「光かくれ給ひにし後、かの御影に立ち継ぎ給ふべき人、そこらの御末々にあり難かりけり」と書き出しており、「紅梅」「竹河」等の巻にも同様の感慨が作中人物の口吻として洩らされている。

何れにせよ、薫と匂は光源氏の分身または残像であり、したがって人物としては光源氏より一まわりも二まわりも小さくなっている。けだしこれは当然のなりゆきであったといえる。宇治十帖では生の重圧がいっそう強まってきているからだ。『人間喜劇』の作者が「小説では偉大な人物は、ただ副次的人物としてのみ許される」といったことばをここに想い出すのも無駄ではあるまい。いわゆるロマンスにあっては一般に主人公の背丈の方が生活より大きいのにたいし、近代の小説では普通人がその主人公にえらばれてくるようになるが、これは偉大な人物を通しては人間と世界との入りくんだ関連の細かい襞《ひだ》がもはや捉えがたくなったためである。その点、宇治十帖が正篇よりよほど近代小説に近い性質をもつのは、光源氏という大きな人物から解放されたせいともいえる。「日本の小説は、『源氏物語』の内部において、もっとも素朴なものから発展して、最後に、もっとも近代的な『宇治十帖』の世界に到達した……。一篇の小説の内部に古代的なものから近代的なものへの推移の歴史が存在しているのだ。一篇の物語を完成する過程のうちに、全小説史の経過を体験してしまった、世にも不思議な小説なのだ」（山本健吉『古典と現代文学』）は至言である。ただ、そこから直ちに宇治十帖を、「女房たちよりも、ずっと近代的意識にめざめ、宗教的であり、思索的であった隠者階級の手すさびになった部分」と臆測するのはどうであろうか。当時、物語文学のまわりには思いのほか新旧さまざまな可能性が混沌と生きていたのであり、そして一人の女の作者がそれらを奇しくも統合または踏破しながらついにここまでやって来た、という風にしか私には読めないのだが……。仏教的厭世観が立ちこめているのも、ここに登場してくる人びとが世界とのどのような関連のなかに生きているかを暗示する。とくに己れの出生に暗い影を感じて人となった薫は、道心に強くひかれている。そしてそれが彼を宇治八宮に結びつけるきっかけとなる。わが出生の秘密について知らされたのも、宇治での一夜、そこに仕えている弁という老女の問わず語りによってである。弁の母は柏木の乳母で、弁も乳母子として柏木の側近くに仕えていた。そして柏木は死にぎわに遺言と遺品をこの弁に托したのである。柏木と女三宮との密事に与り、それを知っていたのも、小侍従（女三宮の乳母子）とこの弁だけであった。弁は柏木の死後、ある男とつれだって西海にはふれ、その地で男に死なれて都に舞いもどり、縁あってこの宇治八宮家に仕えていたわけだが、それが思いかけず薫に出逢い、「夢がたり、巫女《かむなぎ》やうのものの問はず語りすらむやうに」（橋姫）昔のことを彼に語りきかせたという。「問はず語り」とは、ひとから問われもしないのに自ら語り出すことだが、こういう老女の存在は、物語という形式が当時の生活のいかに深いところに生きていたかを告げてくれる。それはとにかく、この老女がここにいることによって、薫と宇治との因縁はいよいよのっぴきならぬものになるだけでなく、前篇の暗部の一隅がこうして新たに照らし出されてくる。

さて宇治十帖はどのような構造をもっているか。

二　結婚を拒む女

もつれた関係

薫は法の友として宇治八宮家に出入りするのだが、しかし二十歳そこそこの御曹司の「聖心」をあまり額面どおりに受けとってはなるまい。女などに興味がないという彼のいいぐさを、友人の匂は「例のおどろおどろしき聖詞《ひじりことば》」（橋姫）と冷やかしている。そのいわゆる「聖心」には多分にそう思いこんでいた節があり、したがって彼が宇治の女にだんだん心ひかれるようになったからとて、別におどろくには当らない。第一、若くして道心にこりかたまっていたとしたら、物語という俗の文芸とはあまり縁のない人物ということになろう。彼の特徴は、そういった自己欺瞞に気づかず、大君（姉）への懸想をも八宮経由で考え、自分は後見人としてふるまっているのだと思っている点にある。こうして中君（妹）の方は匂宮にとりもってやり、大君をわがものにともくろむわけだが、事はなかなか思わく通りには進まない。

まず、八宮の死んだ年の暮、ますます寂寥をきわめる宇治の邸に雪のなかをやってきた薫は、自分の意中を大君にうち明け京に迎えたいと申し入れる。が色よい返事はえられなかった。八宮一周忌にも宇治を訪ね、心のうちを訴えるけれど相手にされない。やがて屏風をおし開けて迫ってゆくが、女はやはり拒みつづける。忌明けにまたやってきた薫は、こんどは弁君の手引きをえて女たちの寝室に忍びこむ。しかし女は気配を察し、そっと起き出て中君を残したまま隠れてしまう。その後も何度か試みるのだが、どうしても首尾をとげることができない。大君は実は妹を薫にとりもとうとしているのだった。この辺の経緯をごたごた紹介しても仕方がない。「椎本」「総角」の巻には、思わくの食い違いから生じるあれこれのもつれが、しつっこいくらい細密に書かれている。

宇治大君

私の取りあげたいのは、結婚というものを拒む女として宇治大君が出てくる点である。かの女の生きかたを左右したのは、父八宮の次のような遺戒であった。

おぼろげのよすがならで、人の言《こと》にうちなびき、この山里をあくがれ給ふな。ただかう人に違《たが》ひたる契り異なる身と思しなして、ここに世をつくしてむ、と思ひとり給へ。ひたぶるに思ひしなせば、ことにもあらず過ぎぬる年月なりけり。まして女は、さる方に堪へこもりて、いちじるくいとほしげなるよそのもどきを負はざらむなむよかるべき。（椎本）

（ちゃんとした相手でもないのに、人の言葉にのせられてこの山里をうっかり出たりするでない。こんな風に世の人とは違った宿世の身と思いなして、ここで一生を終るのだと覚悟しなさい。こうと決心してしまえば、何ということもなく年月はたっていくものだ。まして女は、そんな風にじっと引きこもって、世間からひどい非難など受けぬようにするのがいい。）

山寺にいよいよ籠ろうとして娘たちに残した遺戒だが、かつて政界でもてあそばれた末ぽいと棄てられ、そしてみずから宇治に隠棲した人物の心に沈澱していた悲哀がどんなものであるかを感じさせることばといっていい。傍点部分には、にがいものを念力で嚥みくだそうとする口吻がうかがえる。とくに「ひたぶるに思ひしなせば、ことにもあらず過ぎぬる年月なりけり」という一節は、どんな覚悟でこの人物が宇治で生涯を過ごそうとしていたかを端的にかたっている。そうした自分の生きかたを娘たちにまで強いるのはいささか酷な話だが、つまりそれほど悲哀が心中にみちみちていたということになろうか。

とりわけ姉の大君の上に、この遺訓は重くのしかかる。薫を拒む大君は、「みづからはなほかくて(独身で)過ぐしてむ」、「わが世はかくて過ぐしはててむ、と思ひ続けて……」(総角)等とある。たんに「過ぐさむ」「過ぐしはてむ」とは違い、「……てむ」はきっと……しよう、きっと……してしまおうという強い意志をあらわす。そしてそれは遺戒中に「ここに世をつくしてむ、と思ひとり給へ」とあるのにぴったり照応するのである。

では父の遺戒に呪縛されているだけなのか、といえば必ずしもそうではない。たとえば右の遺戒中の「おぼろげのよすがならで、云々」は、口訳で示したように、しかとした相手でもないのに口車にうっかり乗るなという意であり、決して薫を排除するものではない。それどころか故宮は後の事をすべて薫に托し、その気があれば大君の聟にしていいとさえいっていたのだし、かの女もそれを承知であった(総角)。その上でなお彼の求愛、求婚を、「わが世はかくて過ぐしはててむ」とかたくなに拒み続けるのだ。母亡きあと姉娘として父と人里はなれたところで暮らしているうち、父の絶望に同化してしまった気色である。

「総角」の巻に次のような場面がある。中君と契りを結んで間もない十月、匂宮は薫の肝煎りで紅葉狩りに宇治に出向いた。むろん中君を訪ねるねらいなのだが、そこに宮廷から随身あまた引きつれた特使が迎えにきて、即日京に帰らねばならなくなる。所狭き身である彼は、母中君（明石）に宇治通いをかねてきびしく監視されていた。で女のもとには消息を送るだけですまし京にひき返すのだが、それにつけ中君は「数ならぬ有様にては、めでたき御あたりに交らはむ、かひなきわざかな、と、いとどおぼし知り給ふ。よそにてへだたる月日は、おぼつかなさもことわりに、さりともなど慰め給ふを、近き程にののしりおはして、つれなく過ぎ給ふなむ、つらくもくちをしくも思ひみだれ給ふ」（数ならぬ身で貴いあたりとつきあうのは、しょせんかなわぬわざだと、いよいよ思い知らされる。離れていて月日がたつのなら無理からぬこと、慰めようもあるけれど、すぐそばまで賑やかに出向いてきていながら、素通りしてしまうのが、つらく口惜しいと思い乱れる）。

右の文中に「めでたき御あたりに交らはむ、かひなきわざかな」とあるが、マジラフは様子の違った世界に入り付きあうことで、宮仕えもマジラヒと呼ばれた。その語がここにこうして出てくるのは、だから、夜ひそかにかよってきて睦言《むつごと》をささやく匂という優にやさしい男の、廷臣どもにつき従われた公儀の姿を今はじめて見たことと関連する。「めでたき御あたり」というのも、まぶしい一つの世界を示している。おそまきながら女は、匂宮との結婚生活に何が待ちかまえているかを思い知らされたといっていい。京に引きとられてからのことだが現にかの女は、男が夜離《よが》れがちなのにつけ、「げに心あらむ人は、数ならぬ身を知らで、交らふべき世にもあらざりけり、云々」（宿木）と歎いている。

「物の枯れ行くやう」に死ぬ

一方、姉の方はどうか。匂一行の「遠くなるまで聞こゆる先駆《さき》の声々」を耳にしながら、大君は次のように思ったという。

なほ音に聞く月草の色なる御心なりけり、ほのかに人の言ふを聞けば、男といふものは、そら言《ごと》をこそいとよくすなれ。思はぬ人を思ひ顔にとりなす言《こと》の葉多かるものと、この人数ならぬ女ばらの、昔物語に言ふを、さるなほなほしき中にこそは、けしからぬ心あるもまじるらめ、何事も筋ことなる際《きは》になりぬれば、人の聞き思ふことつつましう、所狭《せ》かるべきものと思ひしは、さしもあるまじきわざなりけり。（総角）

（やはり噂通り、月草の色のように移り気な心だったんだ。人が話すのをほのかに聞くに、男というものは、うそをつくのが上手なそうだ。思ってもいない女を、さも思ってるみたいにいいくるめる、などと家に奉公している女たちが昔語りにしゃべるのを、しもじもの間だからこそ、そんなけしからぬ料簡のものもまじってるのだろう、やんごとない貴人ともなれば、人の聞えや思わくもあることだし、何によらず軽々しいまねはできぬはずと思っていたのだけれど、これはどうも見こみ違いであったらしいよ。）

人気ないところに育ったかの女が世間知らずなのは当然で、色好みの男が嘘つきであることも、女房たちの昔語りを聞いてほのかに知っている程度にすぎない。末摘花とは違うが身分の高貴な男ならそんなことはせぬと思いこんでいるあたり、この女もいと「古代」な心の持ち主であったというほかない。そしてわが妹への匂宮のつれない仕打ちを目のあたり見て、心くずおれてしまう。また自分も生きながらえれば、こんな目にあうに決っていると考え、薫が何かと言いよってきても男そのものを不信し、果ては、「人笑へ」にならぬさきに死にたいと思う。こうしてかの女は薫に見とられ、「物の枯れ行くやう」（総角）に死ぬのである。ときに二十五歳。

当時の結婚生活のはらむ矛盾が『源氏物語』でとりあげられていることには、もう何度か言及した。光源氏と藤壺、女三宮と柏木との密通事件は、いうなればそれが危機的に突出した部分であった。だから宇治十帖になって結婚なるものを拒む大君という女が登場してくるのは、そうした主題の一つの締めくくりだといえなくもないのである。

三　人物の対照性

三人姉妹

宇治八宮には大君・中君のほかに実はもうひとり、娘がいた。母は八宮の北の方の姪で、八宮在京のころ仕えていた女房の一人。名を中将といい、北の方の死後、八宮との間に一子を儲けたが、軽くあしらわれ、男が宇治に隠世してからは常陸介の妻になり、子をつれ東国にくだっていた。この子が浮舟である。つまり腹違いながら浮舟は、大君・中君と三人姉妹である。この三人姉妹というのには何がしかの意味がありそうだ。チェーホフの『三人姉妹』とか『リア王』の三姉妹とかを想い出すだけでいい。もっとも、そのことをいま問おうとするのではない。私のいいたいのは、第三の女、浮舟が出てきたため、大君と中君を軸とする、どちらかといえば閉鎖的な世界に新たな展開のきっかけが生じ、一つの綜合に向かうかのように舞台が動きだす点である。第一、浮舟は閲歴が尋常でない。母につれられ東国にくだったことは既述した通りだが、娘を溺愛していた母は何とか良縁にありつかせたいと思い、今や京にいる中君を頼って娘と一緒に上京する。そこに左近少将という男があらわれ、浮舟に求婚する。結婚の日取りまで決ったけれど財産目あての少将は、浮舟が常陸介の実子でないのを知りこれを破談にし、実子の方に乗り替え、めでたく受領の聟におさまる。物欲と成上り根性のからみあう当代中・下層官僚の生きざまの見本をここに見る思いがする。が、しょせんそれは挿話であって、物語としては中君を回路に薫と匂という二人の男が浮舟に結びつき、その関係が解きほぐしがたくもつれあってくる経緯が中心になる。

まず薫の方から見て行くが、歿後も彼は大君を忘れることができず、宇治にかの女の「人《ひと》形《がた》」を作り、絵にも描いて供養したいなどといい出す。中君はそういえば先ごろ上京してきた義理の妹の浮舟の容姿があやしいまで大君そっくりだという話をする。彼は宇治にいる弁尼からも浮舟の素姓を聞き、いよいよ逢いたくなる。そしてちょうど宇治に行っていたある日——旧八宮邸を御堂に改修するため薫はしばしばそこに出向いていた——長谷詣での帰途、宇治に立ちよった浮舟の姿を垣間見て、亡き大君の幻ではないかと疑う。左近少将との結婚にしくじり家にいることもできなくなった浮舟は、当時の多くの女がそうしたように長谷観音に詣でて心を癒すとともに新たな利生を祈ったのだろう。それがさっそく薫に見初められる縁になったかたちである。その後のあれこれの経緯は省略する。結局、しばらく宇治にこの女をかこっておき、そこに男が通うということになる。いうなれば薫にとって浮舟は亡き大君の「人形」すなわち身代りとなったわけである。

さて匂宮の方はどうか。ある日、二条院の中君のもとにやってくると折悪しく洗髪中、そこで邸内をぶらついているうち、ものの隙間から新参らしい女（浮舟）がいるのに気づき、つかつかと中に入り、手を捉える。気配のただならぬのを察し乳母がきて離そうとするが男は平然としている。そこで主人の中君にも侍女が注進に及び、てんやわんやになる。邪魔が入り志はとげなかったものの、これが匂と浮舟との事の始まりである。「さぶらふ人々（侍女たち）もすこし若やかによろしきは」（東屋）見逃さぬ匂のあやしい「花心」の一端だが、さて男は浮舟にほのかに逢ったこの日のことが忘れられず、この一件のあと姿を消した女の正体を突きとめ、何とか思いをとげようとする。そしてやがて、薫と中君とがぐるになって浮舟を隠しているらしいと嗅ぎつけ、ひそかに宇治におもむき、薫をよそおい強引に浮舟に近づいたのである。

「聖心」と「花心」

『源氏物語評釈』の著者萩原広道は、この物語の構成には種々の「法則《のり》」があるとし、その一つに人物が対になって登場する点をあげている。彼は物語の文章を分析しようとこころみた最初の学者で、これもなかなか鋭い指摘である。ただ、いささか狭く修辞学の域にとどまっているのを否めない。物語や小説における人物のこうした対照性には、もっと独自な意味が蔵されているはずである。前には、古風一点ばりの末摘花と太宰大弐の妻となったハイカラなその伯母との対比についてふれ、それを読みながら私たちが、この二つの極の作り出す両義的な空間のなかに挿入されるゆえんを指摘したが、ほぼ同じことが薫と匂の対比についてもいえるだろう。両人が光源氏の分身だというだけでは、あまり意味がない。「聖心」と「花心」とが互いに否定しあう、当時の二つの代表的な心性であった点こそ大事である。

薫の「聖心」が己が出生につきまとう暗い影に根ざすものとすれば、匂の「花心」は、「ところ狭《せ》き身こそわびしけれ、軽らかなるほどの殿上人などにて、しばしばあらばや」（浮舟）ということばに見られるように、皇子という身分のもつ窮屈さへの反逆と無縁でない。彼が、浮舟という素姓もしかと分からぬ女にのめりこんでいったのも、かねて煙たいと思っていた夕霧（右大臣）の姫と結婚させられたこと（宿木）が一つのバネであったかのように書かれている。その点、葵上との結婚が光源氏の色好みを動機づけていたのに通じるものがある。が、光源氏のもっていたごとき大らかさがなく、性急な冒険性がここでは目立つ。そしてそういうものとしてそれは薫の「聖心」と対立するのである。

作者と読者の対話

こうして私たちは、二人の男の葛藤を通して「聖心」と「花心」という二極間によこたわる空間を往復させられることになる。とくに一人の女をめぐって、このように性格のちがう二人の男が対向しあっているわけで、これが宇治十帖の世界にただならぬ緊張とサスペンスを与える。宇治十帖が読者の想像力に強く働きかけてくるのも、「聖心」と「花心」、あるいは宗教と愛欲という二つの極をむすぶ人間的空間を、肯定と否定の相互作用のなかで私たちが否応なく経験させられるからにほかならない。そしてそれこそ作者と読者との、作品のなかにおける対話だといっていいはずである。

ここで一言しておきたいことがある。それは、作者が作品において真に可見的であるだけでなく、一方、読者もたんに作品の外にいるのではないということである。読者をもっぱら作品の外にいると見る考えは、商業出版の市場を形成するいわゆる読者大衆と真の読者とを混同したものといっていい。テキストの構造に沿いながら、作品のなかで働く作者の志向性と交わりその戦術に反応する、作品に含意されているそういう読者の存在を考えねばならない。それをぬきにすると、しょせん己れの手持ちの経験や観念が欲する地平に、テキストを心情的に流しこむことに終りかねない。真なる読みの誕生は、作品が内的必然性として暗にふくむこの読者——私はV・イーザーの《Implied reader》という概念を念頭に置いてこういっているのだが——の立場をものにすることができるかどうかにかかっている点が大きいだろう。

四　端役たち

端役を無視できぬ

まるで歴史上の人物を相手にするかのように作品中からお気に入りの人物をとり出し、それを人生論や心情論でまぶすといったやりかたが、今もまだ行われている。『源氏物語』の場合、とくにこの傾向がいちじるしいようだが、これではどこまでいっても作品を作品たらしめている布地《テクスチュア》とつきあわずに終るだろう。作者は諸人物が互いに連関し拘束しあう作品という織り物を創り出しているのであって、決して個々の人物を実体として鋳造したわけではない。一方しかし、物語や小説に人物というものを無視できぬ次元が存するのも確かで、これに目をつぶったら物語や小説と詩との違いを取り逃すことになる。要は、勝手にあれこれの人物を全体の模様から抽象すべきでないというまでである。これまでも私はできるだけそういう配慮をはらいながら論をすすめてきたつもりだが、さてここでは逆に、主役の蔭にいて無視されがちな端役たちのことをとりあげ、そこから小説における人物の問題に近づいていってみたいと思う。げんに「浮舟」の巻を読んで強く印象づけられるのは、こうした端役たちの動きがなかなか活発で、しかもそれがこの巻のかたろうとする局面と分かちがたく結びついている点である。匂の側でいえば、道定（内記）とか時方（大夫）、薫の側では使の随身とか内舎人《うどねり》とか、浮舟のまわりでは女房の右近と侍従、乳母と母親、それに弁尼といった面々がすなわちそれである。

少し注釈を加えれば、（イ）内記の道定は薫の家司仲信という男の婿、この舅から薫にかんする情報を仕入れそれを匂に流す密偵の役を引き受ける。というのも、官名の示す通り筆一本のしがない役人である彼にしてみれば、匂の気に入って何とか昇進をとげたいとの思惑があるからだが、こうして匂は薫に知れぬよう宇治行きを決行する。その後も匂が薫にたえず先手を打つことができたのは、薫の動静がこの道定を通し匂の方につつ抜けであったのによる。（ロ）時方は匂宮の乳母子である。乳母子のことは「夕顔」の巻の惟光のところで説いたので繰り返さぬが、こうした忍びの場面になると決って腹心の乳母子が出てくるのは、やはり同じである。時方は何度か危い橋を渡って、匂の供または使者として働く。匂が浮舟をものにすることができたのは、彼の力に負うところが多い。（ハ）内舎人は、宇治あたりに薫のもっている庄園を差配する土豪。匂が浮舟のもとにかよっているらしいとようやく探知した薫は、ものいい荒らかなこの土豪を動員して女の警固にあたらせる。そのため匂もついに浮舟に近づけなくなる。（ニ）右近は浮舟の乳母子で侍女。窮地に追いこまれた主人のことをいちばん親身に案じているのがこの女である。かの女は薫と匂が鉢合わせしないよう、また匂のことを家人に気づかれぬよう心をくばるとともに、何とか身のふりかたを決めるようしきりに浮舟に助言する。

卑近な生活者

とにかくここでは多くの端役たちの活躍があれこれと目立つのだが、彼らは雲の上びとではなく、いうなれば地につながれた、卑近な生活者であった。むろん役がらは右のようにさまざまだけれどどこういった端役たちのになう意味が、従来はどうも軽んじられすぎている。それというのも、主役だけを抽象的に実体化し、作品を諸関係の織り物として読む目が欠けているためである。だが、蔭にいるこうしたハンブルな端役たちの存在を忘れるべきでない。主役のもつロマンチックな志向や飛翔しがちな超越性、それらが現実と関連づけられたり日常の世界に媒介されたりするのは、彼らを通してである。たとえば浮舟にたいする匂のほとんど目茶に近いひたぶるな振舞いを下から支えているのは、（イ）にあげた内記道定の計算ずくの小役人根性であり、ロマンチックな「花心」と卑俗さとの見事な弁証法がここにはある。また薫の「聖心」が実は（ハ）にあげた内舎人の「不道」と結託していることを垣間見させてくれるのも、端役の効用といっていい。

だがそれより注目したいのは、（ニ）の浮舟をかこむ右近や侍従、さらにその乳母や母親などの動きで、「浮舟」の巻から次の「蜻蛉」の巻にかけ、たんにこうした人物たちが登場するだけでなくその会話までがかなり豊富に織りこまれているのである。前にもちょっとふれたように、会話は諸人物のおかれている経験的な状況をじかに当人のことばとしていいあらわすものだが、そういったさまざまな声がここには聞こえてくる。なかんずく乳母子の右近の発言が目立つ。いうまでもなくそれは、わが仕える女主人公の身の上に危機が無気味に迫ってきつつある過程と呼応している。

浮舟の入水

薫は、四月になったら浮舟を京に迎える段取りを決めていた。ところが、例の道定の内報でそれを知った匂は、自分が一足先に迎えとってやろうと謀る。双方の使者が女の家で鉢合わせするというような事も起きる。とにかくこうして、のっぴきならぬ事態が次第に近づいてくる。右近がそわそわと落ちつかぬのは当然である。相棒の侍従という女房は匂のあだな容姿にひかれ、もっぱらそっちに肩入れする。他方、何も知らぬ乳母や母親はもとより薫に迎えられる日の幸いを夢みている。右近はといえば、匂の魅力を認めはするが薫の誠意をも信じており、どちらかを何とか選ぶよう浮舟に進言する。そして東国にいた時分、自分の姉が二人の男にいい寄られ、とどのつまり刃傷沙汰になり一人は殺され一人は国を追われる羽目になった話などを語ってきかせる。が、浮舟はどっちとも決めることができない。その不決断がまわりの者たちの思惑のあれこれと包みあい、いっそう危機を強めてゆく。

移り気であっても情熱を傾けてくる匂の方が、信頼できてもいささかお高くとまっている薫より女にとって魅力に富む男といえよう。女への手紙にしても薫は儀礼的な立文《たてぶみ》しかよこさぬが、匂は結び文でこまごまと訴えてくる。薫には浮舟は、しょせん大君の身代り以上のものではない。女の気持も、どうやら匂の方に靡いているかに見える。かといって薫をふりきることもできぬ。心浅い女よと薫に思われるのが辛いだけでなく、中君の夫である匂に靡くのもやはりあるまじきことと思わざるをえない。こうして女は、「とてもかくても、一方《ひとかた》一方につけて、いとうたてあることは出で来なむ、わが身ひとつの亡くなりなむのみこそめやすからめ、云々」（こうなったら、どちらにも厄介なことがどうせ起きるだろう、わが身一つを亡きものにするのが何より無難というものだ）と考え、宇治川に身を投げようと決心する。

それにつき本文には「気高う世のありさまをも知るかたすくなくて、おふし立てたる人にしあれば、すこしおずかるべきことを、思ひ寄るなりけむかし」と評している。つまり上流社会のことを知らぬ田舎育ちのものだから、こうした気強いことを思いついたりするのだというわけだが、これは語り手の挨拶と見ていいのではないかと思う。もっとも、複数の男にいい寄られた女が身のおきどころなくなって自ら死ぬといった話なら、『万葉集』や『大和物語』などにあれこれ伝えられており、「浮舟」の巻にもそれを匂わせる箇所がある。しかし今は昔の話としてではなく、一人の女が自殺という行為にまで行きつく全過程とこうしてじっくり付きあわされるのは、当時の読者には初めてのことであったに違いなく、だから一言挨拶が必要だったのではなかろうか。それは、優雅な貴族社会ではほとんど考えることもできぬ劇的な行為であったと思われる。屠所に牽かれる羊という仏典の比喩でもって、本文がこの時の女の気持をあらわしているのにも目をとめたい。結果として、薫も匂も今や女を死に追いやる屠人へと転化する。

その折しも、京にいる母から手紙が来る。それには、昨夜の夢にそなたがただならぬ様子に見えたので、誦経などをさせている。その夢のあと寝つかれなかったせいか、いま昼寝したら、そなたの身の上に不吉なことが起きるという夢を見たので、目を覚ますなりすぐこの文を差しあげる。よくよく用心めされよ。人里離れた住まいだし、女二宮（薫の正妻）の恨みも恐ろしく……云々とあった。これにつき右近は、「もの思ふ人の魂は、あくがるなるものなれば」母の夢見もよくないのだろうという。自分の娘が二人の男の板ばさみになって苦しんでいるとはつゆ知らず、薫の正妻の恨みを持ち出してきている。母親の肉親の情にもとづく生活の論理が、自殺という娘の決意を分光する。こうした関係は、その翌朝の浮舟失踪のことをかたる「蜻蛉」の巻についても指摘できる。

コロスの残基

女主人の姿が見えぬというので家中あわてさわいだのは、いうまでもない。いちばん腰を抜かしたのは乳母で、「あが君や、いづ方にか、おはしましぬる。帰り給へ。……いつしかかひある御さまを見たてまつらむ、と、あしたゆふべに頼みきこえつるにこそ、命も延び侍りつれ。……あが君を取りたてまつりたらむ、人にまれ鬼にまれ、返したてまつれ。亡き御骸《から》をも見たてまつらむ」といって泣きまどう。一方、事情を心得ている右近は、てっきり宇治川に身を投げたと知り、悲しみに身をよじらせる。「さればよ。心細きことは聞こえ給ひけり。我に、などかいささか、のたまふ事のなかりけむ。幼かりし程より、つゆ心おかれたてまつることなく、塵ばかり隔てなくてならひたるに、今はかぎりの道にしも、我をおくらかし、けしきをだに見せ給はざりけるが、つらきこと、と思ふに、足ずりといふことをして泣くさま、若き子どものやうなり。」

前に名をあげた端役たちが、この場面にほとんど出揃うのである。むろん母親もすぐやってくる。そして、薫の正妻のあたりにたちの悪い乳母か何かがいて、こちらの誰かと共謀して浮舟をさらったのだろうと疑ったりする。が、右近らの話を聞いてようやく事の次第を納得する。自分の便りに返事のないのを怪しんで匂は使を出したがまるで要領をえないので、こんどは例の時方がつかわされる。その応接には侍従があたり、事のあらましをほのめかす。右近と侍従はいわば共犯関係にあり（忍び姿の匂を薫と勘違いして手引きしたのがこの二人の侍女であった）、秘密の洩れるのをともに恐れていたのだが、その思いには微妙なずれがある。それは、後に侍従が匂の方に引き取られていったのに対し右近が宇治に留った点にも出ている。警固にあたっていた例の内舎人なども、ちょいとだが顔を出す。

さてそこで浮舟生前の座蒲団とか調度とか夜着とかを昵懇《じっこん》な僧に頼んで荼毗《だび》に付し、死骸のない葬式をひっそりとすますのだが、女主人の入水という異常な事態は、こうして右近から乳母に至る諸人物とその諸関係を通し、プリズムの光のように屈折し散らばるのである。この分光によって異常なものが日常的なものへと媒介され、そのリアリティを獲得するわけで、かりにこういう媒介がないとすると、深刻ではあるがこの入水はいささか超越的すぎる事件になってしまうのをしょせん免れなかったのではなかろうか。少なくとも、日常性につながれた端役たちのここでの働きが、「手習」「夢浮橋」の巻へとさらに続いてゆくこの作品の新たな展開を支える梃子の役をしているのは確かだと思う。これら端役たちはある意味で私たち読者の代表であり、散文の世界で濾過され変形された悲劇のコロスの残基だといえなくもない。現にここで乳母や母や右近らは、音程こそまちまちだがほとんど踊りながら悲しみの歌をうたっているかのごとく見えるではないか。

五　開かれた終り

「ひとがた」浮舟

　前に見た通り、薫にとって浮舟は大君の「人形《ひとがた》」、つまり身代りであった。しかしここで考えねばならぬのは、「ひとがた」には、現代語の身代りというのに還元しきれない、もっと別様の意味が附着していた点である。この物語でいうなら例えば光源氏は須磨の浦で陰陽師に三月上巳の祓をさせているが、「船にことごとしき人形《ひとがた》載せて流す」（須磨）とある。つまり「ひとがた」は、紙などを人の形に切りそれで体を撫で穢れや災を移して水に流す一種のスケープ・ゴートであった。索引によるとこの物語中「ひとがた」が八度、「形代《かたしろ》」が三度出てくるが、実はその大部分が浮舟の身にあてがわれているのだ。しかもかの女は宇治川のほとりに住していたわけだから、かの女にかんしこの語が繰り返し用いられているのは、やがて入水するかも知れぬという運命を暗示しているはずである。

　異常な事態が迫って来るとき、何らかの形で読者は心の準備をうながされるわけだが、少なくとも当時の読者は現代の私たちよりずっと敏感にこの語に反応したであろう。薫が大君の

「人形」の像を宇治に作りたいといったのにたいし大君そっくりの人がいる、と中君に紹介されたのが浮舟であったのは前に見た通りだが、これがすでに不吉であった、と男が後で回想しているのは、いうなれば種あかしみたいなものに他ならない。むしろ浮舟が「ひとがた」として登場し宇治川のほとりに隠し据えられたとき、当時の読者たちはいち早くこの女のゆく末につきある種の予感を抱いたのではないかとさえ思われる。（因みにいう、人形浄瑠璃劇に死がつきまとうのは、こうした「ひとがた」の記憶がまだそこに生きていた証しといえるかも知れない。）浮舟はしかし死にきれなかった。ことの次第は——横川《よがわ》に住むさる高徳の僧都の母尼と妹尼、それが長谷観音に詣でての帰るさ、奈良坂あたりで年老いた母尼の方が病いにかかったという知らせで僧都は急ぎ下山することになる。この僧都の一行が木のもとに正気を失って倒れている女（浮舟）を見つけ、変化《へんげ》のものかも知れぬが何とか助けようと宇治院というところにかつぎこむ。そこに母尼らも到着し、とくに妹尼はこの女をねんごろに介抱する。がなかなか正気にもどらず、ようやく息の下に、生き返っても詮ない身の上、夜のうちにこの川に投げ入れてくれというだけで素姓もわからない。やがて母尼の病いも癒えたので、一行は浮舟もつれてそこを発ち、比叡坂本の小野というところに帰っていった、云々。

このへんには、観音説話の色合いが見てとれなくはない。妹尼が浮舟に特別の因縁を感じたというのも、長谷に詣でたさい夢の告げがあり、亡くなった娘の代りにこの女を観音は授けてくれたのだと信じていたからである。浮舟が長谷詣でをしたことは既述の通りだし、その乳母や右近が長谷観音を頼みにしていた様子もあちこちにうかがえる。ではこれを観音説話の一節と見なしていいかといえば、決してそうでない。小野に移ってから妹尼は長谷にお礼参りに行こうと浮舟を誘ったことがある。が、浮舟は、昔、母や乳母が霊験あらたかだといって度々詣でさせたが「かひなきにこそあめれ、命さへ心にかなはず、たぐひなきいみじきめを見るは」（何の甲斐もないと見える、死ぬことさえ思い通りにならず、たとえようもないみじめな目にあっているではないか）と心憂く思い、これを断っている。いわゆる観音説話は霊験を証明しようとするにたいし、浮舟が「かひなきにこそあめれ」と、ためらいがちにだがそれを打ち消すのは、たんなる霊験譚とは違うモチーフがここに働いていることを示す。もう霊験などとは縁のないあたりに浮舟はいたわけだ。

物の怪も調ぜられ、やっと正気づいたとき、失踪当時のことをかの女は次のように回想する。

ありし世のこと思ひ出づれど、住みけむ所、誰と言ひし人とだに、たしかにはかばかしうも覚えず。ただ、我はかぎりとて身を投げし人ぞかし、いづくに来にたるにか、と、せめて思ひ出づれば、いといみじ、とものを思ひ歎きて、皆人の寝たりしに、妻戸を放ちて出でたりしに、風烈しう、川波も荒う聞えしを、独りものおそろしかりしかば、来し方ゆく末も覚えで、簀子《すのこ》の端に足をさし下《おろ》しながら、行くべき方《かた》も惑《まど》はれて、帰り入らむも中空《なかぞら》にて、心強くこの世に亡《う》せなむ、と思ひ立ちしを、をこがましうて人に見つけられむよりは、鬼も何も食ひて失ひてよ、と言ひつつ、つくづくと居たりしを、いときよげなる男の寄り来て、「いざ給へ、おのがもとへ」と言ひて、抱《いだ》く心地のせしを、宮と聞えし人のし給ふ、と覚えし程より、心地惑ひにけるなめり、知らぬ所にすゑ置きて、この男は消え失せぬ、と見しを、つひにかく本意《ほい》のこともせずなりぬる、と思ひつつ、いみじう泣く、と思ひし程に、その後のことは、絶えていかにもいかにも覚えず、人の言ふを聞けば、多くの日ごろも経にけり、云々。（手習）

語り手の視点

女が身を投げようとするさまを「浮舟」の巻でいわず、ここで本人の回想としていっているのを面白い書きざまだと宣長の『玉の小櫛』は評している。時間のこうしたシフトは、作者あるいは語り手の視点がほぼ一貫して浮舟の内部に置かれていることと関連する。しかも主人公としての浮舟に過重な負担がかからず均衡がそこに保たれているのは、前の「蜻蛉」の巻で、この事件がどういうこだまを身近な人びと、さらに匂と薫に残したかをつぶさに語っているからだと思う。さて右の一文には、女の意識が少しずつほのかによみがえってきて、死のうとしながら本意をとげえなかった次第を混濁のなかにあれこれ手繰りよせるかのように想い出そうとし、やがて正気づくさまが書かれている。暗い洞窟をくぐったみたいに、浮舟はこうして全く見知らぬ世界に目覚める。そのことをかの女は後に、「あやしくて生きかへりける程に、よろづのこと夢のやうにたどられて、あらぬ世に生れたる人はかかる心地やすらむ」（手習）と回想している。その意味でこれは一つの転生であったといえなくもない。

妹尼の死んだ娘の婿の中将という男が小野に訪ねてきて、美しい浮舟の姿を垣間見て求婚するという一幕もあるが、これはほんの御愛嬌にすぎぬ。女は結婚という筋の事など、もう思い捨てていた。だから周りの強い反対をおし切り落飾して尼になったとき、この転生はいちおう完結したかに見える。その後の手習の歌二首をあげておく。

なきものに身をも人をも思ひつつ棄ててし世をぞさらに棄てつる
かぎりぞと思ひなりにし世の中をかへすがへすもそむきぬるかな

宗教と経験と

だが、うっかり先取りして読まぬ方がいい。例の横川の僧都には『往生要集』の著者・源信の面影があるといわれる。そういう高徳の僧に助け出され、その手でもって額髪を削いでもらったのだから、冥利につきるものがあるといえるわけだが、しかし入水自殺にまで追いこまれていった女の無慙な経験が、そうやすやすと鎮静されるはずはない。その記憶はいわば体に刻みこまれているのであって、げんに手習といってもそれは、硯に向かって憂き身をせめて慰めようとするわざであった。その手習の歌にさらに次の一首があるのに目をとめたい。

心こそ憂き世の岸をはなるれど行くへも知らぬあまのうき木を

「うき木」は舟のこと、そして海人《あま》に尼を懸けてこう詠んだもの。この女に浮舟の名があるのは、かの女が匂とともに舟で宇治川を渡るとき（浮舟）、「たちばなの小島の色は変らじをこの浮舟ぞ行くへ知られぬ」と詠んだのにもとづくのだが、この下句と右にあげた手習の歌の下句とが互いにひびきあっているのを見落とすべきでない。この世を離脱し尼になってからも、「ひとがた」の宿命であるかのようにかの女はなお依然と行くえ定めず水にただよう浮き舟であり、憂き舟であった。宗教といえど、悲劇的経験の深みに達しうるとはかぎらない。こうした経験の痛切さにくらべれば、誰かのいい草にあったと思うが、宗教も人生の奴隷といえるだろう。

宇治が「憂し」であるのは、例の八宮がここに隠世したのにかかるだけでなく、それは浮舟の運命をも含むものと解さねばなるまい。大君と浮舟の死を薫は「所のさがにや」（手習）と思ったとあるが、とくに浮舟はその名がすでにそういう「所のさが」を比喩的に体していたことになる。そして最後に「夢浮橋」の巻がきて『源氏物語』は終る。夢という語が数度この巻には出てくるが、まったくそれは夢のように浅ましい生涯であった。浮橋は浮舟に通じ、また憂き橋であるとともに宇治橋をも喚起する。

あれこれのつてを通し浮舟が小野に生存しているらしいと聞き知った薫は、小君という浮舟の弟――浮舟死後、薫は母にその子弟を後見してやろうと申し出て、とくにこの子を飼い馴らしていた――を使に立て手紙を浮舟のもとに送り届けた。（一方、匂はもう他の女に心を移していた。）だが女はその文を見るには見たけれど、「昔のこと思ひ出づれど、さらに覚ゆることなく、あやしう、いかなりける夢にか、とのみ、心も得ずなむ」、もしや人違いでは、といなして文を押しかえし、返事しようとさえしなかった。浮舟の会いたいと願うのは母親だけであった。（まだ世に生きているとすればだが……。）黒髪を切り落とそうとしたときも、しきりと母を思った。男と女ではなく母と子の絆という、歴史を無にかえすもっとも始源的なものへの回帰がここにあるが、世界を失った女にしてみれば、これは当然のなりゆきであろう。薫の方は、誰かが浮舟を小野に隠し据えているのではないかと疑ったという。

こうして『源氏物語』は幕を閉じるのだが、それを中絶かも知れぬと勘ぐったりするのは、まったく無用のわざである。女主人公としての浮舟が尼になったとき、この世の時間は停まったのであり、したがって物語がさらに新たな世界を生成する内的必然性はもうなくなったといっていい。もっとも、中断と見えるほどゆたかな余韻がそこに残されているのも確かで、これは開かれた終りと呼んでいいのではないかと思う。そしてそれは作者が、浮舟の運命について何ら最後のことばをいわず、読者の想像にすべてをゆだねて終っていることと無縁でないはずである。

『源氏物語』以後、物語という文芸がとみに衰弱に向かったわけはいろいろあるにせよ、仏教の教義が人びとの人生の上に君臨し、その教義と経験とのせめぎあいに一つの決着がついた点が非常に大きいと私は考える。仏道帰依の立場から物語を「よしなしごと」と見るに至った『更級日記』作者の心の動きなどに、そのへんの消息がハッキリ読みとれる。その点たとえば光源氏が紫上の死にさいし、次のように述懐しているのに注目したい、「いはけなき程より、悲しく常なき世を思ひ知るべく、仏などのすすめ給ひける身を、心強く過ぐして、つひに来しかた行く末も例《ためし》あらじと覚ゆる悲しさを見つるかな」(御法)。「心強く過ぐして」は、仏のすすめを強情にもやりすごしてという意。つまり彼は若い時から道心にひかれながらも、結局、現世のほだしを果てまで生きるわけで、ここにこそこの作品のもつ生のゆたかさの秘密はあるということができる。

すでに見たように宇治十帖では仏教的厭世観が濃くなってきているのだけれども、しかしそれがドグマとして文学の頭ごしに働くことはまったくない。そしてこの終末の部分を読む私たちは、浮舟には宗教といえど救うことのできぬある種のいいがたい経験がなお身のうちに生きており、だから尼になっても「行くへも知らぬあまのうき木」なのだ、と思いながら巻を閉じる。

紫式部の堕地獄説

紫式部は観音の化身だとされる一方、狂言綺語の戯れの罪により堕地獄の苦患を受けているとする俗説が中世にはひろまり、その供養が行われていた。『水滸伝』の作者は嘘をつきすぎたため三代つづけて唖の子が生まれたというが、右の話も『源氏物語』が仏罰を蒙るほど痛烈な傑作であったゆえんを中世風にいいあらわしたものに他なるまい。文学は与えられたものとして歴史をつねに前提にする。だがすぐれた作品はその歴史的なもの——ここでいえば例えば仏教——の価値や規範性を確認するというより、むしろさまざまなしかたでそれを否定したり括弧に入れたりして、そこから越え出てゆく。そうかといって倫理学や哲学や宗教などのようにそれにとって替る価値が何であるかを、文学は定式化したり明示したりはしない。その意味が実現されてくるのは、それを読むものの意識においてであり、こうして読者は今まで知らなかった新たな現実を想像的に経験する。その点、すぐれた作品はつねに開かれており、かつ一義的でないといえるはずである。

第九章　文体論的おぼえがき

一　パロディとしての『竹取物語』

「物語の出で来はじめの祖」

近代小説に比べると平安朝の物語文学には、一般にまだ神話的伝統が尾を引いているということができる。前者の主人公が横町の平凡な何のなにがしであるにたいし、後者ではそれが、かぐや姫とか光源氏とか、つまり個というより典型的な名を負っているのを見るだけでもわかる。主人公を誕生のことから、しかも異常誕生として書き出したりするのも、おそらく神話から来ている。物語文学は近代小説よりずっとマジカルな要素に富むのである。

こうした特徴が『竹取物語』にあって、もっともはっきりうかがえることは改めていうまでもないのだが、しかしこのように見るだけでは、進化主義にゆきつくのが関の山である。「物語の出で来はじめの祖」（絵合）なるこの『竹取物語』には、これまで気づかれていない、もっと肝心な問題が潜在しているのではなかろうか。神話の尻尾をぶらさげているかに見えながら、言語意識の新たな変革が、実はここには紛れもなく起きていると私は考える。

それを端的に示すのは、その最後の段で「富士の山」と名づけたのは「不死」の薬を燃したからだといい、さらにそれを「つはもの（士）をあまた具して」この山に登ったことと絡めてかたっている点である。話のこの落ちを私たちは、記紀・風土記に多い地名起源説のかたりくちと同類のものだ、とついうっかり受けとりがちである。しかし一見似ているだけで、実はまったく違う、そして新しいかたりくちがそこに存するのを見逃すべきでない。それはフジの起源説話を「不死」という漢語の音から説いている点、また「富士」という漢字の文字づらから「つはもの（士）をあまた云々」という落ちにもっていっている点である。

反神話的言語意識

地名は人間が与えたもので、したがってどの地名もかつては特定の意味をもっていたはずなのだが、長期にわたり語彙変化の歴史がかさねられて行くにつれ、命名の動機づけはしだいに忘れられ、そこに住むものたちにもその意味がわからなくなってしまう。こうして地名は神話となり、そのいわれを知ろうとする欲求とともに起源説話が作り出されてくる。が、この起源説話の何であるかについては別途に考えることにする。さしあたり私のいいたいのは、フジを「不死」にひっかけるといった例は記紀・風土記には一つもないこと、このやりかたの背後には、神話に固有な閉ざされた地方性や共同体的自足性をぶちこわす反神話的言語意識が実は存するということである。

その確認のためもう一つ例をあげれば、それはかぐや姫を手に入れようと男たちが、夜もろくに寝ずに「闇の夜に出でて、穴をくじり、垣間見《かいばみ》まどひあへり。さる時よりなむ、よばひとは言ひける」という一節である。もとより「よばひ」は「呼ばふ」の名詞形で、「八千矛の、神の命は、……をヨバヒに、あり立たし、ヨバヒに、あり通はせ」（『記』）等、記紀・万葉では求婚・妻問いの意に用いられた語だが、それをここでは一転「夜這ひ」の意にとりなしている。「よばひ」が「呼ばふ」に関わる語だとの記憶は、当時まだ忘れられてしまってはいなかっただろうから、この語源説は、笑いをさそおうとする茶化しであったと思われる。だがそれはしばらく置く。この話をゆるがせにできぬのは、固有名詞ならぬ、「よばひ」というような普通名詞にかんして起源説話がかたられていること、それは歴史上これが最初だという点にある。今までなかった新しい言語意識がここには紛れもなく誕生しており、『竹取物語』が「物語の出で来はじめの祖」たりえたのも、こういう言語意識の所産であることと無縁でないはずだ。

記紀・風土記などの古代文献は、固有名詞にぎっしり埋まっているといっていい。それは例えば『古事記』が、「天地初めて発《ひら》けし時、高天の原に成れる神の名は、天之御中主神、次に高御産巣日《たかみむすひ》神、次に神産巣日神」と書き出しているのを以てしても、およそ見当がつこう。ざっと上巻（神代）を見渡すに、そこに並ぶ神名の数は二百五十をくだらない。中・下巻の人名・地名も、おそらくこれに負けぬものがあると目測される。『出雲風土記』等に地名が次から次と並び、それがほとんど地名叙事詩の体を成していることも周知の通りである。それにたいし『源氏物語』はどうか。「いづれの御時にか、女御更衣あまた侍ひ給ひけるなかに、いとやむごとなき際《きは》にはあらぬが、すぐれて時めき給ふありけり。……」という書き出しがすでに暗示する通り、地名はもとより人物の名前すら、そこにはめったに現われて来ない。『源氏物語』を中心とする平安朝の物語文学は、固有名詞との関係がおそらくもっとも稀薄な、そういう種類の文学であったらしいのだ。

この対比には、かなり驚くべきものがある。そしてそれはもとより、文化の構造の問題にかかわっており、ごく大ざっぱにだが固有名詞の文化とも呼ぶべきものがある一方、それとは構造を異にするもう一つの文化があったということになる。固有名詞の比重が前者ではたんに量の上で圧倒的に多いとするだけでは充分でない。大事なのは、意味の単位としてそれが不可欠の役を果たしており、そして神話がこの固有名詞の文化を代表するものであったという認識である。（神代の物語でも、神名そのものが決定的な意味をもっている。）フジの山とヨバヒについて『竹取物語』にいうところを無視できないのも、それが神話世界の支点となっているこうした意味の単位をぶちこわし、固有名詞ならぬ普通名詞についての知的な語源説に興じているからである。ここには、文化の構造的な変化、それと分かちがたく結びついている反神話的な言語意識の新たな生成がある。これは古代的言霊信仰のパロディ化とも呼べるだろう。ただ作品の構成上、大きい役をしているのは、「よばひ」語源説の方である。このまやかしの、そしておかしな語源説は、以下もろもろの男たち——それはみな大臣級の御歴々なのだが——の求婚が滑稽な失敗に終り、笑い草にされるであろうことを、すでに読者に予告しているかのように思われる。それが「をこ」話になっていることは周知のところなので繰り返さぬ。ここで私は「物語の出で来はじめの祖」、つまり散文で書かれた最初の小説の作者がどのような言語意識をもっていたであろうかを、確かめてみたかったのである。

日本語の対自化

さてその作者は、どうも漢学者くずれであったらしい。この作だけでなく『落窪物語』や『宇津保物語』などもやはり同様なのだが、もしそうなら平安朝初期の小説の道をきり拓いたのは他ならぬ彼らであったという事実がここに浮かび上がってくる。当り前のことのように見られがちだが、散文の成立を考える上に決定的なものがここにはある。なぜなら、即自存在としての日本語を対自的なものとして否応なく意識せざるをえないところにいたのは、彼ら漢文学者たちであったからだ。(散文をもふくめ、当時の中国がすでに成熟した古典的文化を所有していたことは、今さらいうまでもない。)もっとも、降って湧いたように突如とそれが成立したわけではなく、水平線下の長い前史が無論あったはずである。呪言の特殊性、歌のことばと日常語との違い、身分や職業や地域による言語の差違や分化、これらはかなり古い時期から何ほどかは経験され、また自覚されつつあったと想像していい。『万葉集』一つ取ってみても、その初期から末期にかけての歌風のかなり目にたつ変化は、歌語と日常語との乖離がしだいに拡がったこと、換言すれば日常語がいっそう分化してゆきつつあった事態と切り離せないだろう。『竹取物語』はいうなれば、そうした歴史的過程を一挙にしあげるという形で創られた散文の小説である。それが日本語を対自的に意識していた漢学者の手に成ったらしいのは、だから偶然でないばかりか、むしろそれ以外にありようのない事であったと見てよかろう。だがこの対自化とは、具体的にどういうことか。

平安初期は文学史で、しばしば国風暗黒時代などと呼ばれる。しかし、和歌が衰え漢詩がひとり栄えたというような次元でこれを受け取るだけでは仕方がない。それは大陸文化の圧倒的な影響にゆさぶられて日本文化の単一性が崩れ去り、ナショナルなものとしての神話が滅びに向かった時代なのだ。教科書的図式によると、この時期のあと『古今集』が「やまとうた」として勅撰されると持ってゆくのだが、これは狭い宮廷文壇の動きにとらわれすぎている。『古今集』よりは『竹取物語』が現われたことの方が、ずっと大きな文学上の事件であった。『古今集』は伝統文学が装いを改めて再登場したにすぎず、流れも『後撰集』『拾遺集』等と先細りになってしまう。が、『竹取物語』の方は散文で書かれた物語という、これまでなかったジャンルが生れ出たことであり、さらにその流れは『宇津保物語』『源氏物語』などへと創造的に発展する。

日本文化にたいする大陸文化の右のような強い衝撃を、言語の文体上のこととして意識せざるをえなかったのが、二国語的《バイリンガル》な世界に生きる漢学者たち、というよりそのなかの文学的感受性に富む一部のものたちであった。これは何ら抽象的な問題にぞくしていない。彼らの意識においては自国語が対自化されたとは、言語的に同質化しようとして働く神話の力が砕かれたことであり、言語と現実との間にはっきりとへだたりが生じたことであり、古い網にからめとられていた対象が自由に解放されるに至ったことである。つまり対自化を通して、自国語の全体としてのありかたが問われてくるわけで、『竹取物語』の文体は、こういった文化と言語のたたかいをくぐって始めて創出されたものに他ならない。それが「をこ」の文学として出てきたのも、世界との間に距離を置き、対象をむしろ冷ややかに眺めていることと関連するだろう。

『竹取』の文体

試みに一節を抄出しておく。これは求婚者の一人である石上《いそのかみ》の中納言が、大炊寮の棟にのぼって、例の燕の子安貝なるものをつかんだ途端に釜の上に落っこちた場面にあたる。

「われ、物握りたり。今は下《おろ》してよ。翁、し得たり（でかしたぞ）」とのたまふ。集まりて疾《と》く下さむとて、綱を引き過ぐして、綱絶ゆるすなはち、八島の鼎《かなへ》（大炊寮の釜）の上に、のけざまに落ち給へり。人々あさましがりて、寄りて抱《かか》へたてまつれり。御目は白目《しらめ》にて臥し給へり。人びと水をすくひ入れたてまつる。からうじて息出で給へるに、又、鼎の上より、手取り足取りして、さげ下《おろ》したてまつる。からうじて、「御心地は、いかがおぼさるる」と問へば、息の下にて、「物はすこし覚ゆれど、腰なんえ動かれぬ。されど子安貝をふと握り持たれば、うれしくおぼゆるなり。まず紙燭《しそく》さして来《こ》。この貝、顔見ん」と、御髪《みぐし》もたげて、御手をひろげ給へるに、燕《つばくらめ》のまりおける糞を握り給へるなりけり。それを見たまひて、「あな、かひなのわざや」との給ひけるよりぞ、思ふにたがふ事をば、「かひなし」とは言ひける。

記紀・万葉の言語ではとうてい不可能であろうような、そういう文体上の達成がここにあるのは疑えない。そしてこの文章の面目は、正負二様のことばが絶えずたたかいあいながら、または奇妙に結合しながら、中納言墜落の一件を叙している点にある。かりに正を○印、負を×印であらわすと、たとえば「のけざまに落ち給へり。人々あさましがりて、寄りて抱へたてまつれり。御目は白目にて臥し給へり。……手取り足取りして、さげ下したてまつる。……御手をひろげ給へるに、燕のまりおける糞を握り給へるなりけり」という具合になる。ひときわ面白味の目立つのは「さげ下したてまつる」である。「たてまつる」は下から上に向かうことばであるはずなのに、それを「さげ下したてまつる」というのだから、相当ひとを食ったものいいである。さらに「御手」に「糞」を握り給うと来る。こうして長袖《ちようしゆう》者流とおぼしき中納言は裸にされる。

古代・中世がパロディのゆたかな土壌たりえたのは、多層的なヒエラーキーが言語意識のなかに生きており、その形式を支配していたことが、一つの有力な条件になっているのではなかろうか。この作を一種の諷刺小説と見る説も、だからまんざら見当はずれではない。少なくとも右のような文体上のことにお構いなく、これをたんに無邪気なお伽話と片づけたのでは、いささか口惜しいことになろう。

最後に「甲斐なし」の由来を「貝無し」にひっかけて、落ちにしている。もとより記紀がよく諺の起源譚をかたっているのを踏まえてのものだろうが、これも神話のもじりに他ならぬ。平安朝の物語文学が、神話の死を代償にあらわれ出た新たなジャンルであることを、こうして『竹取物語』は逆説的に余すところなく見せてくれる。

二　『蜻蛉日記』をめぐって

書き出しの一節

文体上の問題を考える大事な糸口が秘められているとおぼしき『蜻蛉日記』冒頭の一節を、次に引いておく。

かくありし時すぎて、世の中に、いとものはかなく、とにもかくにもつかで、世にふる人ありけり。かたちとても人にも似ず、こころだましひもあるにもあらで、かうものの要にもあらであるも、ことわりと思ひつつ、ただふし起きあかしくらすままに、世の中におほかる古物語《ふるものがたり》のはしなどを見れば、世におほかるそらごとだにあり。人にもあらぬ身の上まで日記《にき》して、めづらしきさまにもありなむ、天下の人の品たかきやと、問はむためしにもせよかし、とおぼゆるも、過ぎにし年月ごろのこともおぼつかなかりければ、さてもありぬべきことなむ、おほかりける。

日記の小序ともいうべき部分にあたる、よく知られた箇所だが、見れば見るほどよく分からぬ、変で奇妙な文章だといえないだろうか。まず書き出しの「世の中に」は、下に「世にふる人ありけり」と来るのだから不用らしく思われるし、また「世の中におほかる古物語のはしどを見れば、世におほかるそらごとだにあり」のくりかえしも、文章として尋常でない。さらに、この文と次の「人にもあらぬ身の上まで日記して、めづらしきさまにもありなむ」との肝心な意味上のつながり具合が曖昧でとらえ難い。専門家のあいだでも、世に流布した古物語の架空性・非現実を否定し、わが身の上のあるがままの日記をそれに対置しようとしたものとする旧来の解釈とは違う説がこのごろは行われているようだが、それとても隔靴搔痒の感をまぬかれない。[*1] それから、「天下の人の品たかきやと……」というあたりがまた定かでなく、「この世の名門の妻がどんなものかと」と解く説と、「世間の人が名門の男とはどんなものかと」と解く説とがあるようだ。つまり後者だと「天下の人の、品たかきや」と読点が入り、女ではなく逆に夫の兼家の方をさすことになる。「過ぎにし年月ごろ」も、「過ぎにし年、月ごろ」と読点を入れて読むこともできる、等々。

古来、この日記は難解をもって聞こえている。問題は本文にあり、誤写の多い伝本しかないからだが、その点たとえば註に引いた『蜻蛉日記全注釈』などを読むと、茨の道をよくぞここまで解読して来たものだと感歎を禁じえない。この日記の難解さにはしかし、いま一つの側面がからんでいるのではないかと私は考える。それはその文が、ほとんど日常語・口頭語をそっくりぶっつけるみたいに書かれており、文章語として整っておらず、未熟で未完成のままだという点である。

男の文体と女の文体

この期の散文体には、いうなれば二つの流れがあった。一つは『竹取物語』『土佐日記』『落窪物語』など男のものした作と、他は『蜻蛉日記』『紫式部日記』『和泉式部日記』など女流日記に見られる文体。この両者の文体上の違いは誰の目にも明らかだけれど、さてどちらが口語に近いかというに、それは後者の方と思われる。またどちらが読みづらいかというに、これまた後者の方である。といえば逆説めくが、必ずしもそうでない。ぶっつけにものいう時には、飛躍や省略があるだけでなく、主語と述語の対応が変になったり、文法上の続きがらがおかしくなったり、無用な繰り返しが生じたりするのは、今でも決して珍しいことではない。それでいてなまな感じや魅力さえそこにはあるのだが、しかし時がたち口語の姿が生活とともに変ってゆくにつれ、それはむしろ口語的なためかえって解りにくいものに転化しかねない。文章語としての安定性や定着度が乏しいからで、伝本に誤写が生じやすいのもこのような場合に多いのではなかろうか。

未熟な散文

この日記に挿入されている消息文や会話、それらと地の文のことばとの間にはほとんど差らしいものがないと感じられる。私のやや無責任な直観にすぎぬが、この日記の文体は女流の作のなかでもいちばん口語性が強いのではなかろうか。少なくともたとえば『竹取物語』などのように、会話と地の文との間にかなりハッキリ差があり、地の文は漢文じたてに直すことさえできそうなものと趣を大いに異にしているのは確かである。が、そのことはしばらく置く。さしあたって私のいいたいのは、最初に引いた、『蜻蛉日記』の一文につきまとう解りにくさは、それがぶっつけの口語表現としてそもそも混乱をふくんでいるのに基づくのであり、したがってそれを規範的な文章だと前提し、何とか文法上・語法上の帳尻をあわせようと腐心するのはかえって誤りではないかという点である。とりわけ、来しかたの己が半生をふりかえりそれを総括するという、右の一文の志向しているごときやや抽象的次元にぞくする問題になると、当時では『蜻蛉日記』作者の才能をもってしてもそれをぴしっといいあらわすのはなかなか難しい、ほとんど不可能なことであっただろうと推測される。こうした抽象的次元のことがらについて的確なことがいえるようになるには、二国語的《バイリンガル》な世界、つまり外国語と自国語、具体的には漢文と日本語との間を往き来しながら自国語を対自化するという経験につらぬかれることが不可欠の条件であったはずである。そのへんの消息は前節に書いたところからもおよそ見当がつくと思うが、漢学に媒介された男の文体の方が女のものより透明で論理的なのは、そうした対自化の契機が働いているせいである。

そうかといって、この日記を不当に貶めることにはならない。作者の本領は歌にあったらしい。げんにここでも歌が相当大きな比重を占めている。しかしこの日記は、そういう歌の世界に自足しているにたえられなくなり、いうなれば身もだえしつつ思わずそこから一歩ふみ出すようにして綴られたものである。こうしてそれは、女の手になる歌まじりの最初の散文という栄誉をになう。だが散文が真に成立するには、当時のことといえば自国語が漢文という異質なものを通し対自化されねばならなかった。だから右に引いた冒頭の一節が語法上の混乱をふくみ、ややごたごたしたものになっているとしても、何ら驚くにはあたらない。生れたての女の散文は、とくに抽象的次元にわたる時には、文章語としてまだ舌たらずで未熟であるほかなかったのだ。それは推敲が不充分だというのと決して同じでない。

舌たらずではあるが、作者は疑いもなくここできわめて大事なことを言おうとしている。しかも女のことばで始めてそれを言おうとしている。世に流布する古物語の「そらごと」にたいする不信の念である。「世の中におほかる古物語のはしなどを見れば、世におほかるそらごとだにあり」、いかにも奇妙な文章ながら「そらごと」への不信のほどが一つの気合いとして感じとれる。そしてこの日記の作者がこんな風に古物語の「そらごと」に気づいたのは、それらのもつ主題なり文章なりが女たちの経験の前を素通りし、その内部に入りこめぬものであったこととほぼ同義である。

読者圏の内と外

当時の物語作者が読者圏の外側にいたという事情を忘れてはなるまい。いつの世でもそうだが読者圏の外側に作者がいる時、彼はおもに読者の外面的な欲求にへつらい、それを満足させようとするであろう。『竹取物語』も『宇津保物語』も、一人の美女をめぐって多くの男どもが求婚してくるという話である。別の由来がからんでいるにせよ、かたがたこうした趣向が読者である女たちをよろこばせようとするものであったのは疑えない。しかしやがて読者である女たちが、こういった外面的な奉仕を「そらごと」と見破り、みずからの身の上を自分のことばで綴ってみようとする時が来る。『蜻蛉日記』冒頭の一節は、まさにこうした転換のおこなわれようとする歴史的時点を示すものであった。現にこの日記は、兼家という男との相剋に苦しんで生きてきた自分の心の流れや揺れを、あるがままに綴ろうとした作である。こうしてこれまでもっぱら外側から物語をあてがわれていた女たちの内側に、自立した作者があらたに生れてきつつあったわけで、その点この日記はすでに作品として、冒頭の小序がかりになかったにしても古物語の「そらごと」への批判であったといえる。

ただ、これはあくまで歌まじりの日記であって、いわゆる物語ではない。自分に同情してくれそうな、身のまわりのもの相手にそれは書かれたと思われる。この日記の文体はまだあまりにも抒情的、自己中心的であり、対話性と展開力に欠けている。だから自然界と向きあいそれと一体化するとき、しばしば主客融合または歌文融合した美しい散文詩がそこに現われるのだが、しかし、小説の世界をそれでもって構成することができるかといえば、それはやはり不可能だろうと考えざるをえない。『源氏物語』とつきあわせてみると、そのへんのことがハッキリする。

三　『源氏物語』の文体に近づくために

和歌と物語

『玉の小櫛』における宣長の「もののあはれ」の説は、『源氏物語』を読むさい忘れることのできぬものではあるが、かといってその読みかたを鵜呑みにしていいわけでないのはもとよりで、むしろそこには、今から見ると致命的な欠陥さえあるように思う。それをまず取り出すことが、文体上の問題に近づく早道になりそうである。

宣長は、作中人物の歌を悪くいった例があれこれあるのに、ほめた例が一つもないのは、「此物語の中の人々の歌は、みな紫式部みづからのよめるなれば、ほむれば、われぼめになるゆゑ也」という。たとえば、桐壺更衣の死後、その母が帝に消息した「あらき風ふせぎしかげの枯れしより小萩が上ぞしづ心なき」という歌につづき、本文に「などやうに乱りがはしきを……」(桐壺)とあるのを、歌がよくないので作者が「卑下の心」ばえでこういったのだと解する。また「野分」の巻に、夕霧の詠んだ歌「風さわぎむら雲まがふ夕にも忘るる間なく忘られぬ君」につき「あやしく定まりて、にくき口つき」(いやに型通りで、面白からぬ詠みぶり)とあるのなども、彼によるとやはり自卑のことばということになる。だが前者は、相手に礼を失している意か書きざまの乱れている意とすべきだし、後者も夕霧という作中人物が儒を学び不粋で律気な男であったのにかかわっているわけで、作者みずからの志向をになった歌とはいえない。むろん作中の歌はみな作者の手になるものではあるが、しかし作者はその歌の善し悪しにではなく、しかじかの文脈で作中人物にしかじかの歌を詠ませた芸術的効果にたいし責任を負うのである。つまり男女が歌をとりかわすのが当時の風俗であったから、作者は作中人物にあれこれと歌を配当したまでである。

この区別をわきまえないならば、『源氏物語』が作り物語たるゆゑんは、しょせん消滅してしまうことになる。果たして宣長は次のようにいう、「歌よむべき心ばへを知らむとならば、此物語を、つねによく見べし、此物語に書たる事ども、人々のしわざ心ばへなど、こと〴〵く歌よむべき心ばへ也」。そこには俊成の「源氏みざる歌よみは遺恨のことなり」（『六百番歌合』）ということばの余響が、まだ残っている。むろん、俊成と宣長を同日に談ずることはできぬけれども、宣長をはじめ国学者たちの抱く文学概念の芯になっているのが和歌であったのは確かで、さればこそ右のように物語を和歌的なものに還元したり従属させたりする始末にもなりかねないのである。例の「もののあはれ」にしても、おもに『源氏物語』について説かれてはいるが決して物語論ではなく、実は歌にもほとんどそのまま通用する文学総論または原論のようなものである。小説というジャンルについての意識も時代的にまだ熟していなかったし、儒教の悟性主義の越権や勧善懲悪主義とのイデオロギー的たたかいが主題であった以上、これは当然のなりゆきであっただろう。「もののあはれ」論は文学論以上のものだといいかえることもできる。

『源氏』の文体の特質

ただ『源氏物語』の文章が同じ散文でも、『竹取物語』や『宇津保物語』など男の作と違い、ずっと詩性と象徴性に富むのはなぜかという問題は残る。詩と散文という機械的な二分法は、ここでは通用しない。ひと口にいえばそれは、女の作が生活のなかに生きる歌の伝統を母胎として産み出されてきたのに基づく特質であった。しかも『蜻蛉日記』について見たとおり、そこには相当な陣痛がともなっていた。とくに『源氏物語』の作者の場合、次章にも見るように漢文学という異質なものが入りこみ、バイリンガルな経験——それがなければ紫式部は作り物語の作者にはなれず、しょせん日記作者にとどまっていたであろう——が強烈であっただけ、詩と散文のこうした分化過程がいっそう劇的につらぬかれたと考えていい。つまりその文体が詩性に富むのは、生活のなかに生きる歌の伝統が平板化という意味でのたんなる散文化にあらがい、その散文に独自の緊張や奥行きや弾力を与えているからで、逆説めくが、それは詩の権利をも放棄しない散文なのだ。それでいてそれは不思議にも歴として長篇の作り物語であった。

『源氏物語』を和歌的に読もうとする傾向は今なお尾を引いているが、これは了簡が狭いだけでなく、時計の針を逆にまわすやりかたという他ない。和歌的なものを期待して読むから和歌的になるだけの話ではなかろうか。[*2] むしろ『源氏物語』は、前節に見た文体の二つの流れ、すなわち構成的ではあるが感情の内部にとどかぬ男の文体と、個の経験に即してはいるが展開を欠く女の文体、この双方を止揚し、広がりと深さ、外部と内部を同時にとらえることに見ごと成功したのである。そしてそれは詩と散文の分化が始まったばかりの、そういう歴史的な一回性のなかで、紫式部のように女であってしかも漢文が自由に読める作者のみのなしえたところであったと私は考える。（さきには女の作の方がより口語的だといったが、口語的であるとともに詩的でもあるという今日ではちょっと想像しにくい事態も、おそらくこの一回性と関連する。）

ジャンルの眼

ここで観点を変えてかからねばならない。文体はジャンルの問題と不可分に包みあっているからだ。ジャンルは、固有な眼をもつとともに固有な文体をもつ。『源氏物語』の文体につき、無媒介に表現がどうのイメージャリーがどうの形象性がどうのといったことが論じられたりするけれども、これらは詩にたいする手口を小説に持ちこむことになりかねない。詩をモデルにしたいわゆる新批評《ニユー・クリテイシズム》の方法が小説にたいしひどく無力であったのも、このへんのことと関連しているだろう。一般的にいって、小説の文体研究は今のところ皆無に近い。それは小説が詩や劇と違って規範とか約束をもたぬ自由な文芸であり、したがってその言葉の働きようを確定しにくいジャンルであるのに起因する。ある作の文体を論じようとして、結局、文章の個人的な技巧や腕前をあげつらう程度で終ってしまいがちなのも、このジャンルの文体的特質が自覚されていないためであろう。事態は平安朝文学にかんしても変らない。

「管絃楽化」

言葉の機能が詩と散文とで質的にどう異なるかを分析し、正面から小説の文体論的解明に初めて乗り出したのはバフチンである。その業績は、小説の文体をかたろうとする以上、無視することのできぬ普遍性をもっているはずだが、さてそこで説かれていることのうちもっとも大事なものの一つは、「管絃楽化《オーケストレーション》」という概念で、『源氏物語』を読む上にもこれは不可欠のものと思われる。

ジャンルはたんに規定的なノルムでも、またたんに図形的な範疇でもなく、意味を歴史的に生成するところの約束ごとの組みあわせである。そしてその分化はことばの多様化・多層化とわかちがたく絡みあっている。平安朝に散文の小説が成立したのも、言語史的には日常語と歌との、又は口語と文語の乖離、あるいは職業や身分の分化、等々にともなう言語の多層化が記紀・万葉時代に比し一段と複雑になり、新たな意味を生み出すための形式が必要になったことに動機づけられている。だがさらに大事なのは、十世紀の終りごろから十一世紀の始めにかけて『宇津保物語』と『源氏物語』という二つの長篇小説が、作られるに至ったのはなぜかということである。私たちは『竹取』『伊勢』に始まり『宇津保』『源氏』に及ぶ過程をひとまとめにして眺めがちだけれど、同じ物語文学でも両者の間には一つの大きな質的変化がとげられている事実に注目すべきで、この点を無視して『源氏物語』という長篇小説の独自性をかたることはできそうにない。

書物から化けて出てきたようなことば遣いをする大学の博士がこの物語では戯画化されており、こうした博士たちの反極に『新猿楽記』の藤原明衡とか、男の物語作者たちがいるという図がらになっていることは前に見た通りだが（第三章六節）、漢学こそ律令制における権威の支柱であったのを考えるならば、古代社会の地すべりにも似た瓦解がこのへんで加速され、その階層的分化と多様化が進み、それとともに公的な統一のかげに隠れていた諸力が蠢動《しゅんどう》し始め、これまで聞こえなかったさまざまな声がざわめき出したゆえんを納得できるだろう。性格や運命を異にするいろいろな人物が登場してきて複雑な模様を織りなす長篇小説が現われたのは、まさしくこうした崩壊過程のなかからであった。バフチンはいう、「矛盾しあう様々な声やことばは、小説の中に入りこみ、その中で秩序ある芸術体系に組織される。まさにこの点に小説というジャンルの特殊性が存在する」（伊東一郎訳『小説の言葉』）。

この独自な芸術体系を創り出すことがつまり「管絃楽化」である。そしてそれは小説という下級のジャンルにおいてこそ可能であった。何しろずっと傑作呼ばわりされてきているため、つい私たちは『源氏物語』を高貴な文学であるかのように錯覚しがちだけれど、しかし周知の通り平安朝にあって物語は女のための、もっとも権威のない、俗で下等なジャンルであった。時代的・制度的に高級と目されていたものが失墜したのと引きかえ、下等なジャンルにぞくする作品がいよいよ光芒を放ってくるという歴史の皮肉がここには見てとれる。だから今でもこの作の出生の低さを忘れ変に金ぴか扱いすると、その本質を読みそこなうことになる。

「管絃楽化」という概念には深い意味がある。たとえば小説は時代生活の百科事典である、というのとそれは必ずしも同じでない。百科事典的の場合は目に映る眺めが主であるのにたいし、管絃楽的というときには耳に聞こえてくる声が主になる。この概念が文体論にかかわるのはそのためで、こうして小説には作者の精神を通して時代のさまざまな声が登録され組織されるというわけである。

作中人物と作者

そこで『源氏物語』の文体にもどるが、宣長の説から始めた行きがかり上、こんどもその線に沿って考えてみる。次に引くのは、左馬頭という人物が例の雨夜の品定めをしめくくったことばである、「すべて男も女も、わろ者は、わづかに知れる方《かた》のことを、残りなく見せ尽さむと思へるこそ、いとほしけれ。……(中略)……。すべて、心に知れらむことをも知らず顔にもてなし、言はまほしからむことをも、一つ二つの節《ふし》は過ぐすべくなむあべかりける」(帚木)。これを宣長は、紫式部は、「女の学問だてして、さかしだち才《ざえ》がるをば、いみじく憎」んでおり、右の一節も「みづからの、学問だてをにくみてせぬ心を、しめしたる物なり」という風に解する。また、例の博士の娘のことを式部丞が語ったのを、むくつけきことと爪弾きしたとあるのも、学問だてを憎む心を見せるためであるという。日記に徴しても紫式部はそういった心ばえの持ち主であったらしいし、右の評言は一応もっともと肯けなくもない。げんにこういう見かたは、今日まであまり疑われずに受けつがれて来ているようだが、しかしこれは小説の読みとしては、かなり問題的といわざるをえない。

さきには作中人物の歌をすべてじかに作者の詠と見なす宣長の説を批判したが、歌と詞との違いこそあれ、それとこれとはまったく同質の読みにほかならない。「帚木」の巻の右の詞はあくまで左馬頭という人物が特定の文脈で発し、またそういうものとして機能しているのであって、事実これを聴きながら主人公・光源氏は藤壺のことを心のなかに思いつづけ、まことにこのことば通り類い稀な人だと胸がふさがりそうだったとある。そしてそこでもって品定めの段は終りを告げるのだが、そういう文脈から切り離し、それをじかに作者の心ばえを示すものと見るなら、またもや小説という形式の必然性は半ば以上、失われてしまうだろう。ただ、そこに作者の志向性がかくれているのも、それはそれとして疑えない。だが決して直接的にではなく、作者は作中人物のなかに自分を屈折させ、そっと忍びこませ、そのことばを二重化しているのだ。バフチンはこれを「二声的」（英訳本によると double voiced）と呼ぶ。式部丞の話にしても同じで、それはあくまでこの人物の「をこ」な経験譚でありつつ、同時に賢女をからかおうとする作者の意図と微妙に包みあうという関係である。

　左馬頭も式部丞も品定めの段にだけ出てくる人物であるため、作者の心ばえを託すのに好都合だったということはできる。しかし彼らは作者のたんなる代理人ではなく、作中人物としてしたたか存在感をもっており、かつその口吻さえ思い浮かぶくらい自分のことばでものいいをしているのである。むろん、この二人に限らない。強弱や程度の差こそあれ作者は何らかの形ですべての作中人物と対話関係にあり、主人公ともそうであったはずで、たとえば「蛍」の巻で物語について主人公のいった詞などにも、そのへんのことがうかがえるだろう。何れにせよ時代のさまざまな声がそこには組織され、響きあっており、いうなれば作者は指揮棒を振っているのである。

分化するものいい

　漢語をしきりに使う大学の博士のものいいのおかしさは格別だが、作中の僧侶のものいいなども普通人と違っている。『蜻蛉日記』でもすでに指摘できるのだが、僧という職業に固有な語彙や語法はかなり前から目立つものであったらしい。ものいいかたは人物がそこにいるということ、つまりそのプレザンスを感じさせるもっとも大事な要件の一つで、かりに職業や年齢や階層や性別とかに係わりなく皆が同じもののいいかたをしたりしたら、どだい小説の世界はなりたたなくなるだろう。ところが時代が遠くへだたっているせいで、残念ながら、作中諸人物のそうしたものいいの微妙な違いや特質が、私たちにいつもハッキリ伝わってくるとは限らない。うっかりすると、それらは同じ平面上に並んでいるかのようにさえ一見される。その点、玉上琢彌氏『源氏物語評釈』が人物のもののいいかたにしばしば言及し、その特徴に目を向けようとしているのは、今後の注釈のありかたを暗示するものがある。この方面の研究を深めるには、言語学の協力がどうしても必要なはずだが、とにかくそれが明らかになるにつれ、『源氏物語』が、普通に思われているようにたんなるピアノ曲やヴァイオリン曲ではなく、いかにさまざまな声を管絃楽化した作品であるかが、もっと構造としてあらわれてくるに違いない。[*3]

むろん、地の文も取りあげねばなるまい。第一章では、いわゆる草子地と呼ばれるものが自己意識的な作者の誕生といかにかかわっているかにつき考えたが、そこにも文体論上の問題が孕まれているであろう。

註

＊1——柿本奨『蜻蛉日記全注釈』は、この一節を考える上にもぜひ参看されねばならぬのだが、念のためそこで試みられている口訳を掲げさせてもらう。

「紆余曲折した半生を過して、頼りなく、どっちつかずの身で暮している女がいたと思ってください。顔だちといったところで人並みでもなし、思慮分別があるわけでもなく、してみれば、御覧のように、なんの役にも立たぬていたらくで暮しているのも、むりはないと、思い思い、ただなんとなく、来る日も来る日も過す所在なさに、世間にたくさん出ている昔物語の片端などをのぞくと、ありふれた作りごとさえ、ついてゆけないのに、なおのこと、ろくでもない身の上話まで書いたこの日記は、読んでいただけるかしら、世間の女《ひと》から、家柄の高い殿方の生活はどんなふう？　と、きかれたら、これを前例にでもしてくれるように、と、そんな気持だが、それにしても、何年も前、幾月も以前のことは、うろおぼえなものゆえ、書かずともよいことが、たくさんまじりこんでしまった」。

＊2――浄瑠璃作者の近松門左衛門が、「橘の木の（雪に）うづもれたる、御随身召して払はせ給ふ。羨み顔に、松の木のおのれ起きかへりて、さとこぼるる雪も、云々」（末摘花）という一文につき、「心なき草子を開眼《かいげん》したる筆勢なり」とほめ、「是を手本として我浄瑠璃の精神《せうね》をいるる事を悟れり」（『難波みやげ』）といっているのは、同じ詩的でも和歌的とは違う読みかたがすでにあったのを知ることができる点で興味がある。

＊3――国語学の方からもすでに例えば、「清少納言になると、法師・男・女・下衆のことばの違いを明瞭に意識している。……紫式部は、自らの日常語によった新しい書きことばの素地の中に、それぞれの階層の人間のことばをきわ立たせている」（岡村和江「仮名文」岩波

講座『日本語10　文体』所収）ということが指摘されている。

私たちはこの意味を小説論の立場からもっと積極的に評価し、小説の又は散文の文体的特質を解明せねばなるまい。

第十章　紫式部のこと

一　歌と散文と

素朴伝記主義

作品の外の現実と作品に描かれた世界とを混同したら、いわゆる素朴リアリズムになってしまう。それと同じように、作品の外にいる人としての作者と作品の創り主としての作者とを混同すると、素朴伝記主義に陥る。むろん内外関連しあい緊張もそこにはあるわけだが、両者が互いに次元を異にするものであるのも疑えない。私はこれまで人としての紫式部にほとんどふれることをしなかったが、それは、作品の外側にいる作者を作品のなかに無媒介に持ちこみたくなかったからである。

『源氏物語』に描かれた明石上を作者の自画像だとする向きが一部にある。これはしかし、伝記的なものと作品とを何とか因果的に結びつけたいとする、研究者じしんの翹望《ぎようぼう》のようなものであるらしい。『源氏物語』は仮構された作り物語であり、作中人物と作者との臍の緒はほぼ完全に切れていると私は見る。というより、神話の伝統を負うところの作り物語は、そもそも作者の自画像云々といった風なことがらとは無縁の形式であったのではなかろうか。それでいて私たちの魂をゆさぶってやまぬものがこの作品にはあるのだが、少なくとも作者が誰と結婚し何人の子をもったかとか、どんな人がらであったかとかいうごとき伝記上の事実は、作品を読むのにあまり役立たないと思う。前にもいったが作者は作品においてのみ可見的である、という立場を私はつらぬきたい。以下、『紫式部日記』と歌集『紫式部集』にいささか言及するが、それとて伝記上のことについて何か言おうとするわけではない。伝記研究に独自の価値があるのは、もとよりだけれど要は、作品を読むにあたってどの次元を選ぶかにかかっている。

紫式部の歌

実は私は、人がいうほど紫式部の歌を見どころあるものとは考えていない。和泉式部とつい比べたくなるからで、口疾くいいすてたことばが天来の芳香を放っているかのような和泉式部の作の前におくと、紫式部の歌はどうも理が勝っており、喚起力に乏しいと思う。俊成は「紫式部、歌よみのほどよりも、もの書く筆は殊勝なり」（『六百番歌合』）というが、これはほぼ的を射た評語であろう。つまり紫式部は歌よみであるよりは散文作家であったわけで、だからその歌よみのほどを変にほめすぎると、逆にひいきのひき倒しになりかねない。そうしたなかにあって、『紫式部日記』と『紫式部集』の双方に見える、

年暮れて我が世ふけゆく風の音に心のうちのすさまじきかな

という歌は、例外的にほとんど唯一の傑作と見ていいのではなかろうか。師走も末のある夜、思えば初めて出仕したのは三年前のこの日のことだったがあの時分にひきかえ、宮仕えに馴れっこになってしまった今のわが身のうとましさよ、などとあれこれ回想しながら宮中の局で独りつぶやいたのがこの歌である。「我が世ふけゆく」は我が齢のふけるのと夜がふけるのとを重ねたもの、さらにそれが風のふく音をも喚びおこし、一転、心のなかを木枯が吹きぬけてゆく荒涼を歌ったものである。私は以前、和泉式部が魂として傷ついていたとすれば紫式部は精神として傷ついていたという風に書いたことがあるが、「物思へば沢の蛍もわが身よりあくがれ出づる魂《たま》かとぞみる」（和泉式部）にうかがえるように、苦しむ無垢な魂は無意識と化して身体からあくがれ出てゆくにたいし、精神は傷つくことによっていよいよ鋭く自己意識的になる。「心のうちのすさまじきかな」には、そういう寂寞たる自己意識の尖端が感じとれる。これはおそらく散文作者の手になる類い稀な歌の一つに数えてよかろう。

もっとも、紫式部がおのれの歌才にたのむところあったとしても不思議でない。たとえば、かの女は和泉式部の歌の天成のよさを認めつつも、歌の知識や道理に欠ける点があり「恥づかしげの歌よみやとは覚え侍らず」（『紫式部日記』）などとことわっている。が、どうもこれは負け惜しみであり、嫉み心さえそこにはのぞいていなくもない。歌の伝統に深く棹さしながらも、紫式部はわが心中にえたいの知れぬ葛藤がわだかまり、自分が一途な歌よみではもはやありえなくなっているのに気づいていたはずである。そしてちょうどその反極にいて、まるで生得の歌よみであるかのようにほとんど一義的・直線的にふるまっていたのが和泉式部であった。さらに『枕草子』の清少納言のことを考慮に入れるなら、狭い女房社会とはいえいかに鋭い分化がそこで経験されつつあったかわかるというものである。

小説家のまなざし

さて『紫式部日記』から次の一文を引いておく。

……呆《ほ》け痴れたる人に、いとどなりはてて侍れば、「かうは推しはからざりき。いと艶に、恥づかしく、人見えにくげに、そばそばしきさまして、物語このみ、よしめき、歌がちに、人を人とも思はず、妬《ねた》げに、見おとさむものとなむ、みな人びと云ひ思ひつつ憎みしを、見るには、あやしきまでおいらかに、こと人かとなむおぼゆる」とぞ、みな云ひ侍るに恥づかしく、「人にかうおいらけものと見おとされにける」とは思ひ侍れど、ただこれぞわが心と、慣らひもてなし侍るありさま、宮の御前も、「いとうちとけては見えじとなむ思

ひしかど、人よりけに睦まじうなりにたるこそ」と、のたまはするをりをり侍り。（萩谷朴『紫式部日記全注釈』による）

日記の本文にはいろいろ問題もあるが今は上記のものにより、解釈もそれにほぼ従うことにする。おおよそ口訳するなら――馬鹿で間抜けな人間になりすましているものだから、同僚の女房たちが、「案外だ。気取っていて、気づまりで、とっつきにくく、つんとしていて、物語好きで、何かといえば歌をよみ、嫉妬ぶかげに、人を人とも思わず見くだしているような人だと、みんなして噂もし、毛嫌いしていたのに、会ってみると、不思議なほど穏やかで、別人みたいだ」というので、こっちはくすぐったく、「他人にこうまでボンヤリ者だと見くびられてたのか」と内心思いはするけれど、これこそ我がみずから慣《なら》いおぼえた身の処しようで、中宮も「とても気をゆるしてはつき合えまいと思っていたのに、他の女房よりずっと親しくなったとはねえ」と、ちょいちょいおっしゃる、というくらいの意になろう。中宮に白楽天の「楽《が》府《ふ》」を進講しながら、人前では屏風に書いてある詩句も目に入らず、一という漢字すら知らぬふりしていたとも記している。

宮廷でのこの、自分をかくし、それをうっかり人にのぞかせまいとするフィクティヴで韜晦的な態度は甚だ印象的で、ほとんど不敵といっていいものである。フィクティヴといったのは、それが『源氏物語』という大きなフィクションの作者の生きかたに見あう点があるのではないかと思ったからだが、それにしてもあの「心のうちのすさまじきかな」とは具体的にどういうことなのだろうか。前に見た通り、この日記には異常ともいえる憂愁の気がたちこめており、もうこの世を離れたいという志も何度か洩らされている。が、それを無常観という時代の通念にさしもどすだけでは浅はかだろう。そこには一種病理的な何かがあるように感じられる。あれこれのにがい経験がひしめきあい、人生への絶望を深めてゆき、えたいの知れぬ魔がいつしか心内に棲みこむという次第になったのだろうか。

日記に見られるかの女のこうした態度を嫌らしいとか、偽善的であるとか、あるいは奥ゆかしいとかいうのは無用である。第二章でこの作者の眼に言及するところがあったが、自分をあらわにせず、他人の心のなかをじっと覗きこむ散文作家の孤独な眼差がここにあるのを知るだけで、今は充分である。ものを見るたんに中性的な眼一般がまずあり、それを個別化するのではなく、画家の眼があるように詩人の眼、小説家の眼等々がある。そしてここに存するのはまさしく小説家の眼または態度だといっていい。

「罪ふかき人」

もっとも、そのへんのことをあまり現代風に解してはなるまい。当時にあって文芸は、必ずしも今の私たちの考えるような自由ないとなみではなかった。仏法からすればそれは「妄語」悪にあたるのであって、紫式部より少し前の慶滋保胤がすでに「妄語ノ咎逃レ難ク、綺語ノ過チ何ゾ避ケム」（『本朝文粋』）といっている。白楽天の「狂言綺語ノ誤リヲ飜シテ讃仏乗ノ因トセム」という詩句がありがたがられたのも、文芸の制作にこうして一種の宗教的罪業感がつきまとっていたからである。藤原俊成なども、あけくれ歌ばかりよんでいて後生《ごしょう》いかならんと歎き、住吉社にこもり、もし歌が徒らごとならば今からこれをやめ一向に後世《ごせ》の勤めをせむと祈ったところ、夢に明神現じて和歌仏道二無しと示したのでいよいよこの道を重んじた、と伝えられている（『正徹物語』）。ただそのさい、唯心的で一元的な詩歌の道には、どちらかといえば讃仏乗の因に転じやすい性格があったのを見のがさぬ方がよかろう。中世にあって和歌は日本の陀羅尼だとさえ信じられていた。それに比べると少なくとも散文の物語には、そうたやすく讃仏乗の因にひるがえすことのできぬ、どこまでも俗世の業といった悪縁がつきまとっており、せいぜいそれは嘘も方便ということでしかありえなかったのではないかと思う。（その点、例の「蛍」の巻の物語論で、主人公の光源氏が「……（物語を）ひたぶるにそらごとと言ひはてむも、事の心たがひてなむありける」というのにすぐ続いて仏法における方便のことを持ち出し、「……よくいへば、すべて何事も空しからずなりぬや」といって物語を弁護しているのを想い出すのも、無駄ではあるまい。）

『源氏物語』が仏法の教えのためのものでないのは、つとに宣長の説いた通りだが、しかしそうかといって、作者が狂言綺語にたいする仏法からの圧迫感をまるで感じていなかったかのようにいうなら、それは真実に反していよう。宣長の「もののあはれ」説は、仏法から解放されつつあった江戸期の楽天主義の産物であり、したがって必ずしも『源氏物語』作者の意識のもつ蔭の部分を歴史的につらぬいてはいない。むしろ紫式部は、狂言綺語と覚悟しながら『源氏物語』を書きついでいっているのではなかろうか。そういう独自の緊張がここにはあるように思われる。一世代おくれて出てきた『更級日記』の作者にあっては、宗教のドグマが次第に文学を追いこし、若いころ耽溺していた物語の類いは仏法の見地から「よしなし事」としてあっさり否定されてしまうのだが、紫式部の場合にはこの両者間の緊張が心内の劇としてしつこく続いていっている気配である。日記に、「ただ阿弥陀仏にたゆみなく、経をならひ侍らむ。世のいとはしきことは、すべて露ばかり心もとまらずなりにて侍れば、聖にならむに、懈怠すべうも侍らず」としながらも、「罪ふかき人はまた、かならずしも叶ひ侍らじ。(自分のような罪業ふかい人間はやはり、極楽往生も必ずしもかなうまい。)前の世知らるることのみ多う侍れば、よろづにつけてぞ悲しく侍る」とあるのは、そのへんの消息とかかわっているものがあるに違いない。少なくともこの「罪ふかき人」といういいかたのなかに、狂言綺語を綴らざるをえなかったものの罪業感がふくまれているのは確かなように思われる。

二　知識人と芸術家の共存

作者の才《ざえ》の大きさ

白楽天の詩とか司馬遷の『史記』とかに代表される大陸文化がこの作者の精神に入りこみ、それを根底から培ったらしいのは、紛れもない事実である。この異質の契機がかりに欠けていたとしたら、紫式部もしょせん日記文学の域を超え出てゆくことはできなかっただろう。前章ではこの作者のバイリンガルな経験に言及したが、ここではそれをやや違う角度から補足しておく。

かの女は宮廷で「日本紀の局」とあだ名されたという。それは、『源氏物語』を読ませて聞いていた天子が、「この人は日本紀をこそ読みたるべけれ。まことに才《ざえ》あるべし」（日記）といったのに因る。『日本紀』は漢文で書かれた正史、そして現に『源氏物語』には『日本紀』にもとづく詞句がいくつか散見される。しかしこのあだ名はもっと広く漢籍に通じた女という意に解してよさそうである。父の為時——彼は当代一流の漢詩人であった——が、男の兄弟より漢籍をよくする娘の紫式部につき、この子が男でなくて残念だと口惜しがったという日記中の記事と、右の話とが一連になっている点からも、そう判断できる。ともあれ『源氏物語』が才《ざえ》、つまり知の大きさをテコの一つとして成った作品であるのは疑う余地がない。紫式部のなかには、いうなれば、芸術家と知識人とが同居し共存していた。この共有は男の場合でも、そうざらにあるわけではなく、とくに女にあってこれはほとんど稀有にぞくするといっていいのだが、少なくとも『源氏物語』のような長篇小説を作り出すのには、並みはずれた才とそれに養われた強靭な構想力とが欠かせなかったのは確実である。

当時の用語では才《ざえ》とは、おもに漢籍の学問の謂であった。そして「桐壺」の巻の冒頭部分が白楽天の「長恨歌」を下地にしているのを始めとし、白氏の詩句を織りこんだ箇所がこの物語中にすこぶる多いのは、周知の通りである。『白氏文集』は平安貴族の愛読するところであったから、これはとり立てるがなもないことのように見える。しかし前にも触れたように、白氏の詩のうち閑適と感傷の作が当時もっぱらもてはやされたなかにあって、この作者が社会的・政治的な諷喩詩にも強い関心を向けているのは、やはり特筆していいことだと思う。だから紫式部が『源氏物語』作者になる上に不可欠の知的栄養素を培ったのが、この白氏の詩とならんで司馬遷の『史記』などの大陸文化であったとしても、決して意外ではない。

才《ざえ》と経験の合一

注釈書の指摘するように、たとえば悪后・弘徽殿には漢の高祖の后・呂后の影が明らかに落ちている。とくに桐壺院の死後おきる政変——これについては前に言及した——、光源氏・藤壺・左大臣がたが没落し、代って朱雀帝・弘徽殿大后・右大臣がたが俄かにのしあがってくる過程、そこでの弘徽殿の専横ぶりを書くとき作者の念頭には『史記』の「呂后本紀」があったに違いなく、人物の配置まで似ている、云々。私は比較文学風に、いわゆる影響関係なるものをあれこれ説こうとするものではない。人間世界のドラマを見る眼を紫式部はおそらく『史記』から学んだのであり、これが欠けていたとすれば長篇作家の誕生は多分不可能であっただろうと指摘したいまでである。さきほどは芸術家と知識人がこの作者のなかには共存しているとしたが、それは平安期に生きた一人の女としての経験が大陸文化に触発され、普遍化するきっかけを摑んだといいかえることもできよう。

それにしても『源氏物語』は、異常ともいえる成熟性をもっているように思う。星菫派的な甘さや青臭さがないだけでなく、地方的な狭さもない。そしてそのことがこの作品に真の意味での古典性を与えているわけだが、しかし一人の女のただたんなる人生的な成熟によってそれがもたらされたとは考えにくい。『史記』は、紫式部の生時からして実に千年以上も昔に成っている。人間の文化伝統というもののこの歴史的な深さ、それを自分の背後に感じるところの精神のみが、よくこの成熟に達し、それを手に入れることができたのではあるまいか。むろん『蜻蛉日記』や『宇津保物語』等、先行する諸作品の意味がそのため軽んじられてもいいわけではない。しかしそういうもののたんなる同質的な延長線上にこの成熟がおのずと訪れうるかといえば、決してそうではないと思う。作者のつぶさに生きたであろう平安朝社会における女性史の経験と、大陸の古典的文化とりわけ『史記』との出会い、後者が前者のなかに突入しそれと暗々裡に結びついたとき、図らずもこの玄妙不可思議な奇跡は起きたらしいのである。

天才？

私は危く天才という語を使いたくなるところだったが、E・M・フォースターの小説論に次のような発言があるのを想い出した。本書の結びのことばとして多少ふさわしい点がなくもないので引かせてもらう。いわく、「天才に言及するのが、……えせ学者の特徴だ。彼は天才を云々するのを好む。というのは、この語のひびきが、それの意味を明らかにするのを免じてくれるからである。文学は天才によって書かれる。小説家は天才である。さあこれでいい。ではその分類にとりかかろう。そして彼は分類する。彼のいうところはすべて間違っていないかも知れぬが、まるで役だたない。彼は作品のなかに入りこまずに、その周辺を動きまわっているのだから。……読み手はひとり腰をおろし作者と格闘せねばならない。このことをえせ学者はやろうとしない。それよりむしろ作品をその時代史とか、作者の生涯におけるあれこれの事件とか、その描いている諸事件とかに関連させようとする。《傾向》という語が使えるようになると、途端に彼は張り切るのだが、それを読まされる方はげんなりする、云々」。

まことにその通りだと思う。私たちもせいぜいえせ学者にならぬ用心肝要ということになる。ただ、格闘しながら作品を読むとは具体的にどういうことか。半世紀ほど前フォースターの考えていたであろうようにそれがもはや無邪気で自明な行為ではなくなっている点にこそ、今日の私たちの問題があるのを忘れてはなるまい。

あとがき

文学の批評や研究に、かなり大きくて深い一つの変革が静かに起こって来つつあるように思われる。それは客観的なものとしてのテキストの自明性が崩れ、従来あまりかえりみられなかった読者、あるいは読むという行為の働きが前面に出てきたこと、そして従来のテキスト中心主義からそれらをふくめたものへと、批評や研究が転換しようとしていることである。

「源氏物語を読むために」と題したのは、即興の思いつきではない。またむろん唯一無二の普遍的な読みがどこかにあり、それに向かって進むというようなことでもない。テキストは読むという行為を通して私たちの意識のなかに、まさに文学作品として構成されてくる。ある一つのテキストが時代により絶えず読み変えられてゆくのも、テキストが読者に与える効果というより読者がテキストに附与する意味、つまりそれを作品として構成するそのしかたが変るためである。しかもその過程は、決して個人的な恣意にゆだねられてはいない。

本書はこうした問題を念頭におきつつ、『源氏物語』について私の経験してきたところを記述しようとしたエッセイである。エッセイと呼ぶのは、いわゆる専門の研究書ではないからで、むしろ専門家の間で大事とされていることがらをやりすごしたり、その常識からそれたり等々の点が、少なからずありそうな気がする。不勉強を棚にあげることにもなりかねぬが、そのへんを大目に見てもらえるなら、こうした試論にも何がしかの存在理由があろうかと思う。あるテキストを根本から読み直すには、それを専門家の研究のしがらみから解き放ち自由にしてやることが必要条件になるという逆説だって、あながち成りたたなくはないだろうからである。この本にそそのかされて『源氏物語』を一つまともに読んでみようか、という気になってくれる人が少しでもいたらありがたい。

さてこれは、一九七九年六月号以降『月刊百科』に断続して載せたのを主に、その他に発表したのや未発表の稿もまじえ一冊にまとめあげたものだが、この本をとにかくここまで持ってこれたについては、編集部の龍沢武氏の力添えに負うところがとても大きい。心からお礼をいっておきたい。

一九八二年七月二日

著者

解説——古代の解体期に生まれた長篇小説

小町谷照彦

本書は、昭和五八年、一九八三年に平凡社から単行本として刊行され、ついで平成四年、一九九二年に朝日文庫に収められ、さらに今回一三年ぶりに改版されて、平凡社ライブラリーに加わることとなった。なお、文庫版になった時に、理解しやすいようにという配慮から、章節の中に内容をまとめた小見出しが付けられている。こうして刊行の経緯をたどると、本書は安定して読み続けられていることになり、その内容に対する相応の評価があることをうかがわせるものがある。

本書の著者は、改めて紹介するまでもなく、『日本古代文学史』『万葉私記』『古事記の世界』『古代人と夢』『古代人と死』などの多くの名著があり、とりわけ『古事記注釈』全四巻は『古事記』の新しい読解を提出した画期的な書として世評が高い。古代文学を専攻する著者は、むしろ伝統的な国文学界から一線を画し、先端的な文学理論を摂取し、尖鋭な研究方法によって対象に取り組み、現状になずまず常に進化し続けている希有な研究者である。著者の積極的な学問的姿勢を端的に反映した典型的な著作は、三度にわたって書き改められた『日本古代文学史』である。最近上梓された秋山虔『古典をどう読むか』（笠間書院）に、特に旧著からの変容の顕著な『日本古代文学史 改稿版』が取り上げられ、その進展の様相が克明に解説されていて、「社会人類学的発想の文学史論」というその章題に集約されるように、新しい視点によって、英雄時代の把握や和歌の評価など、より柔軟な文学史に書き換えられているとある。一方、放棄されたといわれる旧著の『日本古代文学史』の存在理由がまったく無くなったかというとそうでもなく、たとえば『源氏物語』を扱った章節については、依然として「その射程は現在の源氏研究を優に覆う鋭利な見解が繰りだされているということを明言しておきたい」と高く評価されている。著者の『日本古代文学史』が、執筆改訂の過程のそれぞれの段階において光芒を放っているということであろう。

幅広い研究活動を展開してきた著者が、新たに『源氏物語』を対象として、その解明を試みたのが本書である。『源氏物語』をある程度読み、その内容について一通りの知識を得た人が、もう一歩進んで『源氏物語』に取り組みたいと思って、その読みどころはどこにあるのか、どのような観点から読んだらよいのかなどについて知りたいと思った時に、本書は一つのよい指針となるのではないか。もっとも、『源氏物語』は奥行きの深い作品だから多様な読解や接近が可能であり、本書によってすべてが解決するというわけでもないが、読解の姿勢の明確な本書が、高度な案内書として『源氏物語』の理解に一つの方向性を与えてくれるのは間違いない。随所に問題提起のちりばめられた本書から得られるものは、決して少なくないはずである。

『源氏物語』は、成立以来千年にもわたって、さまざまな時代の衣装をまとって読み続けられてきた。既に『源氏物語』は単なる文学作品というのに留まらず、文化現象といった次元で強力な磁場を発散して今日にまで至っている。その一端は、たとえば秋山虔・渡辺保・松岡心平編『源氏物語ハンドブック』（新書館、一九九六年）、詩誌『ユリイカ』「光源氏幻想」特集（青土社、二〇〇二年二月号）、鈴木健一編『源氏物語の変奏曲―江戸の調べ』（三弥井書店、二〇〇三年）、三田村雅子・河添房江・松井健児編輯『源氏研究』（翰林書房、毎年一回刊行）などに見られる。

本書の「あとがき」に、文学の批評や研究に近年大きな変革が起こり、「テキストの自明性が崩れ」、「読者、あるいは読むという行為の働きが前面に出てきたこと」を指摘し、「テキストは読むという行為を通して私たちの意識のなかに、まさに文学作品として構成されてくる」ものであり、時代によって作品が読み変えられてゆくのも「テキストが読者に与える効果というより読者がテキストに附与する意味、つまりそれを作品として構成するそのしかたが変るためである」と指摘している。いわゆるテキスト論的な作品解釈ないし理解ということになる。

本書は、まさに著者という読者によって構成された『源氏物語』のテキストであるが、一方で、それは「決して個人的な恣意にゆだねられてはいない」とも言っている。有能な理解者を待ち受けている『源氏物語』という作品の構造の仕組みを、いわば客観的な読解に即して説き明かしているのが本書である。これは必ずしも近代主義的な文学理論を強引に押しつけて『源氏物語』を裁断批評しようとしているわけではない。古代的なものの解体期に当たる平安朝に産み出された『源氏物語』を、歴史的現実に即して、純粋な文学論の土俵の上に引っ張り出しているのである。

著者は、『源氏物語』をどのような性格の作品として扱おうとしているのか。端的に言えば、『源氏物語』を小説として規定し、小説論として貫き通しているのである。そのことは第一章「一つの視点」で示されている。テキスト論的な意味での読者と混同してはならないが、最初に当時の『源氏物語』の享受の典型的な例として、周知の『更級日記』の記事を取り上げる。作者の菅原孝標女が念願の『源氏物語』を入手して、「昼は日ぐらし、夜は目のさめたるかぎり」、夢中で読破したとある記事である。『源氏物語』の最終的な成立は不明であるが、推定されているように、一条天皇崩御の寛弘八年（一〇一一）前後とすれば、一四歳当時の孝標女が『源氏物語』を読んだのは治安元年（一〇二一）のことであり、その時間的距離はさほど離れていない。著者は、これを黙読として注目し、物語の享受の典型的な有りようと見て、口承の語り物とは異なる、むしろ近代小説に近い平安朝物語の本来の姿とする。これに対して、『源氏物語絵巻』の東屋巻の、侍女の右近が物語本文を朗読するのを聞きながら浮舟が物語絵を見ている場面などを手がかりとして、物語は音読されていたとする説も一方にあるが、仮名文字で書かれた物語を「目と心」を働かせながら黙読するのが、小説としての物語の基本であるとする。おそらく黙読と音読とは二者択一ではなく、両者を物語絵も含めて広く考える必要があろうが、近代小説に近いものとして平安朝物語を読解しようとする旗幟鮮明な著者の姿勢は、示唆的な問題提起として銘記すべきであろう。

次に、『源氏物語』が従来の昔物語の域を脱して画期的な小説性を獲得している手法として、作者と草子地や語り手との関連性について言及し、草子地の顕著な例である、帚木巻の冒頭を引用して説明している。一般に語りの方法は作者が語り手を隠れ蓑にして物語を自在に操っていくなどといわれるが、引用箇所は「作者と語り手との分離、語り手や主人公にたいする作者の皮肉と自己韜晦、といったもろもろの契機がからみあっているから」、文意が取りにくいが、「自己意識的な作者の誕生」を意味すると言う。それは神話や叙事詩の、神を背後に置いて「語り手・話・聞き手」の三者が統一関係にあるのとは異なって、作者が物語のなかに分け入って語り手の擬態となるからだとする。語りの問題は、物語の本質に関わるものとして、たとえばその構造を、事件の見聞者・伝達者・記録者・報告者・論評者などに段階づけるなど、さまざまな議論がある。本書の、『源氏物語』の草子地が「近代作家の意識に近い」強烈な自己意識的作者の登場を告知するものであるという指摘も、読解の拠りどころとして含蓄深いものがある。

次は、物語の実態について、「男が物語というものを軽蔑していたこと」、「物語が空想的な絵空事として遇されていること」、「物語は女の「つれづれ」の慰みであったこと」などを挙げて、女性との結び付きに注目する。物語の本質を示すものとしてよく引用される、蛍巻の物語論の「日本紀などはただかたそばぞかし。これら(物語)にこそ道々しく詳しきことはあらめ」という、物語は歴史以上の真実を語るという部分については、光源氏と玉鬘との対話の中の言葉のあやから導き出されたものと多少軽く見ているが、やはり「「世に経る人のありさま」を「そらごと」のなかの「まこと」としてとらえる新しい物語の可能性」として注目している。

以上の議論を踏まえて、『源氏物語』を始めとする平安朝の物語を、広義の物語と区別される、「公にたいする私、官にたいする民または俗の文学」と性格づけられた古代の小説として、むしろ小説史の始祖として位置づけているのである。

本書は全十章よりなるが、著者の『源氏物語』読解の方法を知るには、第九章「文体論的おぼえがき」に触れておいたほうがよいかも知れない。ここでは、『源氏物語』に至る平安朝の文章を男の文体と女の文体とに分け、『竹取物語』と『蜻蛉日記』を取り上げて、両者の文体を対比する。まず、『竹取物語』の文体を「反神話的な言語意識」「古代的言霊信仰のパロディ化」と見て、平安朝初期の小説の道を開拓したのは、作者が漢学者の中でも「文学的感受性に富む一部のものたち」であったが故に、即自的な日本語を対自的に意識したことによって、散文で書かれた物語という新しいジャンルを生み出したとする。次に、『蜻蛉日記』の文体は口語をそのままに用いた未熟な文体であり、古物語の「そらごと」に気づいたところにその存在意義があるけれども、抒情的、自己中心的であり、対話性と展開力に欠けていて、小説の世界は構成できないとする。そして、『源氏物語』の文体が、男性作家の作品と異なって「ずっと詩性と象徴性に富む」のは、女性作家の作品が歌の伝統を母胎として産み出されてきたという特質による、「詩の権利を放棄しない散文」だからであり、「構成的ではあるが感情の内部にとどかぬ男の文体と、個の経験に即してはいるが展開を欠く女の文体、この双方を止揚し、広がりと深さ、外部と内部を同時にとらえることに見ごと成功したのである。そしてそれは詩と散文の分化が始まったばかりの、そういう歴史的な一回性のなかで、紫式部のように女であってしかも漢文が自由に読める作者のみのなしえたところであった」と言っている。

ここで著者は、小説論の文体論的解明に初めて乗り出したとするバフチンの所説を援用する。古代社会の瓦解の時期に当たり、崩壊過程の中で、「性格や運命を異にするいろいろな人物が登場してきて複雑な模様を織りなす長篇小説が現われた」とし、バフチンの『小説の言葉』の「矛盾しあう様々な声やことばは、小説の中に入りこみ、その中で秩序ある芸術体系に組織される。まさにこの点に小説というジャンルの特殊性が存在する」という指摘を引用する。こうしたいわば「管弦楽化」は、小説というジャンルにおいてこそ可能であった。たとえば、会話文を、「作者は作中人物のなかに自分を屈折させ、そっと忍びこませ、そのことばを二重化している」とする。これはバフチンが「二声的」と呼んでいるものである。あえて下等だという新しく開拓された物語のジャンルにおいて、『源氏物語』によって、男の文体と女の文体とを統合した、多旋律的な豊饒なことばが獲得されたというのであり、その偉業を為し遂げたのが紫式部ということになる。本書には、著者の論理を支える多くの文学理論が踏まえられているが、解説でふれるのはバフチンのみに留めておくことにする。

それでは紫式部とはどのような存在であったのか。第十章「紫式部のこと」は、現実の作者と作品を通して見る作者を峻別し、『紫式部集』や『紫式部日記』の中に、「自分をあらわにせず、他人の心のなかをじっと覗きこむ散文作家の孤独な眼差」を見出し、紫式部は狂言綺語と覚悟しながら『源氏物語』を書きついでいっていると推測する。漢文の才能と女性史の経験との合一の中に紫式部の『源氏物語』執筆の奇跡が起きたのだと言うが、あえて天才という語で締め括るのをえせ学者の所為として憚る。

以下、具体的な『源氏物語』の読解に踏み込んでいく。第二章「《公》と《私》の世界」では、桐壺巻冒頭の記述を引用して、現在の時制に近い歴史小説、現代小説であるとし、後宮における私的な世界を描くことから始まっているところに、祭式的権威や政治的秩序の中心であった公的な世界の喪失した当時の宮廷を直視している現実性があり、『うつほ物語』と異なって、行事や儀式を省筆しているのにその一端が見えるとする。また、私的な世界を中心に取り上げていることから、『源氏物語』は恋愛小説となっているが、求婚譚的な要素は少なくなり、個人的な愛情関係が軸となっていて、性愛的な描写はなく、「色好み」が王朝化され、「求婚・求愛の過程そのものの芸術性や趣味性」が重要視されていると言う。

第三章「色好みの遍歴」では、「雨夜の品定め」に裏打ちされた、空蟬、夕顔、末摘花との交渉に注目して、政略的な結婚の矛盾から恋愛遍歴が始まるとし、ここに登場する女性には光源氏と身分差があり、脱階級的なやつしは日常性の異化や「をこ」物語性につながるとしている。こうした情事において乳母子の役割が大きいことが指摘されているが、乳母や乳母子の重要性の認識は、研究の動向にも見合っている。藤原明衡の活動時期はむしろ紫式部の死後にずれるが、その著作の「をこ」尽しである『新猿楽記』が、『源氏物語』とほぼ同時代のものであることの指摘も興深い。

第四章「空白と脱線と」は、物語の空白部分とされる、最近話題になっている「かがやく日の宮」巻、光源氏の死没に関わる雲隠巻などのいわゆる欠巻については、「空白や省略が存するのにむしろ少なからぬ意味がある」として、小説という観点から現在の形態を支持する。また、和辻哲郎『日本精神史研究』の「源氏物語について」に発し、戦後活発に論議された成立論については、「整合性とか無矛盾性とか調和とか」を重んじても、物語の実態にそぐわないと批判する。享受は「作品を理解し解釈しようとする、受動態における一種の再創造活動であり、批評や研究を基礎づける過程である」とする主張は、そのまま本書における著者の姿勢や方法に通じるものがある。

第五章「夢と物の怪」は、光源氏の「心の鬼」が招いた夕顔の死、六条御息所の霊魂離脱による葵の上への憑依や死霊の出現、鬚黒北の方の乱心などの怪異現象を取り上げている。これらは平安朝においてはむしろ現実の事象であったのだが、『源氏物語』の記述が「物の怪が習俗として信じられていた時代にあって、それを信じることをしない精神の持ち主のみの、よく書くことのできたものではなかろうか」という把握に注目したい。

第六章「主題的統一について」は、光源氏と藤壺との関係が次々世代の薫にまで及ぶ、長篇的な主題の一貫性が論じられている。藤壺のゆかりの女性である紫の上との結婚、菅原道真を想起させる政治抗争のからんだ須磨流謫による藤壺との罪の清算、物語の構想を支える予言など、『源氏物語』の根幹部分となる物語の展開について論及されている。

さらに読解の対象は、第一部後半から第二部、第三部に及ぶ。第七章「古代的世界の終焉」は、澪標以降、六条院が造営され、夕霧と雲居雁の愛、玉鬘求婚譚、明石の上（明石の君）の忍従などを織り交ぜながら、比較的平穏に物語が展開するが、これを孵化作用の時期として、女三の宮降嫁から蹴鞠の日の柏木の密通と罪の子薫の誕生に至る波乱の前提とする。いわゆる第二部の世界の読解となるが、「時間と空間の軸」という章節の、独白をも含めた「会話のもつ意味をぬきに小説の散文はかたれない」という指摘は、『源氏物語』の方法の深化を的確に読み取っている。また、光源氏は、六条院という王国が崩壊するという悲劇を、自己の主導性によって最後まで見届ける。「『源氏物語』が他の物語と違うのは、内面的発展をもつこういう人物を創り出した点にある」、「この作が読むものに類い稀といっていい濃密な時間を感じさせるのは、主人公がこうした試練（須磨流謫や女三の宮柏木密通）にたえながら日常の時間を自分のイニシャチーブで生きることをやめないからである」という見解は、『源氏物語』の本質に迫っている。それは因果応報や宗教的ドグマに物語が支配されているのではなく、まさに光源氏の日々の生活の積み重ねの結果だというのである。六条院崩壊のすさまじさは「むしろ古代という大きな歴史的世界の破滅を象徴しているかのごとくである。長篇の物語というジャンルがそもそも大いなる解体期の所産なのだが、『源氏物語』はこうした解体期に固有な悲劇性をその歴史的な深みにおいて実現した作ということができる」とする意味づけは、『日本古代文学史』を執筆した著者ならではの歴史的認識に裏打ちされた展望である。

第八章「宇治十帖を読む」は、「憂し」を連想させる宇治を舞台としていることから、物語の暗転を意味しているとする。先行する匂宮・紅梅・竹河の三帖から再登場する罪の子の薫と明石中宮の子の匂宮が男主人公となるが、両者は超越的な光源氏よりも現実の人間のように遥かに矮小化し、逆に近代小説に近くなっているという。薫の求婚を拒否したまま病死する大君、匂宮と結婚しながらその愛情に不安を抱く中の君、受領の妻となった中将の君の子として薫と匂宮との板挟みになって宇治川に入水する異母妹浮舟と、零落した八の宮の三人の女君の物語が描かれている。宇治十帖では、身分の低い端役の存在も重視され、浮舟入水の過程でも大きな役割を果たすと指摘する。浮舟物語が『源氏物語』の達成ということになろうが、特に聖心と花心、宗教と愛欲という二つの対照を示す二人の男君が対峙する物語の展開は、テキスト論の格好の対象であり、それこそ「作者と読者との、作品のなかにおける対話だといっていいはずである」として、「テキストの構造に沿いながら、作品のなかで働く作者の志向性と交わりその戦術に反応する、作品に含意されているそういう読者の存在を考えねばならない」という主張に、著者の読解の方向性が端的に示されている。

蕪雑な紹介に終始したが、著者に先導されて歩んで行く『源氏物語』探索は、知的な愉楽に満ち満ちた旅となるはずである。いったい読者にとって『源氏物語』の魅力とは何だろう。本書のレベルより少し下がることになるかも知れないが、豪華絢爛たる王朝宮廷文化への憧憬、波乱に富んだ物語の展開への興味、光源氏の超越的な美質への賛嘆、女君たちの宿命的な生き方への共感、和歌的な自然美と季節意識への同化などなど、挙げていけば尽きることがない。人間の生き方の本質的な課題を直視し、緻密な文体と表現によって、大河小説的な長篇物語に到達している『源氏物語』への読解の挑戦は、何よりも精神を鼓舞するものがある。

（こまちや　てるひこ／国文学）

平凡社ライブラリー 534

源氏《げんじ》物語《ものがたり》を読《よ》むために

発行日…………2005年4月6日 初版第1刷
2023年9月18日 第2版第1刷

著者……………西郷信綱

発行者…………下中順平

発行所…………株式会社平凡社

〒101-0051 東京都千代田区神田神保町3-29

電話 (03)3230-6579[編集]

(03)3230-6573[営業]

印刷・製本……藤原印刷株式会社

ＤＴＰ…………平凡社制作

装幀……………中垣信夫

ISBN978-4-582-76534-2

平凡社ホームページ https://www.heibonsha.co.jp/